黒曜の災厄は愛を導く
JN229777

黒曜の災厄は愛を導く

六青みつみ

ILLUSTRATION：カゼキショウ

黒曜の災厄は愛を導く

LYNX ROMANCE

CONTENTS

黒曜の災厄は愛を導く

† はじまり

「ねえ、アキちゃん。ここってドコ？」

ガサゴソと落ち葉を派手に踏みながらついてくる苑宮春夏のまぬけな質問に、鈴木秋人はそっけなく答えた。

「俺の方が訊きたい」

一歩踏み出すごとに足首まで埋まる落ち葉を蹴り上げて、秋人は立ち止まった。靴を脱いで逆さにふり、中に入り込んだ小石を払う。学校指定のローファーは舗装された道を歩くには問題ないけれど、深い森の中には向いてない。踵が浅く一、二歩歩いただけですぐに土や枯葉や小枝や小石が入ってしまう。最初は、数歩ごとに立ち止まってゴミを払い捨てていたけれど、きりがないのであきらめた。よほど大きな砂利や小枝が入って足が痛くならないかぎり、無視するしかない。

「ねえ、アキちゃん。駅まであとどのくらい？」

秋人と同じように立ち止まり、靴に溜まったゴミを払い落としていた春夏が訊いてくる。脳天気なその質問に、秋人はこれ見よがしに溜息を吐きながらハンカチを取り出し、額から流れ落ちる汗を拭いた。それから周囲をぐるりと見まわして両手を広げ、春夏に「よく見ろ」とまわりの景色を示してみせた。

「おまえは、こんなおかしな森の中に、駅があると思うのか？」

あたり一面、三百六十度、どちらを向いても、どこまでも続く森また森。しかも裏が赤や銀色で、見慣れない形をした葉が生いしげる巨木の群れだ。

直径が三メートルとか四メートルもある大樹がバンバン生えている。幹はまっすぐで、低いところにはあまり枝がないので視界は悪くない。頭上のはるか高いところでみっしり生いしげった葉を広げ、陽射しはほとんど地上に届かない。そのせいか下生えはあまりなく、地面は落ち葉で覆い尽くされている。その上、起伏に富んだ地面に苔生した巨大な岩や樹の根が唐突に現れたりするので、まっすぐ歩くことができない。もちろん道などなく、標識も案内板もない。そして、雰囲気がどう考えても日本のものとは思えない。

「うー」

春夏は上着のすそを引っ張りながら、子どもがぐずるときのように眉間に皺を寄せた。考えることを放棄した合図だ。

できることなら自分も春夏のように「うー」とうなって思考停止したい。けれどそんなことをしたら、この得体の知れない森の中で遭難したまま、死んでしまうかもしれない。——そう。認めたくはないけれど、自分たちはたぶん『遭難』したのだ。

秋人は舌打ちしたいのをこらえ、汗を拭いた面を内側にしてハンカチを畳み直すとポケットにしまった。それから、どうせ無駄だとあきらめつつ、淡い期待を込めて腕時計を確認してみる。

「…やっぱり動いてないな。春夏、おまえのは？」

「んー…動いてない。スマホも電源入んない」

「……」

無意識に深い溜息が出る。

自分たちは、何も好きこのんでこんな訳のわからない森に入り込んだわけじゃない。たまにニュースになるような、愚かな若者がろくな準備もせずふらふらと、危険な場所に踏み込んで遭難した、というわけではないのだ。

「いくら考えても不思議だよねぇ。道を歩いてたら突然地面が消えて、落ちた！　と思ったら、こんな妙ちくりんな森の中で目を覚ましてんだもん」

制服の袖でぞんざいに額の汗をぬぐっていた春夏が、空を見上げて首を傾げ、それから秋人を見た。このあと何を言うのか、口を開く前からわかる。

「なんで、下校途中の道にできた穴に落ちて、目を覚ましたら森の中にいるんだろ。穴の底ならまだわかるけど、そんなのどこにもなかったし。ほんとに、ここってドコなんだろうね？」

予想通りの言葉に、秋人は小さく首を横にふることしかできない。

「知らない…。春夏おまえ、一応園芸部に入ったんだろ？　このあたりの樹とか植物とか見て、場所のアタリつかないのかよ」

どうせ無駄だと思いつつ、一応訊ねてみたけれど、答はまたしても予想通り。

「ぜんっぜん、わかんない。園芸部に入ったっても、ぼく、バラとチューリップくらいしか区別つかないし。あ、ヒマワリもわかるか。あとツツジ？」

どうしてそこで語尾が上がるんだよと、心の中でツッコミを入れながら冷たい視線を向けると、春夏はヘラリと笑った。

「それにしてもあっついねー。上着脱いでいい？」

「好きにしろ」

秋人が邪険にしても、春夏は少しもへこたれず、腹を立てる気配もない。制服の上着を脱ぐと、畳みもしないでそのまま適当に丸め、鞄に押し込んでしまった。

「……」

大雑把を通り越して無頓着。いや無神経。がさつ。

春夏の性格を形容する言葉が、ひとしきり頭の中に浮かんだけれど、秋人は黙って溜息を吐くだけに留めた。皺になるからきちんと畳めと言おうものなら、春夏は「うへへ」と笑って「アキちゃんてやっぱりやさしいね！」などと言い出しかねない。それが秋人には鬱陶しい。

昔、小学生の頃、春夏とは半年ばかり同じ場所で共同生活をしたことがある。そのとき秋人がちょっとだけ親切にしてやったことを、春夏はなぜか一生の恩とばかりに大袈裟に覚えていて、高校の入学式で再会したとたん、親友面でまとわりつかれてうんざりしていたのだ。

昔はともかく今の秋人にとって苑宮春夏は、自分の醜い部分――コンプレックスを刺激する嫌な存在だ。それは秋人の一方的な逆恨みのようなものなので、春夏自身に罪はない。

だからよけいに苛立つ。

「そろそろ行くぞ」

暑いねと言いながらシャツの袖をまくり上げた春

夏の腕に浮き上がった鬱血――数時間前に自分が強く握ったせいでついた手形――から目を逸らし、秋人は再び歩きはじめた。そのうしろから、あわてて鞄を肩に担ぎ直した春夏が追いかけてくる。

「あ、アキちゃん、待ってよー」

　情けない声を出しつつ、すぐうしろを遅れずについてくる、自分以外の足音があることが本当は嬉しい。嬉しいというより安心できる。口に出しては絶対に言わないけれど。

　こんな訳のわからない場所に自分ひとりで放り出されていたら、今ごろもっと動揺していたはずだ。正直、この森で目を覚ました直後は軽くパニックになりかけた。けれどすぐとなりに春夏がいて、『これってどっきり？』などと、間の抜けたことを言い出したので、なんとか落ち着きを取り戻すことができたのだ。春夏は自分たちが置かれた状況をあまりよく理解していない。そして秋人がいるなら大丈夫と思っているらしく、大した混乱も起こさず文句も言わず、秋人の指示に従っている。

　こんな状況でさえなければ鬱陶しいだけの春夏の存在が、今の秋人には救いになっている。あまり、認めたくはないけれど。春夏が深刻にならず、脳天気なままでいてくれるから、その分、秋人は自分がしっかりしなければいけないと気を張り、不安に呑み込まれずにすんでいるのだと思う。

　行けども行けども、森はどこまでも果てしなく続いている。秋人はちらりと斜めうしろをふり返り、春夏の様子を窺った。

　苑宮春夏は秋人とほとんど同じ身長だが、同じなのは身長くらいで他は全部違う。髪の色も瞳の色も肌の色も。いわゆるハニーブロンドと称される派手な金髪と、宝石みたいな碧い瞳、そして日本人とは根本的に違って見える白い肌の持ち主だ。

　口を開かず、伏し目がちに、風になびく金髪をかき上げて、地面を這う蟻でもながめて立っていれば、アイドル顔負けの美形で通るのに。

　実際の春夏をひと言で形容するなら『アホ』だ。もう少しマシな言い方なら『残念な美少年』。

クラスの女子の間では『美形の無駄遣い』と評されている。彼女たちも入学したばかりの頃は、二次元から抜け出してきたような春夏の美少年ぶりに騙されて、何か壮大な過大評価をしていたようだが、半月も経たないうちに先の呼び名に落ちついた。

クラスが違ってもバレるくらいだから、春夏の外見を裏切る中身の残念さは筋金入りだ。

派手で残念な美少年の春夏とは逆に、秋人の方は地味で賢い。脱色など一度もしたことがない黒髪と普通の黒い瞳で、肌の色も普通。身長は四月の体力測定の時点で一六七センチ。体重は五十三キロ。

将来返済する必要のない、いわゆる本来の意味での奨学金で、県でも有名な私立の進学校に通える程度に頭がいい。入試の成績が一番だったらしく、入学式では新入生代表で挨拶もした。クラスは当然、特進で、学校の名声を高めるために国内で最も難関だと言われる国立大学合格を目指している。

秋人と春夏が通っている高校は世間的には進学校ということで有名だけれど、生徒全員が成績優秀なわけではない。特進以外のクラスには、春夏のようにあまり勉強が得意でない者もいる。そういう生徒でも親が裕福で、私学特有の高い入学金や授業料、毎年お願いされる寄附金を気前よく払う財力があれば、学校側は喜んで入学させる。ただし、生徒が問題を起こさず、きちんと校則に従うというのが大前提だ。授業を妨害したり、補導されるような問題を起こせば即退学という厳しい面もある。

そういう意味でなら春夏は優秀だ。親がかなりの資産家で、自身は不良行為に縁がない。勉強はあまりできないが、性格は素直で明るく嫌味がない。

「アキちゃん、喉渇いた……。コンビニまだぁ？」

嫌味はないけど、やっぱりアホだと思いながら、秋人は立ち止まって春夏を見つめた。ついでに靴を脱いで、もう何度目になるかわからない同じ仕草を繰り返す。靴をひっくり返して、爪先の方に溜まっていた小石や木くずを捨てる。

「ちゃんづけで呼ぶなって言ってるだろ。それから、この、得体の知れない森のどこに、コンビニがあるように見えるんだよ？」

おまえのそのきれいな碧い瞳は飾り物かと嫌味を言いながら秋人は両手を広げ、日本で一般的に見られるカシやクヌギ、ブナ、シイ、マツでもスギでもない、馴染みの薄い形や色の葉と樹形がどこまでも連なる森を指し示した。

「…うー」

春夏は森ではなく秋人を見つめ、またしても思考放棄のうなり声を上げると、近くにあった巨木の根元にしゃがみ込んでしまった。

「——…疲れた。休む」

「おい」

秋人は文句を言いかけたものの、自分もかなり疲れを感じていたので、溜息を吐きつつ春夏のとなりに腰を下ろした。もう一度、腕時計を見て秒針がピクリともしないことを確認して、春夏の時計とスマホをのぞき込む。

やっぱり動いていない。

時計を見たとき、一緒に春夏の腕にできた鬱血も目に入り、少し心配になった。時間が経つほど色が濃く、青黒いような部分が出てきたからだ。

「…腕、大丈夫か」

「え？」

体育座りで、膝の上に組んだ腕に頭を乗せていた春夏は顔を上げ、自分の腕にできた濃い鬱血と秋人の顔を見くらべて、へらりと笑った。

「うん。大丈夫」

その笑顔に込められた、信頼と愛情らしきものにどう対応していいかわからず、秋人はフイ…と顔を逸らして空を眺めるふりをした。

頭上は蓋をされたように梢で覆われ、ときどき風が吹いてちらちらと木漏れ日が落ちる以外、色が確認できるほど空を見ることはできない。それでも、落ち葉の細かい葉脈が見分けられる程度の明るさは保っている。

けれどいつ日が暮れて暗くなるかわからない。

時計が使えないだけでなく、時間の感覚がおかしくなっていて、今が午前なのか午後なのかすら判断がつかない。自分たちがこんな目に遭っている事のはじまりから経過した時間を推し量ると、今は夜でなければおかしいのに、実際はまだ明るい。

秋人は爪痕で歩数を刻んだ葉っぱを見返しながら、もう一度、自分たちの身に起きたことを思い出した。


今日は土曜日で、オーケストラ部の活動を終えて学校を出たのが午後三時半過ぎ。ひとりで歩いていたら、うしろから春夏の「アキちゃん、待ってー」という間延びした声が聞こえた。秋人が立ち止まらず、ふり返らず、歩調も変えずにいると、追いついた春夏がハァハァと息を切らしながら話しかけてきた。

「駅までいっしょに帰ろ」

返事の代わりに思いきり眉間に皺を寄せてみせたのに、春夏は少しも気にせず園芸部の先輩がどーのこーの、授業が難しくてどーのこーのと、秋人には興味のない話をはじめる。それを右から左へ聞き流しながら五分くらい経った頃だろうか。

秋人たちが通う高校は山の中腹にあり、帰り道は蛇行する下り坂だ。舗装し直されたばかりの黒々としたアスファルトに、ゴールデンウイーク明けの陽射しが照りつけて、道の向こうに陽炎が立つのが見えた。白いガードレールと小さな崖。その下に広がる畑と草地の緑。その中に三、四軒ずつ固まって建っている家屋の、青や赤やオレンジ色の屋根から、ふと視線を戻した瞬間、となりを歩いていた春夏の姿が消えた。

――え？

何もないところでなんで転ぶんだよ。呆れながら地面を見たとたん、血の気が引いた。

春夏がいた場所だけ、きれいな丸い穴がぽかりと空いていたからだ。その穴に、大きく目を見開いた春夏が吸い込まれようとしていた。

「――っ…アキちゃ…！」

「春…ッ！」

秋人は、何か考える暇もなく手を伸ばし、視界から消えかけた春夏の腕をつかんだ。次の瞬間、地面に叩きつけられた。自分とほぼ同じ体重を腕一本で支えられるわけがない。頭でそう判断する前に、もう一本の腕を伸ばして春夏を引き上げようとした。けれど。腕一本が二本になったところで落下の重力には敵わない。しがみつく場所も、助けを呼ぶ間もなく、秋人は春夏と一緒に底なしの穴に落ちた。

　落ちながら、一瞬のうちに膨大な記憶が脳内をかけめぐった。たぶんあれが『走馬燈』というものだと思う。

　この穴はたぶん地震か何かで地面が陥没したに違いない。もしくは、地下水脈が枯れて崩落したとか。何かのニュースだったかテレビの番組で見たことがある。外国の市街地に突然できた巨大な深い穴だ。それと同じか、地震の前触れか、手抜き工事か何かが原因か。不思議なほど冷静に自分たちの状況と原因を探ろうとしていたことを覚えている。

　それから、闇のように黒い穴に落ちてゆく瞬間の、内臓がひっくり返るような浮遊感と、『あ、これは死ぬな』と覚悟したときの妙な解放感は忘れない。助かる余地がないと思うと、人はあんなふうに開き直れるものなのだろうか…。

　そんなことをぼんやりと考えながら、ぽかりと目を開けると、落ち葉に半分埋まった状態で見知らぬ森の中に横たわっていた。

「なんだ、ここ」

　どこだ、ここ。

なんで穴に落ちたのに森の中で目を覚ますんだ？

「なんで？　なんだよ、なんの冗談？」

　しばらくの間、状況がわからなくてしきりにあたりを見まわし、自分の身体を見下ろしてから、また周囲を見まわしていた。それからゆっくり起き上がり、すぐ近くに、さっきの自分と同じように落ち葉に埋もれている春夏を見つけて駆け寄った。

「春夏！」

「ん…ううん――…、…あと五分」

「五分じゃない！」

　ペシリと軽く頬を叩くと、春夏はぼんやりと目を覚ました。何度もまばたきしながら眠そうに目をこすり、ようやく秋人に気がつくと、しまりのない笑みを浮かべる。

「アキちゃん。――あれ…？　ここ、どこ？」

　ようやく周囲の様子が視神経から脳に伝わったのか、身を起こそうとして、自分の身体を覆っていた落ち葉に驚く。

「なにこれ？　どこ、ここ？」

「知らない」

「なんでぼくたち、こんな所にいるの？」

「知らない」

「これって『どっきり』？」

「誰が、なんのために、そんなことするんだよ」

　有名人でもない、ただの学生相手に。

「えー？　なんで？　なにここ。なんで、こんなにでっかい樹が生えてんの？　あ、鞄みっけ」

　春夏は絵に描いたような『オーマイガッ』のポーズをしながら、キョロキョロとあたりを見まわし、秋人には答えようのない「なんで？」を連発していたかと思うと、見つけた鞄に駆け寄って持ち上げ、途方に暮れた表情で秋人を見つめた。

「アキちゃん。ぼくたち、いったいどうなっちゃったの？」

　秋人は腰に手をあてて降参するように肩で息をすると、正直に答えた。

「俺にもわからない」

　春夏の質問に答えるうちに、少しだけ落ちついてきた気がする。秋人は自分の鞄もどこかに落ちていないか探しはじめた。春夏も協力してくれたけれど、結局、見つからなかった。

「ないね」

「ああ…。たぶん穴に落ちるとき、向こうに置いてきたんだと思う」

　春夏の腕をつかもうと手を伸ばした拍子に、道端に放り出したような気がすると、口に出しては言わなかったけれど、春夏は珍しく敏感に察したらしい。

「アキちゃん、ごめんね。ありがとう」

「なんだよ、突然」

「ぼくを助けようとして、鞄、置いてきちゃったんだよね」

「……」

春夏は袖口からちらりとのぞく、赤い手形がついた自分の手首を見つめてうつむいた。

「ぼくを助けようとして、アキちゃんも穴に落ちちゃったんだよね…」

そんなんじゃないと言いかけたけれど、声になる前に飛びついてきた春夏に押し倒されてしまった。

「アキちゃんありがとう…！　ごめんね…！　でもありがとう！　大好きだよ。ぼく、アキちゃんが大好きだ」

泣いてるみたいな震え声で言い募られて、胸の中で迷惑だという気持ちと鬱陶しさ、照れくささと、気恥ずかしさが複雑に絡み合ったせいで、素っ気ない言葉しか返せない。

「やめろ。キモい」

「やめないしキモくない。ぼく、アキちゃんのためならなんでもするからね」

肩を押し返して引き剝がそうとする秋人の努力を、春夏はあっさりふりはらい、ぎゅうぎゅうと抱きついてくる。地面は落ち葉が厚く積もっているから、押し倒されても背中を痛める心配はない。けれど、襟首から落ち葉とかゴミとか虫が入りそうで嫌だ。

「わかった。わかったから、とりあえず離れろ。なんでも言うこと聞くんだろ。離れろ」

放っておくとキスでもされかねない熱心な抱擁を、冷たい声で命じてなんとか撃退することができた。

春夏は目尻に浮かんだ涙を拳でぬぐい、グスンと鼻をすすった。秋人は「はぁ…」と溜息を吐き、制服についた落ち葉を払い落としながら訊ねる。

「とりあえず、穴に落ちてからここで目覚めるまでの間に、気づいたことが何かあれば教えろ」

春夏の答えは、秋人が知っていることとほとんど同じで、特に役立つような情報はなにもなかった。

「要するに俺たちは、道を歩いていたら突然できた原因不明の穴に落ちて、気がついたらどことも知れない森にいた。見える場所には、俺たちが落ちたはずの穴とか崖のようなものは見当たらない。ってことは、誰かが俺たちをここに運んで置き去りにした？　なんのために？　そもそも、かなりの距離を落ちたはずなのに、俺たちはふたりとも怪我ひとつしてない。――してないよな？」

　自分は真っ先に怪我の有無を確認したけれど、春夏の方はどうだろう。痛がる様子がなかったので、訊くのを忘れていた。

「うん。してない」

　手足をブルブル動かしてみせた春夏にひとつうなずいて、秋人は再び考えはじめ、ふと気づいて腕時計を確認した。

「時計が止まってる」

「え？　あ、本当だ」

「おまえのスマホは」

　秋人に指摘されて、春夏は鞄のポケットからスマホを取り出し、しばらく画面に触ったり裏返したりふったりしていたけれど、結局、

「起動しないや」

「電池切れか。予備のバッテリーとかは？」

「持ってない。普通に使うだけなら充電した分だけで夜まで保つし」

　ということは、気絶している間に少なくとも四、五時間以上は過ぎたことになる。

　秋人は頭上を見上げ、それから自分の手を見た。皺までよく見える。梢で覆われた森の中でこれだけ明るいということは、まだ昼間だ。

「…一日近く、気絶してた？」

　まさか。それならもっと腹が空いているはずだ。

「春夏おまえ、腹、空いてるか？」

　春夏はどうしてそんなことを訊くんだと言いたげに小首を傾げ、自分の腹に手をあててから「ううん」と首を横にふる。

　秋人は春夏を中心に円を描いてゆっくり歩きながら、用心深く周囲を観察した。なんとかこの異状な状況を理解したい。けれど何をどう考えても整合性は取れない。途方に暮れて立ち止まり、春夏を見る。

　春夏は鞄の中をガサゴソ探り、シリアルバーをみつけて満面の笑みを浮かべたところだった。

「アキちゃん、半分こしよ」

　しゃがんだまま「ハイ」と差し出された秋人は、一度目を閉じて深呼吸すると、素直に受けとってポケットにしまった。

「…預かっとく」

「今、食べないの？」

「まだそんなに腹減ってないだろ。あとで食べるように、とっておいた方がいい」

「ふうん。なんかまるで遭難したみたいだね」

「……」

　みたいじゃなくて遭難したんだとは、さすがに自分でも認めたくなくて、口にするのは止めた。

「とりあえず、少しまわりを調べてみるから、春夏はここにいろ」

「えー、やだ。一緒に行く」

「ばか。そんなに遠くまでは行かないよ。おまえがここに立って目印になってくれないと、俺が戻ってこれないだろ」

「あ、そっか」

「いいか、絶対に動くなよ」

「うん」

　道に迷って遭難した場合の基本は、救助が来るまでなるべく動かないことだと、たしか以前図書館で読んだ『サバイバル・ガイド』に書いてあった。

　秋人は春夏を中心に、四十五度ずつ八方位、それぞれ春夏が見えなくなる寸前まで歩いてみた。方向によって三十歩程度だったり、七十歩くらいまで進めるところもあったけれど、どの方角に進んでも、見知らぬ森が延々と続くばかりで、樹々が途切れる気配はなく、見知った場所が現れる様子もなかった。

　心なしか重い足取りで春夏の傍に戻ると、

「なんか見つかった？」

　期待に満ちた声で訊ねられ、力なく首を横にふる。

　春夏は小さく息を吐いただけで、文句を言うこともなく、パニックに陥って騒いだりもしなかった。

ただ、少し不安そうに小首を傾げて秋人を見る。秋人を見さえすれば、すべてが解決すると言いたげに。

「ぼくたち、どうなるの？」

「わからない」

　秋人は正直に答えて巨木の根元に近づき、春夏を手招いた。

「とりあえず座ろう」

　腰かけるのにちょうどいい高さの木の根に、ふたりで並んで座り、とりあえず自分の知っていることを春夏に教える。

「どうしてこうなったのかは全然わからないけど、俺たちはたぶん遭難した」

「やっぱり」

「目視できる場所に人工物はなかった。道もないし公衆電話もない。もちろんコンビニも人家もない」

「それじゃ、これからどーすんの？　歩いて森を出たら、なんか見つかるんじゃない？」

「そうかもしれないけど、遭難の基本は『迷ったら無闇に動きまわるな』だったと思う。もしかしたら電池が切れる前にスマホの位置情報をキャッチして、救助隊がもうここに向かってるかもしれないし。そしたら下手に動かない方がいい」

「そっかぁ」

　春夏はあっさり納得して、素直にうなずいた。

　それからしばらく、ふたりで来るかどうかわからない救助を待ち続けた。時計もないし、梢に覆われて太陽の位置も確認できない。それでもうっすらと足元に落ちた影の長さの変化からたぶん一時間か一時間半くらい過ぎた頃、時間つぶしに落ち葉の中から見慣れない形の木の実を拾い集めていた春夏が、ふと顔を上げた。

「アキちゃん。喉、渇かない？」

「…俺はまだそんなに。我慢できないくらいか？」

「ううん。ぼくもまだ大丈夫だけど。でもちょっと、水飲みたいなーって」

　秋人は立ち上がり、動かない時計をのぞき込んでから頭上を仰いだ。それからさっき自分が歩きまわった周囲をぐるりと見まわしてあらゆる可能性を考えてから、覚悟を決めた。

「とりあえず、川か池か湧き水か、とにかく水のある場所に移動しよう」

「いいの？」

「助けがいつ来るかわからないんだから仕方ない。枝を折って目印を残していけば、救助隊の人も気づいてくれると思う。それに川さえ見つけたら、あとは流れに沿って下っていけば、そのうち人家のある場所に出るはずだから。そこで電話を借りられる」

図書館で読んだ『サバイバル・ガイド』には、確かそう書いてあった。

「うん」

鞄を持ち上げた春夏が適当に歩き出そうとしたので、そっちじゃないと肩をつかんで引き留める。

「こっちだ」

さっき調べてみて、植物のしげり具合が一番濃い方向、なんとなく湿った感じがする方に向かって、秋人と春夏は歩きはじめたのだった。

春夏が黙っていたのは最初のうちだけで、すぐに、

「お腹空いたー」

「あれ、なにー？」

「ほんとに、ここってどこだろー」

「穴に落ちた先が、なんで森なんだろーね？」

などと無駄口を続けた。

「ねえアキちゃん、教えてよぉ」

「知らないって言ってるだろ。無駄にしゃべると喉が渇くぞ」

「ケチ、いけずぅ」

『いけず』なんて単語、どこで覚えたんだよと眉をひそめ、そういえば映画とかテレビドラマが好きでよく見ていると言っていたのを思い出す。

「同じくさいカマのめしを食った仲じゃないかー。もうちょっとやさしくしてくれたっていいのにぃ」

あまりにアホな誤用に耐えきれず、ふり返って頭をペシリと叩いてやった。

「痛ぃ…」

「本当に、なんでテストの点は悪いのに、そういうことばっかり覚えてるんだよ。しかも間違って」

「へ？」

「『臭い釜の飯を食う』のは刑務所だ。全国の児童養護施設の皆さまに謝れ」

「――うう…、ごめんなさい」

　秋人に叩かれた頭を両手のひらで押さえながら、春夏は素直に謝った。殊勝な態度に秋人が満足して前を向いたとたん、

「アキちゃんて、ほんと物知りだね。すごいや」

　嫌味でもなんでもない。本気の称賛と憧憬が伝わってくる言葉に、小さく溜息を吐く。俺が物知りなんじゃなくておまえがアホなだけだとは、思っても口に出さず、秋人は黙々と歩き続けた。

　時計は使い物にならない。太陽の位置も確認できないから、経過時間と距離をおおまかに把握するため歩数を数え、メモ代わりに肉厚の葉を一枚手に持ち、十歩ごとに爪で痕をつけていく。これなら春夏の無駄口に注意を逸らされても、数え間違えが減る。

　舗装された道と違って、落ち葉が降り積もった森の中はすこぶる歩きにくい。平らな部分はあまりないし、油断してると落ち葉に隠れた倒木や大きな石につまづいたりして転ぶ。

　それらを考慮に入れて一歩五十センチ、一秒で計算しながら歩数を数え、三千五百を超えたところで細い川が見つかった。距離にして約一・七キロ。ほぼ一時間だ。

「アキちゃんすごい！　川だ！　水だ！」

　しげみをかき分けた先にゆるい斜面があり、その下に幅二メートルほどの川が流れている。喜び勇んで川縁に駆け寄ろうとした春夏を、秋人は呼び止めて注意した。

「待て春夏。いきなり飲むな。まず手ですくって色とか匂いが変じゃないか確認して、大丈夫そうなら少しだけ口に含んで、変な味がしないかちゃんと確かめてからだ。あと、草むらには無闇に足を踏み入れるな。ヘビとかいるかもしれないから」

「うん」

　素直にうなずいて言う通りにする春夏を見ると、学校で彼を見かけるとき、いつも傍らに仲の良さそうな友だちがいる理由がよくわかる。

　春夏はアホだが性格はいい。

　自分も、春夏と初めて会ったのが児童養護施設な

どではなかったら、妙なわだかまりもなく友だちになれたかもしれない。

——…そうかな？　相手が苦労知らずの金持ちのボンボンだってわかったら、やっぱり少し僻むかもしれない。春夏と違って、俺はやな奴だから。

秋人は冷静に自分を評しながら川に近づいて身を屈め、慎重に川の水を口に含んだ。匂いも味も問題なく、水道水よりよほど美味しく感じる。

自覚していたより喉が渇いていたらしい。それでも意識してゆっくり水を飲んで渇きを癒すと、空を仰いで時刻を推し量った。心なしか、移動をはじめる前より薄暗くなってきたような気がする。

「春夏、野宿の準備をはじめるぞ」

「野宿？　このまま川を下っていけばいいんじゃないの？」

春夏は川を見つけたことで、すぐ近くに人家があるような気でもしたのか、先を急ぎたがったけれど、秋人は止めた。

「そうだけど、途中で日が暮れたらまずい」

「？」

「外灯なんかないんだ。夜になったら真っ暗になる。もし懐中電灯を持ってたとしても、夜の森を歩くなんて自殺行為だ」

「そういうもの？」

「停電したときの暗さを思い出せ」

「…あ！　そっか」

春夏はようやく、外灯も店の灯りも家からもれる灯りもない暗闇の夜がイメージできたのか、下流に向けていた身体を翻して秋人の傍に戻ってきた。

「アキちゃんて、ほんと頼りになるなぁ」

恥ずかしげもない称賛に背中がむず痒くなり、顰めっ面でにらみ返したのに、春夏は『親愛の情』というタイトルがつきそうな顔で秋人を見つめている。そのまま抱きつかれそうになったので、肩を押し退けて川縁から離れる。ふざけて水に落ちでもしたら大変だ。

「褒めても何も出ないから。それよりおまえの鞄の中身を確認したい。いいか？」

「いいよ」

春夏はあっさりうなずいて、傍にあった平らな岩の上に鞄の中身を広げてみせた。

まずはペンケース。中身はカッターと小さな金属製の定規、シャープペンシルとボールペン、消しゴム。空のペットボトル、折り畳み傘、タオル、ノートとクリアファイル、使用済みのジャージ上下。

なかなか使えそうなものがつまっている。

あとはくしゃくしゃに丸まったあまりきれいじゃないハンカチ。駅前でもらうような広告入りのティッシュがふたつ。ひとつは使いかけだ。鞄の底からはシリアルバーや菓子パンの空き袋、飴の包み紙、ストローや割り箸の袋といった、いつから溜め込んでいるのかわからないゴミが出てきて呆れたけれど、文句は言わなかった。こんな状況で春夏のだらしなさを指摘しても仕方ないし、日常生活ではゴミだけれど、遭難中なら何かの役に立つかもしれないからだ。秋人は荷物を鞄に戻してきちんとファスナーを閉め、立ち上がって宣言した。

「よし。まずは野宿の基本、火を熾すぞ」

「アキちゃん、ライターなんて持ってたんだ」

感心する春夏を、秋人は冷たく見すえた。

「持ってるわけないだろ」

残念なことに、秋人も春夏もタバコを吸ったりしないのでライターは無し。もちろんマッチも持っていない。眼鏡もしていないから、レンズを使って集光発火もできない。そもそも光が射し込まない。

「じゃあどうやって…って――まさか、これ？」

春夏は両手をこすり合わせて、きりもみの仕草をしてみせた。秋人はそれに大きくうなずく。

「その通り。春夏、頼んだぞ」

「うえーー、ぼくがするのぉ？」

さすが映画ドラマ好きらしく、春夏はすぐに理解した。「うえー、うえー」と文句を言いながら、それでも見よう見真似で材料をそろえ、火熾し装置を作る。最も原始的なきりもみ式だ。さすがにそれだと時間がかかりすぎるので、秋人が記憶を頼りにハンカチを裂いて作った紐で弓切り式に改良してやると、春夏は「すごい、すごい」と興奮しながら、喜んで火熾しをはじめた。

なかなか火が点かず、春夏が失敗と試行錯誤を重ねて奮闘している間に、秋人の方は寝床作りに励んだ。木の枝を折って落ち葉を掃き、地面を剝き出しにした上に、葉のしげった木の枝を何本も折って重ねれば、即席ベッドの完成だ。

さらに、ひと晩中火を絶やさないくらいの枯れ木を集め終わる頃には、すでに陽が暮れてかなり暗くなっていた。目をこらしても人影と樹の影の区別がつかないほどだ。その頃になってようやく、なんとか春夏の火熾しが成功して、黒に近い青闇の中に見ただけでほっとする温かな色の火が灯る。

「ギリギリ間にあった。よかった…」

火が燃え移らないよう落ち葉を取り除いた土の上に、枯れ枝を重ねて焚き火を作った。見知らぬ夜の森で、火を焚くことが危険なのか安全なのかもよくわからない。けれど温かな火明かりが傍にあると、それだけで安心できる。

即席ベッドの傍に木の枝を刺して熱波を調節すると、秋人は春夏とならんで腰を下ろし、預かっていたシリアルバーを半分ずつ、それからペットボトルに汲んでおいた川の水を分け合って腹を満たした。満腹にはほど遠いけれど、何もないよりマシだ。

夜になっても心配したほど気温は下がらず、上着と春夏のジャージ、それに葉がしげった木の枝の布団だけで寒さは十分しのげた。春夏のジャージの汗臭さは気にならなくなっていた。自分の方が汗臭かったからだ。本当は寝る前に身体を洗いたかったけれど、すぐ傍にあるとはいえ真っ暗闇の中、土手を下りて川に行くのはさすがに怖い。

明日、明るくなったら川で身体を洗おう。髪も洗いたい。そう心に決めて即席のベッドに身を横たえたとたん、春夏がもそもそと腕を伸ばして手をにぎりしめてきた。

「明日になれば、ぜったい救助隊が見つけてくれるよね」

「…そうだな」

否定して不安がらせても意味はない。だから肯定する。春夏と同じくらい、秋人もそれを願っていた。

「川に沿って下っていけば、そのうちぜったい道とか家とか見つかるよね」

「ああ」

大丈夫だと、自分に言い聞かせるようにうなずく。

異常な状況に放り込まれて、不安のあまり眠気など訪れないと思っていたけれど、身体の方は休息を欲していたらしい。身体を横たえると急速にまぶたが重くなった。——いいや、ひとりだったら不安で眠れなかっただろう。けれどすぐとなりには春夏がいる。

「……明日は今日よりもっと歩くだろうから、もう寝るぞ」

「うん」

秋人は小さく寝返りを打って、わざと春夏に背を向けた。けれど手は繋いだまま。それに勇気を得たのか、春夏は秋人にぴたりと身を寄せて肩に頬をこすりつけ、小声でささやく。

「こうしてると、昔を思い出すね」

それに秋人は返事をしなかった。代わりに、春夏の手を少しだけにぎり返して目を閉じた。


秋人が春夏と出逢(であ)ったのは、小学四年生の夏の終わり。場所は児童養護施設だ。

秋人の母は夫と離婚してから女手ひとつで息子を育てていたが、病気で亡くなった。仕事先で倒れて緊急入院したあと一ヵ月ほどで。急性なんとかとか劇症なんとかといった難しい症状名がたくさんつけられ、医師も看護師もがんばってくれたけれど助からなかった。

母の葬儀は親族の参列者がいない珍しいものだった。だからといって人が少なかったわけではない。仕事関係の知り合いや友人が集まって、質素だけれど心のこもった葬儀だったと思う。秋人はたくさんの人に声をかけられ、なぐさめられた。

弔問客の中には秋人の父親もいた。

両親の離婚原因は父の浮気だったが、母の口から父を責める話は聞いたことがない。秋人が離婚理由を知ったのは、近所の口さがないおばさんの噂話からだ。もちろんそんな話をすぐに信じたりはしなかったが、気にはなったので母に真相を訊ねると教えてくれた。

母は養護施設育ちで身寄りがなく、父はそこそこ裕福な家の息子だった。父の家族や親族は、父が素性のはっきりしない母と結婚することに大反対で、一度は縁を切られた。結婚して最初の数年は幸せに仲睦まじく暮らしていたが、父は次第に貧乏な生活に嫌気が差してきたらしい。学生時代の友人たちが高級車を乗りまわし、仕立ての良いスーツを着て、名のある企業で活躍したり、悠々自適に趣味を楽しむ姿を横目に、中小企業に勤めて安い給料でこき使われることに耐えられなくなったという。

『お母さんも悪かったのよ。身ぎれいにする余裕もなくて、髪はぼさぼさ、着てる服はよれよれ、お化粧もろくにしなくて。それでも元がいいから大丈夫だって高をくくってたら、お母さんよりもっときれいでお金持ちの人が現れて、取られちゃった』

母はそう言って、少し切なそうに笑った。

父の浮気には、父の実家の両親が絡んだもう少し複雑な事情があったのだが、母は決してそのことで父を責めることなく、父の両親や家族を責めることもしなかった。

母が父を責めない分、秋人は父を恨んだ。妻子を捨てて、新しい女と裕福な暮らしを選んだ男のことなど許せるわけがない。そんな人間の血が半分流れているかと思うと、自分のことも嫌いになりそうだった。

耳をふさいで聞かないふりをしても、近所のおばさんたちが同情ぶった口調でささやき合う『夫に捨てられた女の息子』という言葉は聞こえてしまう。学校でも、頭がよくて先生から目をかけられる秋人を嫉んだ同級生から、ひどい悪口を叩きつけられたことがある。

『おまえの母親、オットに捨てられたんだろ。おまえはオットに捨てられた女の子どものくせに、いい気になってんじゃねーよ』
　彼はたぶん、親から秋人の家の事情を聞きかじったのだろう。秋人は相手にランドセルを叩きつけて鼻血を出してやった。
　言葉の暴力はその場で聞いた者の記憶にしか残らないが、血と痣は目に映る。秋人は『一方的で理不尽な暴力』を責められ叱られたが、絶対に謝らなかった。理由を訊かれても母親の前では答えたくなかったから、教師にだけ同級生に言われた言葉を教えた。自分が何を言われたか。どう傷ついたか。
　教師もさすがに同級生の言葉はまずいと判断したのか、秋人だけが一方的に責められることはなくなったが、それでもやはり『暴力はいけない、喧嘩両成敗だ。相手にも謝らせるからおまえも謝れ』と言われて、拒んだ。毎日放課後、話し合いを求められ、説得と説教が入り交じった教師の話を聞かされてうんざりしていたある日、母が仕事先で倒れて入院してしまい、その件はうやむやになった。

　だから葬儀のあと、父だという男が訪ねてきて対面したときは複雑な心境だった。なんで今さらとか、どうして母さんを捨てたんだとか、おまえなんか嫌いだとか、いろいろな思いがいっぺんにふくらんで、狭い出口から飛び出そうとして果たせず、口ごもっているうちに、先に父の方から信じられない事実を告げられた。

『離婚の理由、お母さんから聞かされていたか？』

　秋人は首を横にふってから『でも、知ってる』と答えた。『お父さんが浮気したんでしょ』と。

　父だと名乗った男は大きな溜息を吐いて腰を折り、秋人に目線を合わせてやさしく微笑んだ。

『DNA鑑定って知ってるか』

　その言葉を聞いた瞬間、ドキリと胸がひと跳ねして、走ったあとみたいに息苦しくなった。

　秋人が曖昧に目線をさまよわせると、男はさらに笑みを深め、嚙んで含める口調で告げた。

『DNA鑑定してもらったら、君は俺の子どもじゃないって判明した。意味がわかるか？』

秋人は首を横にふった。わからないわけではなく、理解したくなかったからだ。

『離婚の本当の理由はそれだよ。お母さんは俺と結婚する前に他の男の人とつきあっていて、腹に子どもがいるのを隠して俺と結婚したんだ。本人は隠してない、気づかなかっただけだって言い訳してたけど。俺は君のお母さんのことが信じられなくなって、喧嘩が増えた。一緒に暮らすのが苦痛になって、別れた』

『嘘だ…』

『嘘じゃない。裁判所にも認められたから養育費の支払い義務もない。だからお母さん、必死に働いていただろ』

言外に、だから身体を壊したと言われた気がして腹が立った。口調は同情する風なのに、声には嘲りのようなものが混じっている。それとも憎しみだろうか。

母と、父だと思っていた男。大人の男女がどんな修羅場を経て、どんな想いに行きついたのか、さすがに十歳間近の子どもにはわからない。

秋人は涙でうるんだ瞳で男をにらみつけた。男は子どもの怒りを避けるように屈めていた腰を伸ばし、高い場所から秋人を見下ろした。

『ケースワーカーに、君を引き取ってもらえないか相談されたけど、断った。理由は今言った。だからこの先、俺を恨んだり、頼ったりしないでくれ』

上から押さえつけられるように頭を乱暴に撫でられ、『いいな』と念を押された秋人は、身をよじって男の手をふり払った。

『あんたを頼ったりなんか、するもんかっ！』

男の前から逃げ出して、泣きながら母の遺影の前に突っ伏した。男の言ったことは本当なのかと訊ねたけれど、写真の母はやさしく微笑むばかりで答は返ってこない。これまで、ひどい父への恨みという柱で支えられていた足場がもろく崩れて、秋人は自分が寄って立つべき居場所を失った。

母が本当にあの男を騙して結婚したのか、それとも男が己を擁護するために嘘をついたのか、真実を追求するのは止めた。大人は自分に都合がいいように嘘をつく。それなら秋人も、自分に都合がいいように事実を選べばいい。

母は悪くない。

秋人にとって、それだけがこの世でただひとつの真実だ。それ以外はどうでもいいと切り捨てることで、なんとか折り合いをつけた。

母が亡くなり、父だと思っていた男には血の繋がりを否定され、DNA上の父親も当然のように名乗り出ることもなく、秋人は児童養護施設に入所することになった。

その同じ日に、春夏も入所した。

部屋も同じ、歳も同じということもあって、ふたりはすぐに仲よくなった。布団の中でこっそり打ち明けあった、互いの境遇が似ていたせいもある。

春夏の家も母子家庭で、母親が事故死。母親は妻のある男の『愛人』だったが、父親はひとり残された春夏を引き取りには現れなかったという。

その頃の春夏は小さくて、くしゃくしゃした子どもだった。アレルギー持ちでいつも身体のどこかが赤斑で、目も腫れぼったく半分閉じた状態。そのせいなのか何もないところでよく転んだし、歳のわりにはぼんやりしていて、何をするにも行動がトロかった。そしてよく泣いていた。

おやつに出されたさくらんぼを、となりに座った子どもに、ひとつふたつかすめ取られても気がつかず、みんなに笑われてようやく気がついたり、夕飯のおかずの唐揚げを、向かいに座った奴に小さいのと取り替えられたときは、さすがに気づいたけれど、それを元に戻そうとして職員にみつかり、誤解されて叱られそうになったりした。

どちらも、しどろもどろでうまく説明できない春夏に代わって秋人が弁明し、さくらんぼも唐揚げも取り返してやった。このあたりの出来事が、たぶん春夏の脳味噌に『アキちゃんはいい人』としてインプットされたのだと思う。食べ物の恨みは怖ろしいというけれど、逆もまた然りだ。

他にも、学校の明日の持ち物をチェックしてランドセルに詰めてやったり、放課後一緒に遊んだりした。別に自分が良い人だからというわけじゃない。放っておくと部屋が散らかるし、春夏が問題を起こすと秋人も巻き込まれるから未然に防ごうとしただけだ。自分よりトロくてアホな春夏の世話を焼くことで、寂しさや虚無感を誤魔化していたんだと思う。

何よりも自分と同じ『引き取り手のない子ども』として、春夏の存在に慰められていた。

いらない子どもとして、父親に見捨てられたのは自分だけじゃないんだ…と。

子犬みたいに身を寄せ合って、互いの温もりに慰めを見出した。けれどそんな暮らしは、半年程度で終わりを告げた。

春夏に迎えが来たからだ。

ピカピカに磨き上げられた大きくて頑丈そうな外国の高級車から下り立った、恰幅の良い堂々とした男の人が施設にやってきて、その日のうちに春夏は引き取られた。資産家の息子として。

春夏の母親を『愛人』にしていた男は、外国から帰国して『愛人』の急逝を知り、あわてて息子の行方を捜していたらしい。

春夏は『アキちゃんと離れたくない。アキちゃんも一緒に連れて行って』と駄々をこねたけれど、そんなことが叶うわけがない。

春夏を追いかけて現れた父親は、秋人にしがみついてべそをかく息子を力強い両腕で抱き上げ、広い胸に抱きしめて首を横にふった。秋人をちらりと見て『駄目だよ。その子は連れていけない。うちの子じゃないからね』と。

春夏にも彼の父親にも、悪気がなかったことは理解している。けれどその言葉を聞いた瞬間、胸に穿たれた深い傷は、今も秋人の中でじくじくとみじめな痛みを訴えている。普段は無視していても、ふとした拍子に出てきて、うまく息ができなくなる。

高校の入学式で春夏と再会したときは、だから心底うんざりした。春夏は昔とは見違えるほど美少年になっていて、持ち物もさりげなく高級品だった。それでお高くとまって、秋人のことを見下す態度を取ってくれれば、こちらも心の底から憎むことができたのに。春夏の性格は昔と変わらず、秋人を慕う無邪気さも変わらなかった。

翌朝は、激しい夕立みたいな鳥の囀りで目が覚めた。あまり聞いたことのない種類の鳴き声だ。

焚き火は消えていて、煙すら立っていなかった。今日中に人家を見つけるか救助隊が来てくれなければ、夜にはまた一から火熾しだ。マッチやライターを発明した人は偉大だ。その前はどうやって火種を保存していたんだっけと考えながら、秋人は薄明るくなってきた川縁に降りて顔を洗い、ついでに身体も洗った。タオルは春夏のものを借りた。もちろん、きちんと洗ってから。

身繕いを終え、水を飲んで空腹をまぎらわせて即席ベッドに戻ると、春夏はまだ眠っていたので声をかけて起こし、自分と同じように身繕いさせて出発した。

下流に向かって川沿いを歩きはじめ、いくらも経たないうちに春夏がぼやいた。

「なんか…身体が重くない？」

「飯を食ってないからな」

「そっか。なんか子どもの頃、思い出しちゃった」

秋人はわずかに眉根を寄せ、ちらりと春夏を見た。児童養護施設では、食事の量は十分足りていた。おやつの取り合いは時々起きたけれど、ひもじい思いをさせられたことはないのに。

「子どもの頃？」

「うん。――あ、施設に入る前のこと。ぼくの母さん、ぼくに似てぼんやりしててさ、時々ごはん作るの忘れたりすることがあって」

「ひどいな」

「うー…ん、そうかな？　そうかも…。やっぱり、わかんないや」

こめかみをコリコリと搔き、曖昧に笑う春夏から、秋人は視線を外して前を向いた。

「だから昔は小さかったのか」

「あー、そうかも。えへへ」

会話はそこで途切れた。秋人はもちろん、たぶん春夏もあまり続けたい話ではなかったのだろう。

昨日からほとんど何も食べていないこともあって、その日はあまり会話もなく、黙々と歩き続けた。

歩数から算出した経過時間と体感的に半日。うっすらと足元に落ちた影の長さから、正午過ぎあたりになると、周囲に生えている植物の種類が少し変わってきた。背の低い——といっても三、四メートルくらいはある——灌木に果実らしきものが生っているものがちらほら見つかる。

小梅かサクランボくらいの大きさのものから、ミカンや枇杷、林檎大のものまで、色も形も手触りも、これまで一度も見たことのないものばかり。

「アキちゃん！　見て！　果物だよ！」

「待て、待て待て。いきなり口に入れるな、待て」

止める間もなく樹に飛びついて、手当たり次第に木の実をもいで口に入れようとした春夏を、秋人は寸でのところで止めた。


とりあえず色が赤やオレンジ、黄色のものはともかく、紫と黄色の斑とか、青と黒の縞とか、明らかに毒がありそうなものまで食べようとするのは止めてくれ。春夏の無警戒っぷりに頭を抱えながら、秋人はカッターを取り出して、木の実をひとつひとつ割ったり削いだり切ったりした。

果肉の色を見て匂いを嗅ぎ、安全そうなものだけ薄く削いで舌に乗せる。その時点で妙な刺激のあるものは避け、問題なさそうなものだけ噛んで飲み下してみる。そのなかでも問題ないものだけ、

「これとこれ、それからそっちの丸いのは食べても大丈夫だと思う」

選んで春夏に手渡してやる。

「それと同じものだけ、もいで集めよう」

オレンジ色のゼリービーンズみたいな果実が五、六個房になっているものと、杏くらいの大きさの、外は緑色だけど中はきれいな桃色の実、それからアーモンドを倍くらい大きくした形で、マジックテープみたいな毛で覆われているけれど、皮を剝くと白

くて甘い果肉のもの。似ているけれど別物もあるので注意が必要だ。

小一時間ほどかけてそれぞれ腕一杯集め、まずは空腹を満たした。そのあともう一度、可能なかぎり探して集め、春夏の鞄と、袋代わりのジャージに入れて出発した。

心配していた下痢もせず、腹にカロリー源が入ったことで足取りも軽くなり、午後はかなりの距離を進むことができた。食べ物を確保したことで、救助隊が現れる気配がないことや、ここがどこかという根本的な不安からは意識を逸らすこともできた。

そうして午後遅く。今夜も野宿か…と、足を止めて寝場所を探そうとした矢先、川の流れ行く先が妙に明るいことに気づいて足を早めると、樹々が途切れて空が見えた。

「森の終わりだ、出口だ！」

秋人が小さく叫んで駆け出すと、それまでうつむきがちに歩いていた春夏も顔を上げ、少し遅れて駆け出した。

森の終わりは二メートル近い崖というか土手になっていて、その下には待ち望んでいた人工物、道が走っていた。ただし舗装はされてない。剝き出しの土を踏み固めただけの黄土色の道だ。幅はそれなりに広い。四、五メートルはあるだろうか。

春夏より先に土手の突端にたどりついた秋人は、降りる場所を探して周囲を見まわした。

道は西から東に向かって蛇行している。その道を、山の端に近づきつつある太陽を背に、人影がひとつ近づいてくる。昔の行商人か登山者のように背中に大きな荷物を背負っていた。

秋人はその人影に向かって大きく手をふりかけ、声をかけようとして、やめた。正しくは、息を吞んで固まった。

荷物を背負った人影に向かって、周囲からばらばらと三、四人の人影が素早く近づいたかと思うと、何か細長い板か棒のようなものを叩きつけたからだ。

「――――ーー…ッ」

悲鳴のようなものが聞こえた。襲われた人の身体から何かが飛び散った。血か肉か、腕か首か。それとも荷物がばらばらになったのを見間違っただけか。

そうであって欲しいと願いながら、秋人は呆然（ほうぜん）としたまま息をひそめて身を引いた。引こうとして、すぐ後ろに立っていた春夏にぶつかってよろめいた。

「アキちゃん、あれ…」

春夏も今の出来事を見たらしい。呆然とした震え声が耳元で聞こえる。

「映画の撮影…だよね？　絶対そうだよね。あんなこと本当にあるわけが…」

「黙れ、しゃべるな。逃げるぞ」

「だって」

まだ状況を理解できずにいる春夏の腕を引っ張って地面に身を伏せ、音を立てないよう静かに、落ち葉に埋まるようにしながら腹這いで後退（あとじさ）った。

そのまま樹の根と岩の陰にできた窪（くぼ）みに身を隠し、落ち葉で全身を覆って息をひそめる。ほとんど身動（みじろ）ぎもせず、口から飛び出そうな心臓と呼吸をなんとか抑え続けた。

秋人は、春夏が動いて何かしゃべろうとするたびに口を押さえ、視線だけで黙らせた。そして耳を澄まし、森の外からこちらにやってくる者がいないか、気配と物音を探り続けた。

朝とよく似た、夕立のような鳥の囀りに混じって、争うようなけたたましい、何かの鳴き声が何度か聞こえたけれど、そのうち消えた。陽が暮れて森が闇色に染まりはじめると、秋人はようやく窪みから身を起こし、はぐれないよう春夏と手を繋いで、川を遡（さかのぼ）りはじめた。なるべく、森の出口から遠ざかるために。

けれど、いくらも行かないうちに暗くてそれ以上進めなくなった。

「今夜は、火熾ししなくていいから」

秋人の言葉の意味を、春夏もさすがに理解したのだろう。「…うん」と小さくうなずいて、その場に膝（ひざ）を抱えてうずくまる。秋人も春夏の隣に腰を降ろし、しばらく黙って耳を澄ませていた。

その夜は樹から落ちる木の実の音や、夜の獣が梢を揺らすささいな音にもびくついて、浅い眠りを何度も破られた。春夏は秋人の手を放そうとしなかったし、秋人もふりほどいたりしなかった。

焚き火も即席のベッドもない、本当の野宿で一夜が明けると、ふたりは無言で顔を洗い、水を飲み、昨日摘んでおいた果実で腹を満たした。それからどちらともなく目を合わせ、互いに確認しあう。

「どうするの？」

「道は見つけた。でも…」

その先がうまく言葉にならない。現代日本で、いきなりあんな、追い剝ぎみたいなことが起きるだろうか。逆光でよく見えなかったけれど、襲われた人の顔立ちも体格も、日本人にしては彫が深くがっしりしていたように思う。…思うけれどわからない。

もしここが日本じゃないとしたら、いったいどこだ。そもそも、どうして自分たちが外国に連れて来られなければいけない？　誘拐されたわけじゃなく、穴に落ちただけなのに。どうして…。

考えれば考えるほどわけがわからなくなってくる。


秋人が口ごもって黙り込んでしまうと、春夏はなぜか鞄からタオルを取り出し、川の水で洗い出した。

「どうしたんだ、珍しい」

「あの人、もし怪我してるなら、手当てに使えるかと思って。きれいな方がいいでしょ」

「――…そう、だな」

秋人はふ…っと肩の力が抜けるのを感じた。

己の身の安全ばかり考えている自分とちがって、春夏はこういう人間だ。他人を気遣う余裕がある。

そのことに感心すると同時に、チリッ…と指先を火で焙(あぶ)られたような焦臭(きなくさ)い感情が、胸の奥で蠢(うごめ)いた。

他人を気遣う余裕の有無は、父親に迎えに来てもらえた子どもと、見捨てられた子どもの違いだ。

帰る場所のある人間と、これから自分で作らなくてはいけない人間の違い。

秋人は小さく拳をにぎりしめながら、努めて落ちついた声を出した。

「もしかしたら、春夏が昨日言ったみたいに、映画の撮影だったのかもしれない。俺たちは気がつかなかったけれど、まわりにカメラとかスタッフとかが隠れていたのかも。だったら、あそこに戻っても、何も見つからないはず。怪我人もいない」

「うん。それならそれでいい。…っていうか、その方がずっといい」

「それじゃ、行くぞ。俺がいいって言うまで声は出すなよ。あと、音も立てるな」

「うん」

　秋人は春夏の動きに目を配りながら、あたりの気配に注意して静かに歩きはじめた。

　昨日、夕闇の中を引き返した道を再びたどり、森の突端にたどりつくと、下からは見えないよう身を伏せて道を確認する。

　ふたりの楽観的希望も虚しく、朝日に照らされた黄土色の道の上には、黒々とした人の形が横たわっていた。昨日背負っていた大きな荷物は跡形もなくなっている。遠目にだが服も剝ぎ取られているようだ。そしてカラスの二倍はありそうな黒い大きな鳥が十羽近く、入れ替わり立ち替わり近づいて何かをついばんでいる。何をついばんでいるのかは考えたくない。

　文字通りの追い剝ぎ。生まれて初めて見た。

　秋人も春夏もしばらく身動ぎもせず、その場に身を伏せて隠れていたが、太陽が真上に近づいた頃、どちらともなく動き出した。十五メートルか二十メートル近く。木立に身をひそめながら土手沿いに、倒れた人影に近づいてみる。

　風に乗って、腐った何かの匂いが鼻先に届く。

　土手の下、二メートルの距離に、裸に剝かれた無残な遺体が転がっていた。男の人だ。明るい茶色の髪は短い。浅黒い肌で、うつ伏せで、脇腹から荷物がはみ出している。違う、荷物じゃない。内臓と血溜まりだ。

　気づいた瞬間、吐き気がこみ上げて目を強く閉じ、背を丸めて口元を押さえた。

「アキちゃん、大丈夫？」

　心配そうな春夏の声にうなずきを返すのが精いっぱいで、声は出ない。喉元までこみ上げた何かを、秋人は必死に飲み下した。せっかく腹に収めたカロリー源を、こんなところでぶちまけてたまるものか。ただその一心で。

吐き気と一緒に何度も唾（つば）を飲みこんで、ようやく少し落ちついた。心配そうに肩を抱いて自分をのぞき込んでいた春夏を見る余裕が生まれる。

血の気が失（う）せて顔が強張（こわば）ってはいるものの、春夏は吐き気を催すほどではないらしい。

「…おまえ、よく平気だな」

「平気…じゃないよ。頭の中でいっしょうけんめい、あれは特殊メイクだって思い込んでる」

「特殊…って」

ああそういえば、春夏はスプラッタものやホラーサスペンスも好きだったたっけ…と、妙に納得して苦笑いがこみ上げる。秋人はもう一度唾を飲み込んで、春夏の腕をつかんで引っ張った。

「逃げるぞ」

「どこへ？　あの人はどうするの？　あのまま」

放っておくのかと言いかけたのを、強くにらんで口をつぐませた。

春夏の腕をつかんだ手に力をこめながら、自分を落ちつかせるために深呼吸をして説明する。

「いいか。ここはたぶん日本じゃない。すごく治安の悪い国のどこかだ。よくニュースになってるだろ、中東の紛争地帯とか」

「…うん」

「あの人は昨日、襲われて…こ、殺された。テロリストとかゲリラとか追い剝ぎとか、なにかよくわからないけど。とにかく道に出るのは危険だ。昨日の連中に見つかったら俺たちだって危ない」

「――…でも、あのままじゃ、あんまりだよ」

「春夏」

秋人は春夏の腕を強くにぎりしめて、小さく揺すった。春夏の瞳が潤んで透明度を増す。

ふいに、むかし春夏が道端に落ちていた鳥の死骸（しがい）を見つけて拾い上げ、近くの公園の砂場に埋めようとしたことを思い出した。誰もが見て見ぬふりで通り過ぎていたのに春夏だけが立ち止まり、素手で死骸をつかんだのだ。道の反対側からその様子を見ていた秋人は、春夏のあとを追いかけて教えてやった。

『砂場になんか埋めたら、すぐ掘り返されて捨てられちゃうだろ。埋めるならこっちだ』

そう言って手を引き、少し離れた場所にある霊園を囲む林に案内してやったことがある。けれど。

あのときと今では、状況が違いすぎる。

「おまえの気持ちはわかるけど、……俺だってあのままになんてしたくないけど、だけど駄目だ。危険すぎる。わかるだろ？」

「……」

春夏は深くうつむいたまま、ようやくコクリとうなずいた。

秋人は春夏の手を引いて森の中へ引き返した。

せっかく見つけた道からは離れすぎないよう、そして森の外から自分たちの姿を見つけられないように注意しながら。

殺された男は、西から東に向かって歩いていた。だから東に向かって道なりに進めば、人の住む場所にたどりつくはずだ。とにかく電話か充電できる施設さえ見つかれば助けを呼べる。それまでの辛抱だ。

春夏にそう説明して森の中を進みはじめ、しばらく経ったとき、ふと、自分たち以外の足音が聞こえた気がして、血の気が引いた。

「春夏、止まれ」

小さくささやいて足を止め、唇の前に指を立てて耳をすませる。

鳥の声。風を受けてざわめく梢の音。遠ざかりつつある川のせせらぎ。自分と春夏の、抑えようとしても抑えきれない呼吸音。

聞こえてくるのはそれだけ。

身動ぎもせず、五分くらい周囲の気配を探ってから、秋人はようやく肩の力を抜いた。春夏の腕を強くにぎりしめていた手を放すと、指先が小さく震えていた。

――怖い。

けれど自分がしっかりしなければ、春夏とふたり、こんなわけのわからない場所で野垂れ死にする羽目になる。

——俺が、しっかりしなければ…。

秋人は一度目を閉じて気持ちを落ちつかせ、再び歩きはじめた。道から離れすぎていないか、時々確認しながら、ふたりで黙々と歩いて二時間くらいが過ぎただろうか。気温が上がって蒸し暑くなり、はじめに春夏が上着を脱いだ。多少くすんできたとはいえ白いシャツは、落ち葉の茶色と梢の緑、樹の幹の焦げ茶、葉裏の赤や銀色に埋め尽くされた森の中で、目を射るほど鮮やかに目立つ。

「春夏、上着は脱ぐな」

「ええ？　だって暑い…」

「駄目だ。白は目立ちすぎる」

春夏は一瞬「なんで？」と言いたげに小首を傾げ、それからようやく意味に気づいて眉を八の字にしながら、上着を羽織った。

「ちょっと待ってろ」

秋人は近くにあった梢から木の葉をこそぎ取り、石と石の間で磨り潰し、さらに湿り気のある土と混ぜ合わせて、まず自分のシャツを汚した。

「春夏、おまえのシャツもこれで汚せ」

「わあ。迷彩服みたいだね」

春夏は見捨ててきた男の死体のことを忘れるためか、空元気だとわかる作り笑いを浮かべた。だから秋人も、努めていつもの調子で答えた。

「みたいじゃなくて、そうなんだよ」

「顔も汚す？」

「——…好きにしろ」

正午を過ぎた頃、前のとは別の細い川を見つけ、ペットボトルに補給すると同時に自分たちの喉も潤した。川の近くには前に見つけたのと同じ果樹も生えていたので、鞄に溜めてあった古い実を食べ、新しい実をもいで鞄に蓄えた。

軽く休憩をしてから再び歩きはじめ、小一時間も過ぎないうちに、また空耳が聞こえた。自分たち以外の足音だ。歩いているときは聞こえる気がするのに、立ち止まって耳をすますと聞こえない。

最初はびくついているから、ありもしない音が聞こえる気がするのだと思っていたけれど、歩きながら素早くふり返った瞬間、視界の隅に人影のようなものが見えた気がして、恐怖で身がすくみかけた。

「春夏、止まれ」

声をかけ、そのまましばらく立ち止まって耳をすまし、周囲をくまなく見まわして怪しい影や気配がないか探っていると、

「アキちゃん…」

背後から弱々しい声が聞こえた。何事かとふり返ると、足元に春夏がうずくまっている。

「…！　どうしたんだよ」

急いで身を屈め、顔をのぞき込むと、

「……お腹…痛い…」

春夏は両手で腹部を押さえながら、とぎれとぎれにささやいた。

「ええ!?」

秋人は思わず頭を抱えながら、春夏に確認した。

「おまえさっき、昨日採ってておいたの以外に何か食べたか」

「…昨日、アキちゃんが…見つけたのと同じ、緑の実。…これ」

苦しそうに眉根を寄せながら、春夏は背負っていた鞄を地面に降ろし、中から杏大の実を取り出した。

昨日見つけたのは、皮は緑色だけど中はきれいな桃色の実だ。けれど春夏が手に乗せて見せたのは、緑に薄黄の縞模様が入った、中の果肉も桃色というより青味がかった紫色の実だ。

「ばか！　色が違うだろ。なんで食う前に俺に確認しなかったんだよ!?」

「だって…」

春夏は苦しそうに顔を歪めて何か言い訳めいたことを口にしたけれど、くぐもってよく聞こえない。

「吐き気か、それとも下しそうか？」

「……両方」

「わかった。とにかく、まず吐け」

そう言って下を向かせたけれど、苦しそうにうなるばかりで中身は出ない。秋人は背中をさすっていた手で春夏のうなじをささえ、開かせた口に指を突

っ込んでやった。それでようやく胃の中身を吐き出させると水を与え、次は下から出せとしげみの陰に連れて行く。手早く落ち葉をかき分けて穴を掘り、周囲を見まわして、表面がやわらかく手頃な大きさの葉を十枚ほどむしって集めて手わたす。

「ティッシュなんてないからな。尻はこれで拭け」

「…ふぇ…ぇぅう」

春夏は葉っぱをにぎりしめて顔を歪めたけれど、文句なのか腹痛のせいなのかよくわからない。

「俺は水を汲んでくる。ここから動くなよ。絶対」

秋人はそう言い置いて、小さな谷になっている川縁に下り、水を汲んだ。ついでにタオルを水に浸してしぼっておく。

トイレ中の姿を見られるのは嫌だろうから、少し離れた場所に待機して様子を窺っていると、春夏がいる方ではなく、自分たちが通ってきた方角から、かすかに何かの音が聞こえた──気がした。

──なに？　なんだ？　川の音でよく聞こえない。

秋人は斜面を静かに登り、春夏がいるあたりにちらりと視線を向けて動きがないことを確認してから、川から道のある側に少し移動して耳を澄ませた。

──やっぱり何か聞こえる。鳥の鳴き声？

鳥の囀りと犬の遠吠え（とおぼえ）を足したような、どこか耳に障る不快な音。それが近づいてくる。音の正体を聞き分ける前に、視界に人影が現れて息が止まった。

「……ッ」

そこそこきつい傾斜の下、距離はおおよそ五〇〇メートルくらい離れているだろうか。そこに、昨日見た追い剝ぎと似たシルエットが見え隠れしている。

秋人は即座に踵（きびす）を返して、可能なかぎり足音を立てないよう春夏の傍に駆け戻った。

「春夏！　逃げるぞっ」

小声で叫んで荷物をまとめる。春夏はちょうどズボンを上げてベルトを締め直したところで、何事かと怪訝（けげん）そうな顔で眉根を寄せた。まだ顔色は青白く、脂汗のせいで額に前髪が張りついている。

「…どうしたの？」

「昨日の、たぶん追い剝ぎが」

「え…!?」

絶句した春夏の腕をつかんで走ろうとして、三歩も進まないうちに足を絡ませた春夏が転び、秋人も巻き添えで転んだ。「くそっ」と毒づいてすぐさま立ち上がり、腕を引っ張ろうとしても春夏はうずくまったまま弱々しく首をふる。

「…お腹痛くて、力はいんない。動くと吐きそう」

「吐いてもいいから走れ!」

我ながらひどいことを言っている自覚はあったけれど、殺されるよりはマシだ。小声で怒鳴ってけしかけたけれど、春夏は本当に辛そうで、苦しそうに顔を歪めた。

「……っ」

秋人は一瞬、おそらく殺人者集団だろう追っ手が迫りくる方角を見て、それから反対側を見た。

自分ひとりだけなら逃げきれるかもしれない。

春夏を置き去りにすれば――。

脳裏に昨日見た旅人が襲われる場面と、今朝方見たばかりの酷い遺体が浮かんで、鳩尾のあたりが鉄の板にでも変わったように重く固くなる。恐怖で息が浅くなり泣きたくなった。誰かに助けを求めたい。でも誰もいない。――誰もいないんだ。

生きるか死ぬかの瀬戸際だ。ここで春夏を見捨てたところで、誰にも俺を責める権利なんかない。

春夏は俺なんかよりずっと恵まれて生きてきた。こんなときくらい、俺が優遇されたっていいじゃないか…。

時間にすればたぶん一秒か二秒。その一瞬の間に人でなしと言われても反論できない身勝手な考えで、頭がいっぱいになった。それなのに。

自分だけは助かりたいと思う生物的本能とは裏腹に、身体が勝手に動いて春夏を担ぎ上げていた。

「ほら、しっかりつかまれ!」

手に持っていた鞄を一度放り出し、春夏を背負ってから鞄を持ち上げる。そうしてよろめきながら、追っ手から身を隠せる場所を探して走りはじめた。

「――…アキちゃん、ごめん…っ」

うるさい黙れと言い返したかったけれど、それすら無駄な体力の消耗になりそうで口をつぐんだ。

歯を食いしばってひたすら歩きにくい落ち葉の森を進む。大きな岩か窪み、なんでもいい。奴らの目から身を隠せる場所を探して、必死にあたりを見まわしながらよろめき走る。傍目(はため)には歩いているようにしか見えない速さで足を動かしていると、あっという間に息が上がって苦しくなった。

そのとき。ゼイゼイという自分の息遣いに混じって、背後から鳥の鳴き声か笛を滅茶苦茶に鳴らしたような叫び声が聞こえてきた。

「――――…ぶぁ！　ぶぉぶぅぇ！」

ふり返る余裕がない。秋人は春夏に声をかけた。

「春夏、うしろ確認できるか？」

「んう」

小さくうめいて、春夏が首をひねる動きが背中越しに伝わってくる。

「…五人くらい、手になんかオノ？　ナタ？　みたいなの持ってるのが…追いかけてくる」

「わかった」


秋人は春夏の足を抱えあげた腕に力を込め、落ち葉を踏みしめる両足を交互に前へ進めることだけに集中した。けれどいくらもいかないうちに、よろけて膝をついてしまった。

「――ぁあ…ッ」

きちんと食事をして体力があり、地面がアスファルトだったら、もう少しなんとかなったかもしれない。けれどすべてが不利すぎた。

「ごめ…っ、アキちゃん…。もういい…いいから…、ぼくは置いて行って…」

肩にすがりついていた春夏が腕の力を抜いて、自分から身を離そうとしたので、ふり向いて怒鳴りつけた。

「ばか！」

ここで放り出すくらいなら最初から見捨ててる。

おまえのことなんか助けたくない。

だけど見捨てて、自分だけ助かろうとすることなんて、もっとできない。そんなことをして生き延びたとしても、きっと一生後悔する。自分のしたことが許せなくて、二度と笑えないだろうし、人の顔を見て話すこともできなくなる。

　言いたいことの全部を「ばか」のひと言に込めてにらみつけた。春夏は叱られた犬みたいに首をすくめ、涙目で秋人を見上げて「でも」と言い募る。

「だって、アキちゃん…！」

「ばか…！」

　拳をにぎりしめてもう一度罵倒（ばとう）したとたん、悔しくて涙がこぼれた。

「[illegible]」

　笛か金管楽器の音に似た人の怒鳴り声が間近に聞こえてきて、秋人は頬を濡（ぬ）らしかけた涙を拳でグイとぬぐい、追っ手と春夏の間に身を置いた。

　落ち葉を蹴立てる音が派手に響きわたり、飛び交う怒号と重なり合う。かすかな地響きが膝をついた地面から伝わってくる。秋人は春夏の背中に覆いかぶさり、両腕で春夏の身体を抱きしめ、目を閉じた。

「アキちゃん」と、腕の中で春夏が小さくささやいた。涙混じりの子どもみたいな声。昔、施設でよく聞いた声だ。

　春夏を抱きしめた両手に力を込めながら、何か言い返してやろうと思ったのに、とっさに言葉が何も出ない。代わりに指先を動かして春夏の腕を撫でた。

　背後に迫った殺気が、死臭と一緒に風に乗って鼻（び）腔（こう）を刺激する。

「[illegible]」

　抑揚も語感も、まるで馴染みのない音の連なりがどこからか飛んできて、頭上で何かをふりかぶる気配が伝わってきた。

　殺（や）るならひと思いに殺ってくれと願いながら、息を止めて強く目を閉じた瞬間、背後で「ギャッ」という叫びが響いた。一瞬遅れて、ドサリと重い荷物が地面に落ちる音が聞こえる。

　秋人は思わずふり返り、地面に落ちたのは荷物ではなく人の身体だと知った。廃油で煮染めたみたいな不潔な衣服に身を包んだ大男だ。手指は黒く垢（あか）染みて、傍に落ちたナタのような刃物も黒ずんでいる。その首に親指ほどもある太い矢が刺さっているのを見分けた瞬間、頭が真っ白になった。

「――…!?」

「[illegible]！　[illegible]！」

倒れた男の背後から自分たちに近づきつつあった三つ四つの人影が、足を止めて狼狽える姿が見える。

同時に前後左右から、統制の取れた怒号と馬の嘶（いなな）きが聞こえてきた。

狼狽えていた男たちの中から熊（くま）みたいな大男が進み出て、菜切り包丁に似た形の、五十センチ近くもある黒々とした幅広の刃物をふり上げて、何か叫びながら突進してきた。けれど次の瞬間、熊男の首も真横から飛んできた矢に貫かれた。

「…ッ」

秋人は息を呑み、声も出せないまま、熊男が派手な音を立てて前のめりに倒れるのをただ見つめた。怖ろしすぎて目を閉じることもできない。

残りの三人のうち、ひとりは憤怒（ふんぬ）の形相で秋人と春夏の方に駆け寄ろうとしていた。けれど一歩足を踏み出したとたん、やはり首を射貫かれて地面に倒れる。

残ったふたりは、その時点でようやく形勢不利を悟ったらしい。あわてて踵を返し、反対方向に逃げてゆく。そのふたりの背中を、左右の木陰から躍り出た複数の人馬が追いかける。

「[illegible]」

追い剝ぎたちが発したのと同じ響きの、けれどそれよりも耳に心地良い声で馬上の男たちが合図を送り合う。意味はまるで解らないけれど、一連の動きから、どうやら追い剝ぎたちを捕らえようとしていることだけは理解できた。

追い剝ぎの生き残りふたりは、統制のとれた人馬に追いかけられ、追いつめられて、馬上の男がふり上げた棒――鞘（さや）に納まった剣――で殴られ、悲鳴を上げて地面に転がった。

ピューイと指笛らしき音が軽快に響くと、馬に乗っていた男たちの半数、十二、三人ほどが地面に下り立つ。彼らのうちふたりは、矢で刺し貫かれた追い剝ぎたちに近づいて生死を確認するために立ち止まった。残りの十人は秋人たちの方へ近づいてくる。

　全員がほとんど同じ格好をしていた。脛当て、籠手、剝き出しの膝。襞の多いスカートみたいな服と、ゆったりした袖の上着の上に、金属なのか革なのかよくわからない素材でできた、たぶん甲冑を身につけている。色は青の基調に黒のアクセント。

　軍隊の制服みたいだ。

　なんとなく、古代ローマとか古代ギリシアを題材にした映画に出てくる兵士や剣闘士に似ている。

　青と黒色の服と甲冑姿の男たちの中で、秋人と春夏に向かって近づいてくる集団の先頭に立った四人だけは、他より豪華で手の込んだ服と甲冑を身にまとっていた。

　他よりひときわ目立って筋骨逞しく、一目で他より身分が高いと分かる。髪の色は青味がかった灰色から濃赤、栗色、金髪までさまざま。瞳の色はよくわからないけれど、立派な体格やくっきりとした顔立ちから日本人ではないとわかる。

　腰に剣を帯びた、自分たちより一・五倍はありそうな長身の男たちが近づいてくるのを呆然と見つめながら、秋人は自然に両手を広げ、背後にうずくまった春夏を隠した。

　追い剝ぎたちもそうだったけれど、手を伸ばせば触れられる距離に近づかれて、互いの体格の違いに呆然とする。彼らから見たら自分たちは小学生くらいに見えるんじゃないだろうか。

　男たちは円を描くように秋人と春夏を包囲して、環を狭めるように迫ってきた。皆、秋人を見て眉根をひそめ、忌々しそうに目を逸らす。右手を腰の剣柄にかけ、いつでも抜けるよう油断なく構えながら。

　瞳の色が見分けられるほど近づいたところで、他よりも身分の高そうな四人のうち、波打つ金髪をなびかせた目の覚めるような美形が片眉を跳ね上げ、眉間と鼻に皺を寄せてとなりの男を見て何かささやいた。金髪に見られた男は青みがかった灰色の髪で、瞳の色はやわらかな緑色だった。

　霞みがかった初夏の森みたいにきれいな色。

　場にも状況にもそぐわないことを思い浮かべたの

は、たぶん現実逃避のため。

灰色髪の男は金髪男に、やはり小声でささやき返すとゆっくり手を上げ、円を描く男たちに向かって、やわらかな口調で指示か命令らしきものを発した。

今にも跳びかかってきそうだった男たちの険しい面持ちが、少しだけやわらぐ。けれど秋人に対する刺々(とげとげ)しい雰囲気はあまり変わらない。

そんな中、灰色髪の男だけは秋人から視線を逸らさず、気遣うような素振りを見せてくれた。金髪ほど派手な容姿ではないけれど、そのぶん親しみやすい柔和な印象がある。

そんな秋人の心証が相手に伝わったのか、灰色髪の男は微笑みに近い表情を浮かべ、そっと身を屈めて目線を近づけると、秋人に向かってゆっくり手を差し出して口を開いた。

「[illegible]」

音楽みたいな音の連なりは耳に心地良く響いたけれど、意味はまるで解らない。ただ、相手が自分たちを傷つける意図がないことだけは伝わってきた。

だから勇気を出して訊ねてみる。

「貴方たちは誰？　ここはいったいどこ？」

秋人の問いに、灰色髪は不思議そうにまばたきをして首を傾げた。

「映画の撮影ですか？　電話を貸してください」

目の前で血を流して人が倒れるのを見たはずなのに、たぶん認めたくなかったのだろう。全部が作り物だと、映画の撮影だと思いたくて、そう訊ねた。春夏を背後に庇(かば)って立ちはだかったまま。

そんな秋人に焦(じ)れたのか、金髪が身を乗り出して脇からまわりこみ、春夏の腕をつかんで引き寄せようとした。

「止めろ！」

秋人は叫んで、金髪男にさらわれそうになった春夏に抱きついた。春夏は気を失っているのか、目を閉じてぐったりしている。

「[illegible]」

秋人の叫びに灰色髪の男の声が重なった。なだめるような、安心させるような、さっきと同じ音の響き。音楽みたいなその声と一緒に、秋人の腕は灰色髪の男にやんわりと捕らえられ、そのまま抱きしめられるように拘束されてしまった。

「…離せ！　春夏を返せ！」

どんなに身をよじって暴れようとしても、大人対子どものように歯が立たない。叫ぶ秋人の目の前で、春夏は金髪男に抱き上げられ、そのまま運び去られてしまった。

「春夏…ッ！」

「[illegible]！」

呼び声に答えたのは、秋人を背後から抱きしめている灰色髪の男の声だった。

† 異世界の神子（みこ）と、災厄の導き手

秋人は灰色髪の大男に、拘束と抱擁の中間くらいの扱いで馬上に抱き上げられ、森の外へ連れて行かれた。

途中で何度も「春夏をどこに連れて行った！」「春夏に変なことをしたら許さない」と叫んでいたら、溜息を吐いた灰色髪の男に、頭を布のようなもので覆われ、大きな手のひらで口をふさがれてしまった。右手で秋人の両手を拘束し、左手で口をふさいだ男は、手綱なしで馬を巧みに操って、危なげなく森を出た。

森の外の道には、青と黒の甲冑を身につけた男たちが、総勢一〇〇人ほど待ちかまえていた。皆、上官らしき者の号令ひとつできびきび動き、よく統制がとれている。

秋人の頭に『正規軍』という単語が浮かんだ。

甲冑姿の――たぶん兵士たちが守っているのは、中心に停（と）まっている箱形の大きな馬車だ。

窓に下りたカーテンには凝った刺繍（ししゅう）がほどこされ、窓枠は細かい金の装飾でぐるりと囲まれている。木材と金属をたくみに組み合わせた箱形は、頑丈そうだが、どことなく優美で高級感がある。

森から灰色髪の男が姿を現すと、青黒の甲冑を身にまとった兵士たちはぴしりと姿勢を正し、場所を空けて馬車までの細い道を作った。灰色髪の男は堂々とした態度でゆっくりと馬を進め、馬車のすぐ脇までくると秋人を抱えたまま馬から下りた。

「——…ッ」

口をふさがれていなかったら、無様な悲鳴を上げていた。両足もがくがく震えてほとんど力が入らない。秋人がその場に崩れ落ちて地面に這いつくばらずにすんだのは、男が背後から捕らえていてくれたおかげだ。

「[illegible]」

背後から顔をのぞき込まれ、頬が触れ合いそうな距離でささやかれた。相変わらずひと言も理解できない。けれど言葉の中に「ハルカ」に似た響きがあったので、たぶん、春夏に会わせてやるとかそんな内容だったらしい。

馬車の入り口らしき場所を守っていた兵士たちに、男がひと言発すると、絡繰り仕掛けみたいな複雑な動きで扉が開き、同時に階段が現れる。

それに足をかける前に、男は秋人の口から手を放して目を合わせ、自分の唇の前に指を立てて『静かに』と伝えてきた。確認するように、わずかに首を傾げてみせる。

なんとなく『静かにしてるなら、入れてやる』と言われた気がして、秋人はコクリとうなずいた。

男の表情がふ…っと和らぐ。続いて、子どもを褒めるように頭を軽く撫でられる。秋人がそれをふり払う前に男は手を引いて、背中にそっと添えられた。そのまま中へ…とうながされ、さすがに気づく。

この人は自分を気遣ってくれているんだ、と。

だから秋人は叫んだり暴れたりせず、おとなしく、灰色髪の男と一緒に階段を上がった。

入り口を覆っていたカーテンをかき分けて中に入ったとたん、甘く爽やかな香りに迎えられて驚いた。同時に奥にいた人々が顔を上げ、最初に灰色髪の男を見る。次に秋人の存在に気づいて眉根を寄せ、不満そうな声を上げた。

「[illegible]」

意味はわからないけれど言葉の響きから、なんとなく『出ていけ』と言われた気がした。邪魔物扱いの雰囲気がひしひしと伝わってくる。

秋人は無意識のうちに手を伸ばし、隣に立った灰色髪の男の手をきゅっとつかんだ。助けを求めるように。

灰色髪の男は『大丈夫だ』と言いたげに秋人の肩に軽く触れてから、眉根を寄せている人々に向かって何か訴えた。

「[illegible]」

三人の男たちは不満そうながらも、灰色髪の男の言い分を聞き入れたらしい。わずかに立ち位置を変えて、ふたりが近づくのを許した。

中は二トントラックの荷台くらいの広さがあった。天井の高さは灰色髪の男が少し背を丸めれば歩ける程度。壁には豪奢な壁紙——紙ではなくたぶん布が張りめぐらされ、床には凝った模様の絨毯が敷かれている。

入り口から奥に向かって左の壁際には、造りつけの長椅子と小さなテーブルがあり、その上に金や銀色の器、高そうなランプ、布、薬草のようなもの、花、そして大きな鞄などが置かれ、絨毯の上にはバケツか桶のような容れ物が置いてあった。

右の壁際にはベッドが置いてあり、誰かが寝ているらしい。そして、ベッドの脇には森で見た身なりの立派な三人の男たちが壁のように立ちはだかり、ベッドで眠る人物を心配そうに見つめている。

ベッドは見るからにクッションが効いて寝心地がよさそうだった。房飾りがついた枕カバーも、おそろしく手の込んだ刺繍がほどこされた上掛けも、贅沢品には縁のない秋人にも、ひと目で上質だとわかる品の良さを醸しだしている。テレビや本の中でしか見たことがない『王侯貴族の暮らし』そのものだ。

そして、ベッドの枕元にはシンプルな白い長衣を身にまとった老人が屈み込んでいた。雰囲気から、どうやら医者のようだ。その老人が恭しい手つきで額の熱を計り、口を開けて中を確認している人物に気づいた瞬間、秋人は声を上げた。

「——…春夏！」

灰色髪の男の手を放し、ベッドの縁に駆け寄る。その動きで、頭を覆っていたフードが外れた。

壁のように立ちはだかっていた三人の男たちの口から、息を呑むような、うめき声のようなものが洩れる。そして、秋人に触れるのを怖れるように素早く身を引いて場所を空けた。彼らの顔に浮かんだ嫌悪の表情や反応については、あまり深く考える余裕がなかった。春夏のことが心配だったからだ。

「春夏！」

高そうな上掛けからはみ出た春夏の手を持ち上げて、秋人は声をかけた。それから医者だと思われる老人を見る。

「大丈夫なんですか？」

秋人に視線を向けた老人は、その瞬間両目を大きく見開いて腰を浮かせ、毒蛇か凶暴な野犬にでも遭遇したように椅子を蹴立てて後退った。

「[illegible]！」

かすれた叫び声を上げながら、救いを求めるように三人の男たちを見る。そして『俺たちではなく、奴になんとかしてもらえ』と言いたげに彼らが向けた視線を追って、灰色髪の男を見た。

灰色髪の男は聞く者を安心させる、やわらかで深みのある声で何か答える。

「[illegible]」

それを聞いた老人は少しだけ緊張を解き、恐る恐るといった感じで、灰色髪の男が直してくれた椅子に座り直した。それでも、秋人から少しでも遠ざかりたいのか、身体が斜めになっている。

森での態度。それから今の反応。

さすがに、秋人は自分が彼らに忌避されているのだと悟った。迷惑がられているとか嫌われているとは薄々感じていた。けれど実際は、それよりもっと強く根深い嫌悪を向けられている。

——なんだよ…。

秋人は心の中で思わずぼやいた。

目の前に横たわった春夏は王侯貴族のような扱い

を受けているのに、自分は嫌われ者かよ…と。

森でさんざんついた汚れをきれいにぬぐわれ、清潔で真新しい服に着替えさせてもらい、贅沢きわまりないベッドで眠らせてもらっている春夏と、汗染みて泥汚れがついたまま嫌悪の目で見られる自分との差に、覚えのある感情が湧き上がる。

『なんだ、またか…』という怒りと悲しさと悔しさ混じりの、あきらめにも似た気持ち。

「またかよ…」

自分は父親に見捨てられ、春夏は高級車に乗った立派な父親が迎えに来た。それと同じことが、ここでもまた繰り返されるのか。

秋人は春夏の手をにぎったままだった指に力を込めた。それが強すぎたらしい。

「うう…」

気を失っていても痛みは感じるのか、目を閉じたまま春夏が眉間に皺を寄せて小さくうめく。その顔色は青白く、脂汗で額に髪が張りついている。

まだかなり具合が悪そうだ。

「くそ…」

秋人は小さく口の中で悪態をついてから、灰色髪の男を見上げて訴えた。

「こいつは毒のある実を食べたんだ。これくらいの大きさの、緑に薄黄の縞模様が入った、中は青味がかった紫色の実」

灰色髪の男は『何を言っているのかわからない』と言いたげな、困った表情を浮かべた。

「ああ、もう」

やっぱり、まるで言葉が通じないんだ。

秋人は思わず頭を抱えてから、ふと思いついて、紙に絵を描くジェスチャーをして見せた。

他の三人と医者らしき老人は嫌そうに目を逸らしたのに、灰色髪の男だけは秋人の訴えを読み取ろうと真剣な表情で見つめた。そうしてすぐに「わかった」という表情を浮かべ、造りつけの棚を開いて、中から和紙に似た紙の束とペンを取り出してくれた。

ペンは浸けペンで、最初はうまく線が引けず苦労したけれど、コツをつかんでしまうとなんとか普通に絵を描くことができた。

　絵の具はないので、なるべく詳しく形と模様を再現してみせる。大きさは指を丸めて「これくらい」と示した。その実を春夏が食べてしまったということを身ぶり手ぶりで伝えると、秋人が描いた絵を見ていた灰色髪の男はすぐに理解して、老人に向かって何か早口で話しかけた。

　険しい表情を浮かべていた老人の顔に安堵が広がる。老人はすぐさまテーブルの上に置いてあった鞄から乾燥させた植物の束を取り出し、三人の男たちにあれこれ指示を出した。

　湯を沸かして薬草を煮出して飲ませると、春夏は大量の汗をかきはじめ、眠ったまま何度か嘔吐をくり返した。それが治まると顔色が良くなって、呼吸も深くゆったりと落ちついた。

「[illegible]」

　灰色髪の男が、秋人の背後から肩に手を置いた。なんとなく『もう大丈夫だ。心配いらない』と言われた気がする。ふり返って見上げると、男は秋人を安心させるように目元を和ませた。

　そのまま背中を軽く押されて、外へ出るよううながされる。秋人はちらりと、まだ目を覚まさない春夏を見た。男たちに見守られ大切に扱われている。

　どう考えてもこの先、彼が危害を加えられるとは思えない。自分が傍にいて見張っている必要はないだろう。春夏が目を覚ませば、たぶん灰色髪の男が教えてくれる。

　そう判断して、秋人は灰色髪の男と一緒に馬車を降りた。

　出入り口のカーテンをくぐる前に、背後の男がさりげなく秋人にフードを被せた。顔が半分隠れるくらい深く。

　前が見えなくて歩きにくいと思ったけれど、男が肩を抱き寄せるように寄り添い歩いてくれたので、つまずいたり何かにぶつかる心配はなかった。

　人目につく場所を歩くときにフードを被せられる理由は、教えられなくてもさすがに察した。

　――たぶん俺の黒髪と黒い瞳の色が、ここの人々にとっては嫌悪の対象なんだ。

　秋人は髪と瞳を見られないよう気をつけながら少しだけ顔を上げ、馬車を守る兵士たちの姿をちらりと盗み見た。白髪や、銀色、灰色、茶色、赤など、濃淡は様々だが、秋人のような黒髪は誰ひとりとしていない。そして春夏のような金髪も、兵士たちの中には見当たらない。

　どこの国かは知らないけれど、どうやらここでは金髪が尊ばれ、黒髪は忌み嫌われているらしい。

「…くそ」

　己の運の悪さと理不尽さに舌打ちすると、灰色髪の男が歩調をゆるめて秋人の顔をのぞき込み、何かささやいた。

「[illegible]」

　たぶん『どうした？』と訊ねたんだろう。言葉の意味は解らないけれど響きからそう推測して、秋人は小さく首をふった。

「なんでもない」

　灰色髪の男は秋人をはげますように、肩をぽんぽんと軽く叩いた。

　そのまま男に導かれてたどりついた場所は、道の脇に広がる草地に張られた大きな天幕の前だった。

「[illegible]」

　入り口の垂れ幕を上げてもらい、中へどうぞという手振りをされて、秋人は素直に従った。

　天幕の中は四畳半ほどの広さがあり、天井は低いところで二メートル、一番高いところは三メートルくらいありそうだ。

　さっきの馬車に比べたらすこぶる地味で飾り気がないけれど、たぶんベッドにもなるソファっぽい椅子や、棚、持ち手のある大きな箱、椅子や机などといった家具や備品は、どれも重厚で上質な雰囲気がする。

　ぼんやり立ち尽くしていると、灰色髪の男が水が入った洗面器のようなものを机に置いて秋人を手招いた。

「[illegible]」

　どうやらこれで顔を洗えということらしい。

秋人は男が身ぶり手ぶりで勧めるままに、顔と身体を清め、新しく清潔な服に着替えた。

丸二日ぶりの清々(すがすが)しさに、久しぶりに満足の吐息が洩れる。

服は、細長い布を二つに折り、真ん中に穴を開けて両側を途中まで縫った——いわゆる貫頭衣のようなシンプルなもので、腰をベルトでしめないと一反木綿みたいな姿になる。ので、当然ベルトを使う。靴は飾り気のないサンダルで、見た目よりもやわらかく履き心地はよかった。下着はパンツではなく、これも細長い布——褌(ふんどし)のようなものだった。着け方がわからなくて戸惑っていると、灰色髪の男が丁寧に身ぶりで教えてくれた。

自分の服の上から布を巻いて見せる灰色髪の男の、生真面目(きまじめ)な顔を見ていたら笑いがこみ上げた。たぶん、この妙な国に放り出されてから初めて発した、純粋な笑い声だった。

灰色髪の男はそんな秋人の反応を微笑ましそうに見守り、外から届けられた食事を受けとって机の上に置いた。

銀色のトレイに載っているのは、なんの肉かはわからないけれど、とにかく火で焙った肉、湯気を立てた雑炊のような煮込み料理、温野菜サラダらしきもの、パンのような塊、バターかチーズのような塊、それから水。食べ物を盛った器は清潔で、料理も作りたてらしくおかしな匂いはしない。むしろ食欲を刺激する良い匂いに、腹の虫がグウグウと鳴きはじめる始末。

「[illegible]」

天幕に入るときの言葉と響きが同じ。たぶん「どうぞ」と勧めているんだろう。

「ありがとう。いただきます」

秋人は素直に礼を言い、両手を合わせて感謝を捧(ささ)げると、使い込まれた銀色のフォークとスプーンを手に取った。

料理はどれも美味しかった。どれもしっかり火が通って見た目よりもやわらかい。秋人のために消化の良いものを用意してくれたのだとわかって、油断すると涙が出そうになった。

　食事を終えると芳香の強いお茶で口を濯ぐよう勧められた。どうやら歯磨き代わりらしい。天幕の外で口を濯いで中に戻ると、ベッドが用意されていた。

「[illegible]」

　灰色髪の男は上掛けをめくり、身を横たえる身ぶりをした。秋人はやはり「ありがとう」と礼を言い、素直に横たわった。

　見た目よりやわらかい布団の上で手足を伸ばし、洗い立ての布の匂いを吸い込んだとたん、目を閉じた自覚も無く、秋人はストンと眠りに落ちた。

　意識を手放す寸前に考えていたのは、目を覚ましたら、灰色髪の男に名前を教えてもらおう、だった。


　午後の遅い時間に眠りに落ちて、目覚めたのは翌日の早朝だった。

　いきなりわけのわからない外国に放り出されて、二日間サバイバルをした挙げ句、人が殺される場面を目撃したことで、身体的にも精神的にもかなり疲れていたらしい。おそらく十二時間以上の爆睡だ。

　トイレに行きたくなって目を覚ますと、先に起きて、すでに身支度を終えていた灰色髪の男が、昨日と同じように甲斐甲斐しく世話を焼いてくれた。

　天幕の外にある布で仕切っただけのトイレにも、ボディーガードのようについてきてくれた。

　お互い言葉は通じない。

　秋人は耳がいいので、言葉の響きは聞き分けることができる。けれどどうやっても、その音を自分で再現することができない。

　ヴァイオリンやピアノの音を声で再現しろと言われても無理なように、どうやら根本的に発声方法が違うらしく、簡単な単語ひとつですら真似て発声することはできなかった。

　それでも注意深く耳を傾け、なんとか灰色髪の男の名前の一部だけは、似た音を見つけた。

　レンなんとか。

　それが灰色髪の男の名前だ。

「レン」

秋人がそう呼びかけると、レンなんとかは『それでいいよ』と言いたげにうなずいてみせた。そして、自分も苦労して秋人の名前らしき響きを発声する。

「アキ…トゥ？」

実際は木琴とピアノの音を重ねたみたいな深く滑らかな響きだけれど、慣れればちゃんと「アキ」と聞こえる。

「言いづらいなら『アキ』でいいよ」

「アキ」

そんなやりとりを交わしながら、レンが用意してくれた服に着替えて朝食を摂ると、天幕を出て春夏がいる馬車に向かった。もちろん、昨日と同じように目深にフードを被り、髪と瞳の色を見られないよう注意して。

歩きながら、レンは何か説明するように小声で秋人に語りかけていたけれど、残念ながら理解できない。たぶん春夏の状態がどうとか、これからの予定とかそんな内容だろうか。理解できなくても、聞き慣れない異国の言葉を秋人が耳で覚えられるよう、なるべく声に出して話そうとしてくれる。その気遣いが伝わってきて、秋人はレンの腕に手を添えて「ありがとう」とささやいた。

レンと一緒に馬車の前に来ると、出入り口をがっちり守っている左右の衛兵が小さくうなずいて、ふたりを通してくれた。なんとなく、自分ひとりなら通してもらえないんだろうな…と思いながら、秋人が入り口の垂れ幕をかき分けて中に入ると、とたんに懐かしい日本語が飛んできた。

「アキちゃん！」

半日程度で懐かしいもなにもないけれど、異質な言語の中に放り出された今の状態では、春夏の声すらありがたく聞こえてしまう。

あわてて止めようとした医者らしき老人と三人の男たちの手をふりきって、勢いよく抱きついてきた春夏を受け止めた秋人は、しみじみと息を吐いた。

「春夏…。具合はどうだ？　よくなったのか」

「うん。もう大丈夫。なんか、けっこう毒性の強い実だったらしいけど、すぐに吐いたのがよかったって。アキちゃんのおかげだね」

「…毒性が、強い？」

　誰にそんなことを聞いたんだと訊ねかけたとき、春夏の後ろに控えていた男たちが口々に何か言い立てた。

「[illegible]」

「[illegible]」

「[illegible]」

　春夏は秋人の首に腕をまわしてしがみついたまま、くるっと後ろをふり返って言い返した。

「もう大丈夫だって言ってるでしょ。それにアキちゃんは災厄のなんたらなんかじゃない。またそういう失礼なこと言ったら許さないから」

　言いたいことを言い終わるとクルリと前に向き直り、今度は秋人の背後――レンのいるあたりを見上げて訊ねた。

「あなたが最後の一人って本当？」

「[illegible]」

「名前は……ええと」

「レン [illegible]」

「レンドルフ？」

「[illegible]」

「ぼくの名前は春夏です。季節の春と夏でハルカ。昨日はぼくとアキちゃんを助けてくれてありがとうございました」

「[illegible] アキ [illegible]」

　当たり前のように会話を続けるハルカとレン――レンドルフというのが正式な名前らしい――の顔を交互に見くらべていた秋人は、会話が一瞬途切れたすきに割って入り、ハルカを問いつめた。

「おい、ちょっと待て春夏。ちょっと待てよ」

「え、なに？　アキちゃん」

「なに、じゃなくて」

　秋人は自分の額を手で覆い、考えをまとめるために何度か深呼吸をしてから口を開いた。

「おまえ、この人たちがなにしゃべってるか理解できるのか？」

「うん」

なんでそんな当たり前のことを訊くのかと言いたげな表情で、あっさりうなずいた春夏の顔を、秋人は知らない人を見る心地で凝視した。

「なんで…、なんでおまえにはわかるんだよ。どこの言葉だよ。ここはいったいどこなんだよ！」

「どこの言葉…って、日本語じゃん。——…え？　うそ。もしかしてアキちゃんはわからないの？」

冗談だよねと笑いかけた春夏は、秋人の真剣な顔を見て表情を引きしめた。

「なんで…、どういうこと…？」

戸惑う春夏の声に答えるように、春夏の背後を守るように立っていた男のひとりが口を開いた。

光の加減で白髪にも銀髪にも見える髪と、深い緑色の瞳をした柔和な顔立ちの男だ。

「[illegible]」

「なんて言った？」

「『説明します』って。お願いします」

春夏は秋人の問いに答えて、白髪の男に先をうながした。

白髪の男はやわらかな声音で説明をはじめた。

秋人にはひと言も聞き取れない内容を、春夏は理解できるらしい。下手くそな同時通訳のように、時時手を上げて相手の言葉を止めながら、一生懸命話の内容を伝えてくれた。

「ぼくはこの世界のみこだから『神の水』を与えたんだって。それで言葉が通じるようになったって」

「ちょっと待った。みこってなんだ？」

訊ねると、春夏はくるりと秋人に顔を向けて、頬を赤らめた。

「それがさあ、聞いてよ！　超恥ずかしいんだけど、なんかぼく、こっちの世界の神子なんだって。神の子って書いてみこと読むみたい。なんか昨日目が覚めてから、他にもいろいろ説明してくれてるんだけど、まだよくわかんなくて。っていうか、ぼくが神子っておかしくない？」

「……——」

知らないよ、俺に訊くなと吐き捨てたいのをぐっとこらえて、秋人は拳を強くにぎりしめた。そのまま目を閉じて春夏の説明を反芻し、なんとか理解しようと努める。

「ここの国名はわかるのか？」

「国の名前、なんて言ったっけ。昨日教えてもらったんだけど…」

　春夏が「うーん」と首をひねると、豪奢な金髪巻毛男がそっけない口調で助け船を出した。

「[illegible]」

「あ、そっか。アヴァロニスだって」

「アヴァロニス？」

　そんな名前の国、あっただろうかと首を傾げる。

「地域は？　ヨーロッパかアフリカか、北米か南米か。どのあたりか…、それより大使館はどこか訊いてくれ。電話はどこにあるのかも」

　秋人の切羽詰まった質問に、春夏は微妙な表情を浮かべた。同情と困惑が混じった救いを求める顔。

「なんだよ」

　秋人の問いに春夏は眉を八の字にした。

「笑わないでよ。ぼくが言ったんじゃない。あの人たちがそう教えてくれたんだ」

　そう前置きをして、荒唐無稽な説明をはじめた。

「なんかここっていわゆる『異世界』らしい。ほら、ラノベとか映画とかマンガとかでよくあるじゃん。異世界トリップ。ああいうのなんだって」

「俺、ラノベとか読まないし。なんだよその異世界トリップって」

「えー!?　それって人生の大部分を損してるじゃん。今度、オススメの面白いやつ貸してあげるから読んでみてよ」

「今度っていつだよ」

　それより説明を続けてくれと言いかけたとき、外から声が聞こえて、出入り口に一番近いレンドルフがそれに答えた。そのあとでレンドルフは、春夏に向かって丁寧な口調で話しかけた。

　春夏は「はい」とうなずいて秋人の腕をつかみ、昨日ベッドがあった場所まで引っ張ってゆく。

「なに？　なんて言われたんだ？」

「揺れるから座れって」

　自分だけが蚊帳の外だという疎外感を感じながら、秋人は春夏に導かれるまま移動して、ベッドの代わりに置かれた長椅子に座った。

　レンドルフも他の三人の男たちも、それぞれ反対の壁際に置かれた椅子に腰を降ろした。次の瞬間、ガタンと箱全体が揺れて馬車が動き出す。

「どこへ？　どこへ向かって移動してる？」

「首都だって。ここからこの馬車でだいたい三日かかるみたい」

「首都？　それはどこ……——ああいい、それよりさっきの続き。とにかく説明をちゃんとしてくれ」

　推測であれこれ考えるより、事情がわかる春夏に訊いた方が早い。秋人が先をうながすと、春夏は表情を改めて説明を再開した。

　ところどころ要領を得ない部分はあったものの、要約するとこういうことになる。

　ここはいわゆる異世界で、秋人や春夏が住んでいた場所とはそもそも次元が異なるのだという。

　この世界を隅から隅まで歩きまわったとしても、アメリカもヨーロッパもアフリカも見つからない。もちろん日本も。

　自分たちが今いる国の名前は『アヴァロニス』。祭政一致の王政で、王は血筋ではなく神によって選ばれる。正確には、神に遣わされた神子が選ぶ。

　春夏は王を選ぶ『神子』として召喚された。そして秋人はその召喚に巻き込まれ、予定外にこちらに来てしまったらしい。

「巻き込まれて…」

　秋人は呆然としながら、下校途中の出来事を思い出した。なんの前触れもなく、春夏の足元に突然現れた穴。春夏だけを連れ去ろうとした穴。

「俺は、巻き添えになっただけ？」

王を選ぶ神子として喚ばれたのは春夏だけ。

自分は巻き添えになっただけの、招かれざる客ということらしい。

「……」

　すべてを「嘘だ。異世界とか召喚とかあるわけないだろ」と否定してしまいたい。剣を持った男たちも、言葉が通じないことも、目の前で人が殺されたことも、全部映画のロケか何かだと思いたい。

　今でも二割くらいは、何か壮大な芝居に巻き込まれて騙されているだけだと思っている。自分が完全にこの設定を信じたら、どこからか種明かしする人が現れるんじゃないかと。

　そんなことを頭の隅で考えながら、秋人は一番大切で切実な質問をした。

「――召喚されてこっちに来たなら、戻してもらうこともできるだろ？　おまえはともかく、俺は単なる巻き添えなんだから戻してもらえるよな？」

「えー、ぼくを置き去りにしてアキちゃんだけ帰るつもりなの？　アキちゃんってば薄情。ひどい…」

　しくしくと、わざとらしい泣き真似をはじめた春夏にイラっとして、後頭部を軽くペシリと叩いたとたん、男たちがガタリと椅子を蹴立てて素早く立ち上がった。金髪巻毛は春夏を叩いた秋人の右手を強くひねり上げ、白髪と濃赤髪のふたりは険しい表情で剣の柄に手をかけている。レンドルフも立ち上がっていたが、彼だけは秋人を責めるためではなく、他の三人をなだめるためにだった。

「[illegible]」

「レンドルフの言うとおりだよ。今のはアキちゃんの愛情表現！　ルシアス、アキちゃんの手を放して！　この先、二度とそんなふうにアキちゃんに乱暴しないでよね。したら、ぼく二度と口きかないから。ウェスリーもディーランも、いちいち恐い顔で剣に手をかけないでよ。はい。座って座って」

　春夏がシッシと犬を追いやるように手をふると、
ルシアス、ウェスリー、ディーランと呼ばれた三人の男たちは、それぞれ微妙な不満顔を浮かべたものの、すぐに表情を改めてそれぞれの椅子に戻り腰を降ろした。それを確認した春夏は、秋人の方をふり返り心配そうに訊ねた。

「アキちゃん、大丈夫？　筋とか痛めてない？」

　腕はかなり痛みを発していたけれど、それよりも、単なる悪ふざけ――友人同士のボケとツッコミの範囲に過ぎないやりとり――を、本気の実力行使で止められたショックの方が大きい。

　呆然と腕をさすりながら、秋人が「なんでもない」と強がるより早く、目の前に膝をついたレンドルフにそっと腕を持ち上げられた。

「[illegible]」

　おだやかな声をかけられながら、手首から肩口、そして肩胛骨（けんこうこつ）のあたりまで、やさしい手つきで触られ、そっと動かされた。

「…っ」

　声はこらえたけれど、思わずしかめた顔つきで痛みがあることを知られてしまう。

　レンドルフは、さらに慎重な手つきでいくつか腕の動きを確認してから何か説明してくれた。

「しばらくしたらよくなるって。痛みがあるうちは、無理に動かさないように。だって」

　レンドルフと当たり前のように会話ができる春夏に対して、覚えのある感情――羨（うらや）ましい――が胸の底で蠢いたけれど、気づかないふりで無視して、秋人はレンドルフに礼を言った。

「…ありがとう」

「[illegible]」

　レンドルフは春夏に通訳される前に、秋人に向かっておだやかに笑いかけた。たぶん「どういたしまして」と言ったんだと思う。

「『どういたしまして』だって。なんだ。レンドルフはアキちゃんの言うこと理解してるんじゃん」

「[illegible]」

「なんだ、そうなんだ」

「……」

　秋人が小さく拳をにぎりしめて、胸に湧き上がった苛立ちをこらえたことには気づかず、春夏は通訳の役を面倒くさがらず務めてくれた。

「『いいえ。言葉は理解できないけど、表情や気配でなんとなく気持ちがわかる』だって。すごいね」

　秋人はレンドルフを見た。

　レンドルフは、自分だけ言葉の通じない秋人の焦りや苛立ちまで見通して『わかるよ』と言いたげに小さくうなずいてみせた。それだけで、擦り傷のようにひりついていた心がずいぶん落ちつく。

レンドルフが椅子に戻って腰を降ろすと、秋人は小さく息を吐いて中断していた質問を再開した。

訊きたいことは山ほどあったけれど、とにかく一番重要なことを確認する。

「おまえがこっちの世界ですごく大切にされてることは理解した。それで、俺は戻してもらえるんだよな？」

「……——」

春夏の無言が怖い。

「春夏」

春夏は両手の指先だけ突き合わせながら上目遣いにちらりと秋人を見て、申し訳なさそうな、困りきった表情を浮かべた。秋人がにらみつけると視線をあちこちさまよわせてから、ぽそりと告げる。

「方法がないわけじゃないらしいんだけど、それってぼくが…神子としてちゃんと目覚めたら使えるようになるんだって。目覚めたらって、どういう意味か説明聞いてもぜんぜん、よくわかんないんだけど」

「マジかよ」

「うん。マジで」

「……」

よしわかった。今すぐ目覚めろと襟首をしめあげて揺さぶりたかったけれど、ついさっきの男たちの反応を思い出して止めた。

「——…なんで戻すときだけおまえの力頼みになるんだよ。喚んだのはこっちの連中だろ？　だったら戻すことだってできそうなものなのに」

よりにもよっておまえの覚醒待ちかよと、思わず頭を抱えてうつむくと、励ますように春夏の手のひらが背中をさする。

「元気出してよー。ぼく、がんばるからさ」

「……期待してる。なるべく早く頼む」

「うん！」

秋人は頭を抱えたまま横目でちらりと春夏を見て、内緒話のように声をひそめた。自分の言葉は、春夏以外には理解できないとわかっていたけれど。

「帰るときは、おまえも一緒なんだろ？」

　春夏は珍しく秋人の意図を察して、質問の内容がわからないように答えた。

「もちのロンだよ」

……おまえはどこでそんな古い言いまわしを仕入れてくるんだよと、ガクリと肩を落として溜息を吐くと、春夏は背中をさすっていた手を止めて声のトーンを低くした。

「それでその…、言いにくいんだけど」

「なんだよ。まだなにかあるのか」

　春夏がもじもじと口ごもるので、秋人はじろりとにらみつけてやった。春夏は「うー」とうめいてから、覚悟を決めたように口を開いた。

「こっちの世界って、アキちゃんみたいな黒髪と黒い瞳の人って滅多(めった)にいないんだって」

「そうみたいだな」

「あ、気づいてたんだ。さすがアキちゃん」

「さすがはいいから、説明を続けろってば」

「うう…。ええとそれで、こっちの世界で黒髪と黒い瞳の持ち主は災いを呼び寄せる…なんて言ったかな…。あ、そうそう。『災厄の導き手』って呼ばれてるんだって」

「災厄の…導き手……？」

　なんだよそれ…と、思わず眉間に皺を寄せてつぶやくと、春夏があわてたように秋人の手をにぎりしめた。

「詳しいことは、もっとちゃんと訊いてみないとわかんないんだけど、なんかけっこう危ないみたい。でも大丈夫！　アキちゃんのことは、ぼくが絶対守るから」

　秋人は自分の手を強くにぎった春夏の手を見つめ、それから顔を上げて春夏を見た。

「なに言ってんだよ」

　半眼(はんがん)になってにらみつけてやったのは、半分は照れ隠しで、半分は苛立ちを隠すためだ。

「つまり、おまえはこの国の王を選ぶ特別な存在で、みんなが大切にする。だけど俺は、おまえの巻き添えで連れてこられただけの、外見で差別される厄介者ってことか」

災厄の導き手と喚ばれる存在が、こちらの人々に忌み嫌われていることは、昨日と今日でだいたい理解した。たぶん、神子である春夏が傍にいて庇ってくれなければ、自分はもっとひどい扱いを受けていたんだろう。

でも、レンドルフだけは親切にしてくれる。

暗闇に灯った明かりのようなその事実にすがりかけたとき、反論が生まれる。

――それだって春夏に頼まれたからかもしれない。

そう思った瞬間、胸の底が氷で撫でられたようにヒヤリと震えた。登ることも下りることもできない崖の途中に置き去りにされたような。必死にしがみついていなければ真っ逆さまに落ちてしまいそうな、危うい足場しかないという覚えのある焦燥感に襲われる。

「アキちゃん…。そんな言い方しないでよ」

「本当のことだろ」

秋人は身を起こして、顔を覆った指の間から春夏をじろりとにらんだ。

八つ当たりだとわかっていても、春夏に対する苛立ちが消えない。おまえはいいよな。神子で、大切にされて、神の水とかいうものを飲ませてもらって言葉も通じるようになって――。

「神の水…って、俺も飲ませてもらえるのか？」

外見で忌み嫌われるという大きなマイナスポイントを補うために、せめて言葉が通じるようになりたい。なんとなく「無理だ」と言われる予感はしたけれど、一縷(いちる)の望みをかけて訊ねてみた。

四人の男たちに確認した春夏の答は、予想どおり。

「無理…だって」

「……」

「神子以外が飲むと、死んじゃうから駄目だって」

秋人は大きく肩を落として、溜息を吐いた。

その日の夜。

秋人は春夏の強い要望もあり、馬車の中で眠った。

しかし翌日の夜はレンドルフの天幕に逃げ込んだ。

　春夏と一緒にいると、嫌でも扱いの差を見せつけられて、気疲れが半端ないからだ。三人の男たちも、時々現れる召使いたちも、春夏には恭しく傅くのに、秋人のことはよくて無視。ひどい奴だと、春夏からは見えないようこっそり秋人の足を踏んだり、あからさまに嫌悪の表情を浮かべて目を逸らしたりする。

　何かの拍子に指先が触れそうになっただけで、悲鳴を上げて跳び退り、何かブツブツ言いながら独特の仕草をする。魔除けの呪文かもしれない。

　自分はなにも悪くないのだから、神経を図太くして気にしないようにすればいい。そう頭で考えても心と身体は正直で、まず食欲がなくなった。それから胃が痛くなり、頭痛までしてきたところで根を上げて、レンドルフに助けを求めた。

　彼がどんなつもりで親切にしてくれているのか、真意はわからないけれど、自分に対して悪意を持っていないことだけは確かだ。そして今の秋人にとって、それが一番重要だった。


「あなたの天幕で眠りたい」

　秋人の言葉を春夏に通訳してもらったレンドルフは、嫌な顔ひとつせず即座にうなずいて、秋人の肩を抱くように馬車から連れ出してくれた。

　翌日も、春夏を通してこちらの世界のことを訊くために馬車には乗ったけれど、食事は外でレンドルフと一緒に食べた。外は初夏の陽気で、正直頭をすっぽり覆うフードつきの上着は暑くて鬱陶しかったけれど、馬車の中で食べるよりはマシだ。

「アキちゃんはいいなぁ。自由に外に出られて」

　昼食を終えて馬車に戻ると、召使いの手で『午後の服』に着替えさせられた春夏が悪気なくぼやいた。

「は？　なに言ってんだよ。出たきゃ出たいって言えばいいだろ。おまえの言うことなら、みんななんでも聞くんじゃないのか？　ありがたい神子さまなんだろ」

　言い方が嫌味たらしいという自覚はあったけれど、これくらいは許して欲しい。

「うーー…」

春夏は腰のくびれてないネグリジェみたいな、肩から踝までストンと落ちた長衣を着せられていた。襞を多く取った布の風合いはシルクに似てる。襟元はすっきりしているけれど、袖口はフリルっぽかったり、上から薄いレースを一枚重ね着したみたいなデザインだ。春夏の容姿と相まって、黙っておとなしくしていれば美少年とも美少女とも判じがたい、中性的な魅力を醸しだしている。

その姿で壁際の長椅子に体育座りをして、膝に顎を乗せて「うー」とうめき、恨みがましく下から秋人を見上げる。

「なんだよ」

「…アキちゃん誤解してる」

「なにを」

「神子っても、そんないいことばっかじゃないみたいだよ」

拗ねた子どものように唇を尖らせた春夏の表情が思ったよりも深刻そうで、秋人は思わず心配になった。春夏の隣に腰を降ろし、内緒話のように小声で訊ねる。

「なにか心配ごとでもあるのか？」

春夏は眉を八の字にして秋人を上目遣いで見つめ、いつでも当然のように同席している三人の男たちと、秋人のうしろから遅れて入って来ようとしていたレンドルフに声をかけた。

「アキちゃんと話がしたいから、しばらくふたりきりにしてくれる？」

「[illegible]」

間髪入れず答えたのは金髪巻毛男だった。続いて白髪男と濃赤毛男も口々に何か訴える。けれど春夏の願いを聞き入れて出て行く気配はない。

「ほらね」

春夏は小さく肩をすくめて秋人を見た。

「なんでもぼくの言うこと、聞いてくれるわけじゃないんだ」

「なんて言われたんだ？」

「『駄目だ』『貴い身分なんだから我慢しろ』『神子が災厄の導き手とふたりきりなんて、とんでもない』

とかなんとか、まあそんな感じ」

「レンドルフも？」

　訊ねながら背後を見ると、レンドルフは素直に出て行こうとしているところだった。その背中が、秋人の声を聞いて動きを止め、くるりとふり返った。そして、出て行くかそれとも残った方がいいのかと言いたげに小首を傾げる。

「いていいよ。他の三人が残るのにレンドルフだけ出てったら、なんか変でしょ」

　春夏がそう言うと、レンドルフは苦笑に似た表情を浮かべて引き返し、入り口近くの壁際に置かれた椅子に腰を降ろした。それきり気配を消して、置物のように静かになる。

　春夏はあきらめたように頭を軽くふって膝を抱え直すと、「ぼくも昨夜教えてもらったばかりだから、まだよく詳しいことはわからないんだけど」と前置きをして、神子の役目を秋人に説明してくれた。

　例によって、ところどころ要領を得ない部分はあるものの、要約するとこうだ。

この国——アヴァロニス聖王国では、王は血筋ではなく神子によって選ばれる。ただし誰を選んでもいいわけではなく、神殿が認めた王候補たちの中から に限られる。

　神子は王候補たちと一定期間、特別な交流を持ち、その結果、最も相性が良いと思う相手を伴侶として選ぶ。

「へえ。なんだか見合いみたいだな」

　率直な感想を述べると、秋人は「…ぅぐ」と言葉をつまらせた。

「その王候補って、もう決まってるのか？」

　訊ねてから「ああ、そうか」と気づいた。もしかして、ここにいる四人の男たちがそうなのかも…と。

　秋人の推測は当たっていた。

「うん。レンドルフ＝エル・グレン、ルシアス＝エル・ファリス、ディーラン＝エル・メリル、ウェスリー＝エル・ルーシャの四人」

　春夏はそう答えて、最初にレンドルフを指差し、それから残りの三人の名前を教えてくれた。

ルシアスは金髪巻毛に碧眼の一番偉そうな男で、春夏を見つめるときはやさしそうなのに、秋人を見るときは必ず眉間に皺を寄せている。

ディーランは濃赤毛に鮮やかな緑の瞳の持ち主で、顔立ちが濃くて熱血漢っぽい。秋人に対しては、あからさまな嫌悪は示さないものの、まるで見えていないかのように無視している。

ウェスリーは四人の中では一番線が細く――といっても秋人や春夏に比べれば充分筋骨隆々としているけれど――雰囲気もやわらかい。初日は他のふたりと同じように『災厄の導き手』である秋人に嫌悪を示したり無視したりしていた。しかし二日目からは、レンドルフほどではないけれど態度がやさしくなって、気遣う様子も見せてくれるようになった。

「ふうん…」

秋人はとっさに興味がないふりをしたけれど、内心では妙に動揺していた。

レンドルフが王候補。

他の三人はどうでもいい。なんとも思わない。けれどレンドルフが王候補だという事実に、心が妙にざわめいた。もちろんさすがだとか、なるほどだとか、どうりで頼り甲斐があるわけだといった肯定的な感想もあるけれど、それよりも『なんだ、彼も春夏のものなのか』という、自分でも訳のわからない喪失感に襲われて、そのことに戸惑う。

自分で思うより、彼のことを頼りにしていたらしい。だからだろうか。

「――…その、一定期間の特別な交流って、どのくらいで、どんなことするんだ？」

「普通は三ヵ月くらいだって。どんなことをするのかは、お城についたら教えてくれるって」

「お城…ね」

観光地に行くとかテレビで見聞きする以外、普通は縁のない単語に、秋人は思わず苦笑するしかなかった。

最初に春夏が予告したとおり、〝首都〟にはその日の夕方――森で助けられてから三日目に到着した。

ルシアスに〝首都〟ではなく〝王都〟だと訂正さ

れた春夏が「どう違うの？」と訊ねてくる。秋人は「共和政と王政の違いかな」と適当に答え、春夏をよけい混乱させてやった。

馬車の揺れが止まると、王候補の四人が立ち上がり、春夏に向かって恭しく一礼する。

「[illegible]」

「着いたって」

男たちの言葉を通訳してくれた春夏が、助けを求める表情で手をにぎりしめてきた。秋人は内心で溜息を吐きながら、その手をにぎり返してやった。

春夏は手の込んだ刺繍がびっしり入ったネグリジェみたいな服の上から、白いフードつきの上着を羽織っている。秋人の方は、これまでと同じ飾り気のないサンダルにシンプルな服。その上に灰色の上着を羽織る。もちろんフードつきだ。

頭の先にちょこんとひっかけただけの春夏と違って、秋人は、瞳の色はもちろん顔も見られないよう目深にフードを被った。その方が安全だと、春夏の通訳でレンドルフに言われたからだ。これまで着ていた制服は洗濯をして、あとで返してくれるそうだ。

馬車から下りると、そこはもう城の中だった。

『城』というより『宮殿』の方がイメージに近い。十メートル以上ありそうな高い天井。どこまでも果てなく続くかに見える列柱と、それに挟まれた廊下。鏡のように磨き上げられた床は、大理石というのだろうか、淡い模様とやわらかな光沢のある石でできている。

幅の広い階段の左右には一段飛ばしで、そろいの衣装に身を包んだ屈強な男たちが、彫像のように直立していた。男たちは長い槍（やり）を手にしており、春夏が通り過ぎる瞬間、天に捧げるよう持ち上げて敬意を示す。

短い階段をひとつと大きな扉を三つ通り過ぎると、ひときわまばゆく、豪華で繊細な装飾に覆われた扉が現れた。春夏がその前に立つと、中から扉が開いて、春夏と似た服を着ている男たちが数人進み出た。

三人が老人で三人は若い。雰囲気的に老人が偉い僧侶(そうりょ)か神官で、若いのは従者のようだ。

「神官だって」

となりで春夏がこそりと耳打ちしてくれる。

「[illegible]」

三人の老人が恭しく頭を下げ、腕を伸ばして中へどうぞという仕草をしてみせる。

馬車を降りたときからずっと繋いだままの春夏の手に、じわりと力が籠(こ)もる。それをにぎり返して、春夏と一緒に秋人が扉をくぐろうとした瞬間、あわてた様子の神官たちに止められた。

「[illegible]！」

神官は顔の前で大仰に手を横にふってから、険しい表情を浮かべ、秋人は駄目だという仕草をする。

言っている言葉の意味はわからなくても、表情と雰囲気から、自分が否定され疎まれているのがありありとわかる。拒絶の意思は、まるで本物の風圧のように感じられた。

思わずぎゅっと拳をにぎりしめると、秋人の気持ちを察した春夏が強い口調で訴えた。

「アキちゃんも一緒じゃなきゃ嫌だ」

「[illegible]！」

「そんなことない！　アキちゃんはぼくの命の恩人なんだから」

「[illegible]」

春夏はしばらく神官と押し問答を続け、どちらも引かず膠着(こうちゃく)状態に陥りかけたとき、レンドルフが助け船を出すように割って入った。

「[illegible]」

「レンドルフが？」

「[illegible]」

「わかった。あなたのことはアキちゃんもすごく信用してるみたいだから、ぼくも安心して任せられる。よろしくお願いします」

春夏はレンドルフにぺこりと頭を下げてから、急いで秋人に耳打ちした。

「レンドルフがアキちゃんを安全な場所に案内してくれるって。ええと、ちょっとの間ひとりにしちゃうけど、儀式とかいろいろ終わったら迎えに行くって。迎えに行って、レンドルフの家…屋敷に連れて帰るから安心してくれって。だからおとなしく待ってて。ぼくとも二、三日は会えなくなるけど、あとで絶対また会えるようにするからって」

　春夏がいなくなれば言葉が通じなくなる秋人のために、レンドルフは前もってこれからの予定や行動を、春夏を通して教えてくれた。

　不安を抱えながらコクリとうなずくと、レンドルフはそっと秋人の肩を引き寄せた。自然に春夏と手が離れる。

「アキちゃん。それじゃ、またあとで」

「ああ。しっかりやれよ」

　扉の向こうで春夏の身にどんなことが起こるのか皆目見当もつかないけれど、秋人は自分の不安を押し隠して春夏を力づけ、手をふって別れた。

「[illegible]」

　春夏と三人の王候補たち、そして迎えに現れた神官と従者たちが姿を消した部屋の奥が、扉が閉まる前に少しだけ見えた。

　真珠みたいな光沢ある純白の絨毯の両端に、ずらりと並んで頭を下げた人々の列。遠目にもわかる、ものすごく手の込んだ装飾に埋め尽くされた高い天井と壁。高い場所から斜めに射し込む陽の光と、それを受けてキラキラ輝く無数の照明。

　音もなく閉じた巨大な扉の前には左右にふたりずつ、四人の男たちが警護に立つ。ギリシャの神々の彫刻みたいに、思わず見惚れるほど立派な筋肉に覆われた体軀。見上げるような長身。微動だにしない姿勢の良さ。

　これまで秋人が馴染んでいた世界との、あまりの違いに思わず目眩がしそうになる。

　そんな秋人のためにひとり残ってくれたレンドルフが、肩をそっとゆすって『行こう』とうながした。

　秋人は自分の肩を抱き寄せるレンドルフの大きな手の甲に、そっと自分の手を重ねて、心の底から感謝を告げた。

「ありがとう…本当に」

　顔を見上げると、レンドルフも秋人を見下ろしていた。カチリと目が合って、何かが通じ合ったような錯覚に陥る。

レンドルフの瞳は雨上がりの森に息づく、瑞々しい苔色だ。カラーコンタクトなどでは絶対に出せない奥深い透明感。じっと見つめていると、吸い込まれてしまいそうな不思議な吸引力がある。

「[illegible]」

レンドルフの返答は通訳がなくてもわかった。

『どういたしまして』だ。

言葉は通じなくても意思疎通ができる嬉しさに、秋人が自然に微笑みを浮かべると、鏡に映したようにレンドルフも微笑んだ。

決して派手ではなく控えめなのに、レンドルフの笑みからは温かさと思いやりが伝わってきた。

来たときは別の扉を三つ、曲がり角をふたつ、階段を二つ下りた先にある、小さいけれど——といっても宮殿の規模に比べればの話で、実際は二十畳近くある立派で豪華な——居心地が良さそうな部屋に秋人を案内すると、レンドルフは飲み水や軽食、着替え、ベッド代わりになる長椅子などをざっと、身ぶり手ぶりで説明した。そして最後に『カーテンを開けたままフードを外してはいけない』『外に出てはいけない』と言いたげに窓と扉を指差して、胸の前で×印を作るように腕を交叉して首を横にふってみせた。

「うん。わかってる」

秋人がしっかりうなずくと、レンドルフも大きくうなずいて、最後に、

「[illegible]」

なにやら言い残して部屋を出て行った。

口調と言葉の響き的に『またあとで』とか『戻ってくるまで待っていろ』とか、そんな感じだろうか。

秋人はおとなしく、素直にレンドルフの言いつけを守って過ごした。カーテンをしめてから重苦しいフードを外して水を飲み、用意されていた軽食を摂り、歯磨き代わりのお茶で口を濯いだ。

トイレは部屋のすみにある細い扉の向こうだ。長

方形の箱型の椅子に似た洋式トイレで、ちゃんと水洗になっている。頭上に水を溜める陶製の容器があって、そこから垂れてる紐を引くと水が流れ落ちる仕組みになっている。換気扇もちゃんと機能してるらしく、臭いもこもらず快適だ。

自動車や電車はないようだけど、文化水準は高いのかもしれない。

秋人はトイレを出てフードを目深に被り直し、カーテンを少しだけ開けて外を見てみた。いつの間にか陽が暮れてずいぶん時間が経っている。外は暗くてほとんどなにも見えない。

カーテンを閉めてフードを外し、しばらく部屋の中をうろうろと探検してみたけれど、テレビもラジオもパソコンもない。ガラスの開き戸の棚の中に、チェスに少しだけ似たゲーム盤らしきものがあったけれど、ルールもわからないしひとりで遊びようもないので、眺めただけで終わった。

棚には本もあったので、それをベッドに持ち込んでぺらりぺらりとめくっているうちに、いつの間にか眠りに落ちて、気がついたら朝になっていた。

カーテンを開けると、夜明け前の薄青色に染まった庭が見えた。少しずつ明るさが増していく庭をぼんやりながめているうちに、フードを被り忘れていたことを思い出し、あわてて頭を隠す。

トイレに行き、昨日用意されていた水の残りで顔を洗って、しばらくぼうっと読めない本を眺めているうちに、喉が渇いて腹が減ってきた。

カーテンを開けて外を見ると、陽が射しはじめている。試しに窓を少しだけ開けてみると、どこからかかすかに人々の喧騒が聞こえてきた。

秋人は少し考えて窓から離れ、扉に近づいた。

扉は外から鍵がかかっているらしく開かない。

試しにコンコンと叩いて、声をかけてみる。

「あの…！　喉が渇いたので水をください。それか、レンドルフさんを呼んできてもらえませんか？」

通じないのはわかっているけれど、声の調子からなにか訴えているのは伝わるはずだ。

五分おきくらいに三回、扉を叩いて声を上げたけれど、開けてくれる様子も、誰かが近づいてくる気配もない。

秋人はあきらめて扉を離れ、しばらく部屋の中をうろうろと歩きまわった。

春夏か、レンドルフになにかあったのだろうか。

それとも単に忘れられている？

――そっちの方が可能性が高い。

春夏はレンドルフに頼んだから大丈夫だと思い、レンドルフも忙しくて他の誰かに世話を頼んだとしたら？　そしてその頼まれた誰かが、面倒くさがってこないとか、〝災厄の導き手〟になんか近づきたくないと思って無視してるとか。

原因なんていくらでも考えられる。

自分も春夏も、レンドルフを良い人だと判断したけれど、実際どのくらい他人を親身に思い遣ってくれる人なのかはわからない。

たとえ良い人でも、優先順位というものがある。秋人の世話より大切で優先しなければならないことが起きたら、当然あとまわしにされるだろう。

「……――」

秋人はもう一度、扉に近づいて喉の渇きを訴えたが、返事はなく扉が開けられる気配もなかった。

いざとなったらトイレの水洗用を飲むという手もあるが、できればそれは避けたい。

それで覚悟が決まった。

他人に頼ってばかりではいけない。自分でできることは自分でなんとかしなければ。

この国――というか世界――の治安は、道を歩いている旅人が盗賊に襲われて殺される水準だ。そのことをきちんと理解した上で、秋人は窓を開けて庭に出た。

広さは部屋と同じ、二十畳くらいだろうか。壁に囲まれていることを感じさせない、高い木々が鬱蒼としげった、野趣に富んだといえば聞こえはいいが、正直に言えば放置されているだけの庭。花はほとんど咲いていない。常緑の木陰は涼しくて昼寝にはもってこいの雰囲気だったけれど、今はそれより水が欲しい。

けれど、残念ながら期待していた噴水や水路などはなかった。秋人は喉の渇きに追い立てられるように庭を隅々まで探しまわり、小さな出口を見つけた。

壁と一体化した隠し戸らしい。引くのではなく、強く押すとカチリと小さな音を立てて内側に開いた。扉の外は人がひとり通れる程度の狭いトンネル状で下り階段。『秘密の通路』という単語が思い浮かぶ。

「へえ」

秋人は感心しつつ、フードでしっかり頭を隠して、狭くて急な階段を下りはじめた。雰囲気がなんとなく非常階段っぽい。

小さな踊り場を四回折り返して、たどりついた先の小さな扉を開けて外に出ると、空気がひんやりとした薄暗い通路だった。庭でかすかに聞こえていた喧騒がいきなり近くなる。

用心しながら音のする方へ足音を忍ばせて歩いていくと、いきなり大勢の人が行き交う場所に出た。

昼時の調理場と、最盛期の集荷所を足して二で割ったような雰囲気だろうか。さまざまな服装、さまざまな年齢の人々が、笑ったり怒鳴ったり声をかけ合って荷物を運んだり物を交換したりしている。

男が圧倒的に多いが女性も少しはいる。皆、堂々としていて健康そうだ。

服装はいろいろだったが、秋人が着ているフードつきのマントによく似た上着もたくさんある。これなら自分が紛れ込んでも騒がれる心配はないだろう。

秋人はそう判断して、狭い通路から何食わぬ顔で人混みにまぎれ込んだ。

あまりキョロキョロして不審がられないよう注意しながら、最初に見つけたのは水場だ。

石臼(うす)みたいな水盤の中央に開いた穴から渾々(こんこん)と水が湧き出して、惜しげもなく縁からあふれてこぼれ落ちている。こぼれ落ちた水は石畳のすき間から地面に吸い込まれ、消える。どこかに溜まってぬかるみを作るようなことにはなっていない。石畳の下にちゃんと水路があるようだ。

――へえ。下水施設がちゃんとあるってことか。剣で人を殺したり追い剝ぎがいたり、移動手段は馬車だったりするから、なんとなくヨーロッパの中世っぽいのかなと錯覚するけど、それよりかなり文化水準は高い。

　秋人は小さく感心しながら、ぶ厚い石臼の縁に複数置いてある金属製のカップをひとつ手に取った。こぼれ落ちる水で全体をきっちり洗ってから、水を汲んで飲む。もちろん口をつける前にゴミが入っていないか、変な臭いがしないか確認して。喉が渇いていたせいか、水は問題なく美味しく感じた。

　渇きが癒えると、今度は空腹が気になる。

　幸い、あたりには焼きたてのパンに似た香ばしい匂いや、肉や野菜を煮込んだような美味しそうな匂いがただよっている。秋人は匂いをたどり、食堂らしき場所を見つけた。不審に思われないよう、さりげなく人の流れを観察してから建物の中に入る。

　中はどうやらビュッフェ形式のようだ。入り口とは反対の壁際に食器と食べ物が置かれた配膳台がある。そこに向かって並んでいる列の様子と、周囲を確認した。

列には誰でも並べるらしい。そして食べ物をもらうのに金銭や身分証明の提示はいらないようだ。

　建物の広さは体育館くらいだろうか。細長いテーブルが何十個も並び、似たような格好をした人々が黙々と食事をしている。食事中もフードを被ったままの人もちらほらいるので、秋人がまぎれ込んでもバレる心配はなさそうだ。

　配膳台にある料理は、照り焼きっぽい肉の塊と、酢豚みたいな煮物。おかゆを薄めたみたいな汁物、こちらの世界の主食にあたるパン——秋人が知っているパンとは食感も味も少し違うけれど、パンというのが一番近い。野菜にあたるものは見当たらない。

　秋人は慣れたふりで列に並んだ。そのまましばらく待ち、あと十人で自分の番になるというところで突然、入り口近くで悲鳴が上がった。小さな子どもの声と、叱責するような鋭い口調の男の声に、周囲が小さくざわめいて視線と注意が騒ぎの元へ向かう。

　秋人も列から少し身を乗り出して、なにが起きているのかのぞき見た。そして我が目を疑った。

樽(たる)のように太った中年の男が細い棒を振り上げて、床にうずくまった子どもを打ち据えはじめたからだ。

「[illegible]！　[illegible]！」

同じ言葉をくり返しながら、何度も棒を子どもに向かってふり下ろしている。子どもは両手で頭を庇ったまま、棒が当たるたびに小さな声でなにか訴えている。たぶん『許してください』とか『ごめんなさい』だろう。

中年男は子どもを打ち据えるたびに怒りが増すのか、興奮が収まらず、折檻(せっかん)が終わる気配は訪れない。

秋人は思わず周囲の人々の顔を見た。半数は面白そうに笑っているだけ。残りの半数には同情めいた表情が浮かんでいるが、誰も中年男を止めようとしないし、助けに入る者もいない。

無慈悲な打擲(ちょうちゃく)が五回を越えたところで、秋人は列を飛び出した。考えるより先に身体が動いていた。どんな理由があったとしても、年端もいかない子どもを大人が打ち据えていいわけがない。

止めろと言ってもどうせ言葉は通じない。通じたとしても、中年男がその言葉に従うとも思えない。秋人は本能に従って足を早め、斜め背後から無言で中年男に体当たりした。

「[illegible]!?」

男は頓狂な声を上げてよろめき、無様に尻餅をついた。同時に周囲から笑い声が上がる。しかし次の瞬間には悲鳴に変わった。笑い声は尻餅(しりもち)をついた中年男に向けて。悲鳴は、体当たりした拍子にフードが外れて露(あら)わになった秋人の黒髪を見て。

「[illegible]！」

聞きおぼえのある単語が非難めいた声で口々に叫ばれる。尻餅をついた中年男も、秋人を見て嫌悪と恐怖、そして憤怒に顔を歪ませて叫んだ。

「[illegible]！　[illegible]！」

悲鳴に似た声を張りあげて中年男が自分を指差した瞬間、秋人は危険を感じてその場を逃げ出そうとした。しかし人垣から進み出た屈強な男たちに行く手を阻まれて、呆気(あっけ)なく捕まってしまった。

「は…なせッ！　放せってば！」

ベルトみたいなもので両手と両足をあっという間に縛り上げられ、狩られた獲物みたいに建物から引きずり出された。

視界の隅に、自分が助けようとした子どもが中年男とよく似た嫌悪と恐怖の表情を浮かべ、引きずられて行く自分を見送る姿が映った瞬間、心が折れた。

——くそっ。こんなことなら放っておけばよかった。くそっ…!

食堂から充分離れた場所まで問答無用で引きずられ、ようやく止まったかと思ったら、すぐ傍で剣を鞘から抜く音が聞こえて血の気が引く。

「——…嘘だろ、マジかよ…。助けてッ! 春夏! レンドルフ!」

悲鳴を上げるのをためらったり、遠慮する余裕はなかった。

縛られた両手を強くつかんで地面に引き倒された。頭上で剣を振り上げる気配がする。

秋人は恥も外聞もなく悲鳴じみた声を張り上げた。

「嫌だッ! 助けてッ!!」

叫びながら、ああ死ぬ…と思った。その瞬間。

「[illegible]」

やわらかいのに凜(りん)とした張りのある低い声が響きわたった。

剣で真っ二つに叩き斬(き)られる衝撃に備えて目を強く閉じ、歯が砕けるほど強く食いしばっていた秋人は、極度の緊張と恐怖のあまり気を失ったらしい。

気がついたときにはレンドルフに抱き上げられ、殺気立った人垣の中から連れ出されるところだった。

「——…レン?」

「[illegible]」

慰めるような、励ますような言葉の響き。秋人を見下ろして、安心させるように微笑んでくれたレンドルフの表情を見た瞬間、眉間に熱い湯を浴びたように目を開けていられなくなった。熟れた果実が潰れたように胸の中が甘苦しくなって、こらえる間もなく涙がこぼれる。

「……っ」

洩れかけた嗚咽(おえつ)は、にぎり拳で唇を押さえてなんとかこらえた。それが逆にいけなかったのかもしれない。我慢しようとすればするほど、喉の奥から迫り上がる嗚咽は激しさを増し、息が止まりそうになる。噛みしめた拳が、こぼれ落ちた涙であっという間に濡れてしまう。涙だけでなく鼻水まで出てきた。とても人に見せられる顔じゃない。

「ひぐ」とか「うぐ」とか情けない声を上げて肩をひくつかせていると、レンドルフが静かに立ち止まった。そのままゆっくり地面に下ろされ、離れる間もなく抱きしめられた。まるで、ここで顔を拭けばいいと言いたげに胸に顔を押しつけられ、後頭部をやさしい手つきで撫でられた。何度も、くり返して。

後頭部を撫でていた手が肩から背中に下りてゆき、後頭部にもどってくる。それを三回ほど繰り返されたあたりでようやく涙が止まり、呼吸も落ちついてきた。それに合わせるように、頭を撫でていた手が離れてゆく。

少し寂しい気持ちで秋人が顔を上げると、

「[illegible]」

気遣うように声をかけられた。

意味はわからないけれど、たぶん『大丈夫か？』とか『落ちついたか？』とかそんな感じがする。

「うん。もう…大丈夫。ありがとう」

腫れぼったくなった両目を拳でごしごしこすりながら答えると、そっと包み込むようなやさしい動きで両手をにぎられた。

「[illegible]」

「なに？　なんて言った？」

まだ涙の残る睫毛が鬱陶しくて、何度もまばたきしながらレンドルフの顔を見上げると、レンドルフは少し困ったように目を細めてわずかに首を傾げた。

言葉が通じなくてもどかしいのは自分だけではないらしい。

レンドルフの、豊かな森の木陰を思わせる落ちついた緑色の瞳を見ていると、心がおだやかに安らいでゆく。けれど同時に、湧き水のように静かに迫り上がってくるものがある。トクトクと音を立てて。

自分を見返すレンドルフの瞳に、黒い髪をした小さな自分の姿が映っているのに気づいた瞬間、秋人はきゅっ…と唇を噛んでまぶたを伏せた。

　そこでようやく、自分が今いる場所に気づいた。足元は美しく刈りこまれた芝生。周囲は回廊。どうやら宮殿内にある小さな庭園らしい。

　植えられた樹木の梢で、チチチと囀る鳥の声が聞こえる。レンドルフは秋人のためにわざわざ人気のない場所を選んでくれたらしい。

「あの…ごめんなさい。迷惑をかけて。あんな騒ぎになるとは思わなかったんだ。あんな…」

　黒い髪だと知られただけで殺されそうになるとは。助けようとした子どもにまで、嫌悪の目を向けられ見捨てられるとは。

　落ちついて思い返したとたん、間一髪で免れた恐怖がよみがえって口の中が苦くなる。

「[illegible]」

　レンドルフは珍しく、かなり長く言葉を言い重ねた。響きと抑揚的に、なんとなく軽率な行動を注意されているような気がする。

「ごめんなさい」

　項垂（うなだ）れてもう一度謝ると、にぎられたままだった拳をポンポンとやさしく叩かれた。『叱っているわけじゃない』と言いたげなその仕草に顔を上げると、レンドルフは秋人を安心させるように笑みを浮かべたままそっと手を放した。そして懐に手を入れてなにか取り出して見せた。

「…腕環（ブレスレット）？　俺に？」

「[illegible]」

　レンドルフはコクリとうなずいて秋人の左手を取り、なめらかな動きで腕にはめた。幅は三センチ、厚みは五ミリくらい。半分に割れたそれを腕に添わせてカチリと戻すと、どういう仕組みなのか、特に留め具もないのに、ぴたりとくっついて外れなくなった。継ぎ目がどこにあるのかもわからない。色は、画像でしか見たことのない金の延べ棒そっくりの金色で、表面に細かい模様が彫られている。少し、エジプトの壁画に雰囲気が似ている。

「まさか、純金製？」

「[illegible]」

レンドルフはもう一度大きくうなずいて、念を押すように言葉を重ねた。

「[illegible]」

会話がきちんと嚙みあっているとは思わない。

でも気持ちは通じ合っているはず。

「ありがとう。大切にする」

秋人が腕環に手を添えて礼を言うと、レンドルフはほっとしたように小さく息を吐き、大きな手で頭を撫でてくれた。

その瞬間、確信した。

――この人は、春夏に頼まれたから俺を気にかけてるんじゃない。最初から俺のことを心配して、春夏の頼みとか関係なく、親切にしてくれる。

自分に対してなんの義務も責任もない大人が、見返りを求めず気遣ってくれる。

母を失ってから初めて、そういう手放しの庇護（ひご）を受けたことに、秋人は自分でも驚くほど深く強い歓喜を感じていた。

子どものように手を引かれて、元いた部屋に連れ戻してもらう間も、部屋に入ってからも、レンドルフは落ちついた口調で静かに話しかけてきた。

けれど、どんなに注意深く表情や身ぶり手ぶりを見つめても、言っていることの大半は理解できない。

雰囲気的に『勝手に部屋から出てはいけない』とか、『外は危険だ』とか、そういった忠告だと思われる。

最初の言いつけを勝手に破ったとレンドルフに思われるのは少し辛い。だから身ぶり手ぶりで懸命に、喉が渇いて腹が減ったから部屋を出たと、理由を伝えようとした。

ここ数日で、ずいぶんパントマイムがうまくなった気がする。けれどやはり限界がある。レンドルフもそう思ったのだろう。会話――言葉は通じないけれど――の途中で従者らしき人を呼び寄せて紙とペンを持ってこさせ、筆談ならぬ絵談をはじめた。

残念ながらレンドルフは絵がうまいとは言い難く、

幼児が描いた照る照る坊主のようなものが、マントを着た秋人のことだと理解するまでしばらく時間がかかった。さらに、トカゲの干物みたいな模様が馬だとわかった瞬間には、申し訳ないけれど思わず噴き出してしまった。

レンドルフは己に画才がないことを自覚しているのか、秋人に笑われても気を悪くすることなく、苦笑しながらばつが悪そうに頭を掻くだけ。

馬鹿にするつもりは微塵もないので、秋人はすぐに笑いを収め、レンドルフが苦労して描いた絵を見て、彼がなにを伝えようとしているのか懸命に読み取ろうとした。その結果。

レンドルフは自分の代わりに秋人の世話を従者に任せたが、なにか行き違いがあって放置状態になってしまったらしい。それから、レンドルフにはまだ用事が残っていて、もうしばらく待っていて欲しいらしい。夜には迎えに来る、ということがわかった。

レンドルフの次は秋人の番だ。

自分では人並み、ごく普通の絵を描いて部屋を出た理由と、庭で見つけた秘密の通路のことを説明すると、レンドルフはしきりに感心した様子を見せ、何度も同じ単語をくり返した。どうやら『絵がうまい』と褒めてくれているらしい。

「別に…、ふつうだよ」

今度は秋人が、照れて頭を掻く番だった。

夜まで充分保つ量の飲み物と食事、暇つぶし用の絵本が新たに用意された部屋に秋人を残して、レンドルフは去って行った。去り際に秋人の肩を抱き寄せて、力づけるようぽんぽんと背中を軽く叩いて。

ひとりになると、秋人はおとなしく絵本を見て過ごした。さすがにもう、外に出ようという気は起きない。

夕方近くになると扉が叩かれ、レンドルフの使いらしき人がやってきて伝言を手渡された。和紙みたいな厚手の紙に例の下手な絵が描かれている。

夕陽と扉に近づく人の絵に二本の線が引かれ、その横に、夜空と扉に近づく人――たぶんレンドルフの自画像――が描かれている。

要するに、夕方には戻れると思ったけれど無理になった。戻りは夜遅くなりそうだということらしい。

絵に添えられている文字らしきものは、秋人の目から見ても美しい筆跡に思えるのに、絵の壊滅さ加減のギャップが笑える。

あんなに立派な身なりで、王候補になるくらい身分も高いだろう大人の男が、自分のために苦手な絵を四苦八苦しながら描いている姿を思い浮かべると、胸の中心からじんわりと温かいものが広がってゆくような気がした。

用意された夕食を摂ると、朝の騒ぎの疲れが出たのか早々に眠くなった。レンドルフが迎えに来てくれるまで、仮眠を取るためベッドに入った。

誰かに追いかけられて押し入れに逃げ込み、フードを深く被って息をひそめる夢を見た。

そのせいだろうか、妙な寝苦しさを感じて目を覚ますと、扉をコツコツと叩く小さな音が聞こえた。

「レンドルフ？」

カーテンを開けたままだった窓を見ると、外は日暮れて真っ暗。時間はわからないけれど、雰囲気的には深夜だろうか。ようやく迎えに来てくれた。

秋人は寝起きのだるさが残る手足に力を込めて起き上がり、夢の余韻でトクトクと自己主張する胸を押さえて扉に向かった。

「レンドルフ。用事はもう済んだの？」

自分で扉を開けず、わざわざノックして秋人に開けさせたのは、一応就寝中かもしれないと気遣ってくれたのかもしれない。

そんなことを考えながら相手の返事を待たず扉を開けたとたん、ドンと大きな衝撃を受けてうしろにひっくり返った。

「……——ッ」

背中を強く打ち、一瞬息がつまって声を出すのが遅れた。何が起きたのか状況を把握する前に、のしかかってきた大きな人影に口をふさがれ、首筋に強烈な一撃を受けた瞬間、秋人は意識を失った。

誰かに追いかけられる夢を見た。必死に逃げようとしているのに、足が鉛のように重くて上がらない。夢の中の、でこぼこ道に突き出た石に向こう脛を思いきりぶつけた痛みで目が覚めた。

「——…ッ！」

目が覚めたのに向こう脛の痛みは本物で、痺(しび)れにも似た苦痛が、ぶつけた場所から脚全体に広がってゆく。……違う。脚だけじゃない。痛みは両肩、背中、腰、脇腹、腿(もも)と、身体のどこかに意識を向けるとそこが痛んでいる状態だ。

「な…に…？」

何が起きているのか理解できない。

うめいた拍子に頬まで強張るように痛んだ。誰かに殴られたらしい。そこから少しずつ記憶がよみがえり、部屋の扉を開けたとたん、見知らぬ男に殴られたことを思い出す。

顔はよく見えなかった。けれど灰色っぽい髪の色だけは覚えている。

灰色。——レンドルフ…？

まさか。そんなわけはない。

脳裏に浮かびかけた疑念を、秋人は一瞬でふりはらった。そして今の自分の状況に意識を集中する。

まぶたが腫れぼったくて目がよく見えないが、両脇にいる大柄な男に腕を抱えられた姿勢で、かなり薄暗い場所を乱暴に引きずられている。

床はじめじめとした石造りで、一定の間隔で明るくなったり暗くなったりする。照明が弱くて通路全体を照らすことができないせいか。それとも、強く殴られすぎて脳震盪(のうしんとう)でも起こしたか、視神経に異常が起きたのか。

「……っ」

秋人は何度も唾を飲み込んでなんとか声を出した。

「は…なせ……、放…して…」

両脇の男たちがわずかに歩調をゆるめ、頭上で言葉を交わし合うのが聞こえた。

「[illegible]？」

「[illegible]」

声は不協和音のようにざらついていた。言葉が理解できなくても、会話の内容が不穏なもので、彼らが秋人を助けてくれるつもりなどないことが伝わってくる。男たちは下卑た嗤いを洩らし、秋人の小さな身動ぎなど歯牙にもかけない乱暴な足取りで階段を下りはじめた。

　どこからか、人のうめき声のようなものが聞こえてくる。同時に、鼻を衝く腐敗臭とカビの臭いが顔面に吹きつける。

　どう考えても、これから自分が連れて行かれる場所がまともな所とは思えない。なんとか拘束をふり払おうと身をよじったけれど、体格が違いすぎてどうにもならない。

　そうこうするうちに階段が終わり、たどりついた場所は、いわゆる地下牢だった。

　狭い通路の両脇に、鉄格子がはまった空間がいくつも並んでいる。手前は暗くて中に人がいるのかよくわからない。けれど奥に進むに従って少しずつ明るくなり、牢の中で何が行われているか見えてしまった。——正直、見たくなかった。

「——…ッ」

　秋人は息を呑んで目を逸らした。

　黒々とした鉄格子の向こう側、赤々とした炎に照らし出された牢の中で、天井からつり下げられた男が皮を剝がれていた。

　こめかみがぎゅっと縮んで、金臭い唾が口の中にあふれた。恐ろしさのあまり頬がそそけ立って感覚がなくなる。

　目を逸らした先にも牢があり、その中でも別の人間がひどい拷問を受けていた。

　秋人は強く目を閉じて歯を食いしばった。食いしばっても食いしばっても力が入らず、悲鳴が洩れそうになる。怖くて怖くて、恐怖のあまり強く閉じたまぶたの間から涙がほとばしり、息をするために開いた唇が涙と唾液で濡れた。

「——…嫌だ！　助けて、嫌だ…ッ！」

　どうして。なぜ自分が。いきなりどうしてこんな目に遭わなければいけないんだ。

理不尽な仕打ちに対する怒りと恐怖で、気が狂いそうになる。

両脇の男たちは秋人の反応を面白がってゲラゲラ笑いはじめた。ざらついた声で口々に何かしゃべっては、ときどき秋人の反応を見るように口を閉ざし顔をのぞき込む。おそらく、これから秋人がどんな目に遭うのか、怖がらせるために説明しているのだろう。けれど秋人には理解できない。

理解できなくてよかった。

この世界に来てから、初めてそう思った。

涙で濡れそぼったまぶたを開けて、前を見すえた。恐くても、なんとか逃げるすきを見つけなければ。

秋人は震える指をにぎりしめてから、ガクリと全身の力を抜いた。

恐怖のあまり気を失ったと思ったのだろう。頭上で男たちがまたしてもゲラゲラと嗤う声が聞こえた。

心なしか、両脇を抱え上げる腕の力がゆるんだように思える。

彼らは再び階段を下りはじめた。さっきよりも足取りが慎重なのは階段の片側に壁がなく、その下は轟々（ごうごう）と音を立てて流れる水路になっていたからだ。

階段を下りるに従って、水路の表面が近づいてくる。壁がない側の男が足をすべらせてわずかによろけた瞬間、秋人は死んでもいい覚悟で階段を思いきり蹴って男に体当たりした。あんな怖ろしい拷問を受けるくらいなら、溺（おぼ）れて死んだ方がましだ。

「[illegible]！」

壁側の男が叫（わめ）いて手を伸ばし、水路に落ちる寸前だった仲間の腕をつかむ。秋人はそのすきに渦巻く水流めがけて飛び込んだ。

「[illegible]…ッ！」

おそらく罵倒だろう男のわめき声は、水音にかき消されてすぐに聞こえなくなった。

† 流転

逆巻く流れに翻弄（ほんろう）されて水底に沈みかけた身体を、なにか大きな生き物の背で押し上げられた気がする。雰囲気的に近いのはたぶんワニ。それもものすごく大きな。もちろんワニの実物など見たことはない。だからそれが本当にあったことなのか、それとも死にかけた脳が見せた幻覚なのか判然としない。なにしろ生まれてはじめて体験することばかり続いた。それも死にかけるような。どこまでが現実でどこからが夢や幻なのか、見極める正常な精神状態を保てているかどうかも怪しい。

ただひとつ確かなことは、気がつくと自分は生きていて、ぼんやりと夜空を見上げていたということだけ。

秋人は生ぬるい泥に半分埋もれた状態で、ちゃぷちゃぷと打ち寄せる水音と、風が吹くたびに揺れる葦（あし）に似た水草の、ざわざわという音をしばらく聞いていた。

『なぜ』とか『これからどうする』とか、自問の言葉は浮かんだけれど、それに対する答は何ひとつ思い浮かばない。頭が麻痺（まひ）して、考えることを放棄しているらしい。

頭上で瞬（またた）く星空に、知っている星座は見当たらない。やがて空の片側が白みはじめると、波が少しずつ打ち寄せて水面が上がってきた。

秋人は棒のように強張った身体を静かに起こして、用心深くあたりを見まわした。

自分が流れ着いた場所は広い川か湖の浅瀬、もしくは湿地帯らしい。人の背丈より高い葦のような草が生いしげっている。

充分時間をかけて身の安全を確認してから、深さを増した川の水で泥を濯いだ。

身体のあちこちで存在を主張しはじめた痛みをこらえながら、水気をしぼった服を身につけ終わると、ようやく少し頭が動くようになってきた。

これからどうすべきか。

自分を殺そうとした――もしくは拷問しようとした人間がいる。それが誰なのか、目的はなんなのかわからない。けれど、とにかくそいつらに見つからないよう注意しなければ。まずはこれが最優先。

次に重要なのは安全の確保。黒髪、黒い瞳はこちらの世界で〝災厄の導き手〟と呼ばれて忌み嫌われている。それがどの程度の差別なのかわからないけれど、用心するに越したことはない。なるべく人目につかないよう、身を隠して休める場所を探す。可能なら食糧も手に入れる。

それらがクリアできたら、春夏かレンドルフに会う方法を探す。そのためには自分が今いる場所と、ふたりの居場所を知る必要がある。

秋人は左腕にはまった腕環に目を向け、なめらかな表面をそっと撫でて唇を噛みしめた。

けれど、まずは安全の確保だ。

残念なことに髪と瞳の色を隠すフードつきの上着は行方不明。男たちに剝ぎ取られたのか、水路に飛び込んだときに無くしたのかは覚えていない。

秋人は少し考えてから一度着た服を脱ぎ、すそを二十センチ分くらい破いて細長い布を作った。元々長めだったものを腰の部分を折り返して膝丈に調節していたから、二十センチ切り取っても困らない。多少貧乏くさくはなったけれど。

タオル二枚分くらいの長さの布をターバンみたいに頭に巻きつけて、髪を覆い隠した。最初は失敗したけれど、何度か試行錯誤を繰り返すうちにうまく巻けるようになった。

髪はそれでなんとかなったが、瞳を隠すのは難しい。やはり大きめのフードが欲しい。

「まずはフードつきの上着。それから安全な隠れ処」

当面の目標を設定すると、なんとかその場から動き出す覚悟が決まった。

本当は恐いし心細い。こちらの世界——あの森に訳もわからず放り出されたときも不安だったけれど、あのときは春夏がいた。

けれど今度は正真正銘、自分ひとりしかいない。

「……」

秋人は左手で胸を押さえ、レンドルフにもらった腕環の上に右手を重ねて目を閉じた。

レンドルフは秋人が何者かに捕まって、拷問されそうになったことを知っているのだろうか。城から行方をくらましたことに気づいているだろうか。

――気づいたら、きっと捜してくれるはず。

秋人は大きく深呼吸してから目を開け、手首に布を巻いて腕環を隠すと、意を決して移動をはじめた。


秋人が流れ着いた浅瀬と湿地は、街中を流れる大河の岸辺だった。水深が増した浅瀬から葦が繁った土手に上がり、川の流れに添ってしばらく進むと、前方に、堤防の上に上がる階段が現れる。

明るくなりはじめた空の下、汚れ物らしき布の山を籠(かご)に盛った女たちが何人も階段を下りてきて、石造りの張り出しで洗濯をはじめた。

――チャンスだ。

なんとかして、あの中から一枚服を手に入れたい。

――声をかけて頼んでみるか。

無理だ。言葉が通じないし、身ぶり手ぶりでこちらの希望を伝える間に瞳の色に気づかれて騒がれたらまずい。物々交換を持ちかけるにしても、代わりに差し出せるものがない。

――盗むしかない。

ごく自然にそう思い、方法を考えはじめたところで、ふと我に返った。

他人の物を盗むのは悪いこと。罰せられる行為だ。

――なに言ってるんだ。非常事態なんだから仕方ないだろ。こっちは問答無用で拷問されそうになったんだ。

自分がひどい目に遭ったことと、他人の物を盗むことの間に相関関係はない。相手にしてみたら、とんだとばっちりだ。むしゃくしゃしたからって理由で、他人に危害を与える犯罪者と変わらないじゃないか。

――違う。これは生き延びるために必要なんだ。

違わない。罪は罪だ。窃盗罪。

「…くそっ」

自分の中の常識と、現実が必要とする行動のギャップに、秋人は小さく毒づいた。

「いいじゃないか。服の一枚くらい」

よくない。相手にとってすごく大切な思い出の品とかだったらどうするんだ。もしも高価なものだったら？

「そんな大切なものとか高価なもの、川で洗ったりするか？」

知らない。こっちでは川で洗うのが当たり前なのかもしれないじゃないか。

「……っ」

頭を抱えて自問自答している間に、洗濯は終盤に入り、あとはもう濯いで絞ったら終わりのようだ。

ぐずぐずしていたら、せっかくのチャンスをふいにする。

まともに姿を見せて譲ってくれと交渉しても、髪と瞳の色に気づかれたら捕まってひどい目に遭うかもしれない。またあの地下牢みたいな所に連れて行かれたら…。そう考えた瞬間、全身に広がった強い恐怖が、常識を蹴散らした。

秋人は覚悟を決めて、葦が途切れるぎりぎりまで身を隠して女たちに近づき、川にそっと身を沈めた。

そこから、女たちがしゃがみ込んでいる石の張り出しまで、一気に泳いで近づいた。チャンスは一瞬。一度だけ。

張り出しの一番端で水面に乗り出して布を濯いでいた女性の前で、ザバリと顔を上げて驚かせ、相手が「ギャーッ！」と、悲鳴と両手を上げて仰け反った瞬間、素早く濃い灰色の毛布みたいな布を一枚つかんで素早く水中に逃げ込んだ。

あとは息が続くかぎり泳ぎ続ける。

「[illegible]！」

息継ぎのため、最初に川面に顔を出したときは、背後で叫ぶ声が聞こえた。泥棒とか捕まえろとか言っているのかもしれない。

二度目に顔を出したときには、自分の呼吸と水をかく音がうるさくて、追っ手の声は聞こえなかった。

三度目に顔を出したとき、素早く背後を確認すると、洗濯場はすでにはるか後方で、堤防の上にも、その下の土手にも、布泥棒を追いかけてくる人影は見当たらなかった。川の流れはかなり速い。川下に向かって泳いで逃げる盗人に、追いつくことはできないとあきらめたのだろう。

「…よかった」

そう。本当に運が良かったのだ。

犯行現場から充分に離れたあたりで、川には舟が行き交いはじめ、暢気に泳ぐ余裕はなくなった。

秋人は土手に上がり、葦のしげみで身を隠しながら人目につかない橋のたもとまで歩き続けた。

橋の下の影になった場所を見つけると、ようやく緊張を解いて濡れた服を脱ぎ、手に入れたばかりの布と一緒に水気を切って、改めて身にまとった。

そのまましばらく身体を休め、服が生乾きになるのを待って立ち上がる。そのとたん、目眩を起こして倒れかけた。貧血だ。地面に膝と手をついて呼吸を整えてから、今度はゆっくり立ち上がった。

服の次は食べ物だ。

本当はもう少し身体を休めたかったけれど、早く食べ物を手に入れないと体力がどんどん無くなって、よけい動けなくなる。それはまずい。

秋人はゆっくりと堤防をよじ登った。

堤防の向こう側は、埃っぽい広い道と、まばらに広がる人家、人の手が入った畑と、手つかずの自然がまだらに入り交じった平野が続いていた。

自分が流れてきた川上の方角を見ると、そちらは家屋が密集しているようだ。おそらく雰囲気的に、このあたりは〝王都〟の郊外らしい。

秋人は充分に用心して道に上がり、周囲を観察しながら食べ物を探しはじめた。

道は石畳で舗装された広いものから、土を踏み固めただけの細いものまであり、広い道はそこそこ交通量がある。交通といっても、こちらには自動車やバイクは見当たらない。移動は徒歩か、馬、牛、ロバなどを使った馬車だ。馬や牛、ロバといった動物は秋人が見知っているものより多少ごつかったり、毛深かったりするものの、明らかな異生物ということはない。

まあ、人間の姿は自分たちと変わらないんだから、他の生き物だけ突拍子もない形態ってことはないだろうな…などということをつらつらと考えながら、人通りのほとんどない細い道を選び、畑の作物を物色しながら歩いた。

きちんと手の入った畑は避け、半分放置されて草が生いしげっているような農地にある、半分野生化した状態の作物を採って、最初の数日は餓えをしのいだ。

朝起きたら川で身体を洗い、一日分の食糧を確保したら、身を隠せる場所を探して火を熾す。手に入れた野菜や果物を食べて寝る。翌朝、起きたら川で身体を洗い、必要なら服も洗う。そしてまた食糧を確保しに出かける。――という暮らしの三日目くらいには、不審者が出没すると噂になったのか、熊手や持ち手の長い鎌を手にした男たちが見まわりするようになったので、移動することにした。

王宮のある市街地に近づくのはまだ勇気がないので、平行移動で丘と小さな森をひとつ越え、同じように食べ物を探して歩く。

地下牢に連れて行かれたときに受けた打撲痕は、すこしずつ治ってきていたが、脇腹の痣はなかなか薄くならず、むしろ色が濃く範囲も広がっているような気がして少し不安になった。ただし、触ってもあまり痛みはないから、深く考えるのは止めた。

七日目には雨が降り、どうしても火がうまく熾せず、野菜を生で食べたせいで腹を壊した。八日目は、このままだと死ぬかも知れないと思いながらほとんど寝て過ごし、九日目には、覚悟を決めて農家にしのびこんだ。もちろん事前に充分観察して、全員が畑に出かけて留守になったすきに。

竈の傍に置いてあったマッチと火打ち石の中間みたいな道具を見つけて「ごめんなさい。もらいます」と、ここにはいない持ち主に謝ってポケットにしまう。

他にも、蓋つきの水筒に入った牛乳――もしかしたら山羊乳かも――と燻製肉の塊、塩、ナイフ、戸棚にしまってあったパンらしき食べ物。家の裏に干してあった布――たぶん下着――と服一枚、タオルになりそうな布を二枚ほど。それらを居間の入り口にかけてあった丈夫そうな袋に詰め込んだとき、表に荷車の音と人の気配が戻ってきた。

「……！」

まずい。

一気に血の気が引いて手足が震えた。他人の家に無断で入り込み、盗みを働いている事実が身に迫る。

こんなに早く人が戻ってくるとは思わなかったから、いざという時の逃げ道を確認していない。

油断した自分に舌打ちしながら、秋人は声がする表とは反対側に逃げ込んだ。居間の奥は細い廊下になっていて、いくつか並んだ部屋の奥に小さな扉がある。そこを開けると裏庭に出た。表の方で、泥棒に気づいた住人が上げる声が大きく響きはじめた。

急いで小さな池をまわり込む途中、木の枝に引っかかって頭に巻いていた布が解けた。巻き直す余裕などない。布を手ににぎりしめて葦のしげみをかき分け、肩の高さの木組みの垣根をよじ登りかけたとき、背後で鋭い声が上がった。

「[illegible]！」

見つかった。まずい。

男の低い怒号に続いて、年輩の女性らしい金切り声が響く。

焦って手足が震えたせいで足を踏み外して一度地面に落ち、もう一度よじ登って向こう側に飛び降りる前に、ちらりと声のした方を見ると、刃渡り五十センチ以上はありそうな大鎌をふり上げて突進してくる髭面(ひげづら)の男と、熊手を持った小太りの中年女性の姿が見えた。女は秋人を指差して恐怖に顔を歪ませ、しきりになにか叫んでいる。

「[illegible]！　[illegible]!!」

垣根から飛び降りた瞬間、背筋にひやりと悪寒が走り、にぎりしめていた袋の重みが軽くなった。続いてガツンとなにかがぶつかる音が響く。その理由を確かめるためにふり返る余裕はもうない。

秋人は全力で逃げた。

走って逃げながら、少し泣いた。

怖くて。悔しくて。悲しくて。

『他人の物を盗(と)ってはいけません』という、これまで当たり前だと思っていた常識を破らなければ、生きていけないことが悲しい。姿を見ただけで嫌悪の悲鳴を上げられ、刃物をふりかざして追われる我が身が切ない。

巻き添えで言葉も通じない別世界に連れてこられて、自分だけが殺されかけ、追われ、生きるか死ぬかの瀬戸際に弾き飛ばされていることが辛い。

——春夏は…。

考えるだけ虚しいのに、考えずにはいられない。

——春夏は今ごろ、王を選ぶ神子として敬われ、大切にされ、立派で居心地のいいあの王宮で、なにひとつ苦労することなく暮らしているんだろう。

『駄目だよ。その子は連れていけない。うちの子じゃないからね』

ふいに、春夏を迎えにきた彼の父親の言葉がよみがえり、身の置き場のない疎外感に襲われた。

誰も自分を必要としていない。ぼんやりしていれば押し潰されて、自分の居場所などなくなってしまう。春夏のように、ただにこにこ笑っているだけで、誰かが『ここが君の場所だよ』と言って、温かく迎え入れてくれる場所などない。努力して誰かの役に立つことを証明しなければ、自分など簡単に見捨てられてしまう。だから必死で勉強して良い大学、良い就職先を目指している。目指してきた。

それなのに。

巻き込まれて迷いこんだだけの世界でも『いらない』と言われるのか。『おまえはいらない』と。

そう思うと、どんなにこらえようとしても悔しくて涙が止まらない。

「泣くな、馬鹿」

泣いたってなんの役にも立たない。前が見えなくなるし、息がしづらくなるだけ。逃げ遅れて捕まれば、あの大きな鎌で斬り殺されるかもしれないんだ。

今は泣くより走れ。

そう自分を叱咤して走り続けた。

背丈より高い作物がしげった畑に飛び込み、枝葉をゆらさないよう地面を這って逃げまわり、土埃にまみれながら、ようやく追っ手をふりきったときには日が傾いていた。

　秋人は盗みを働いた農家から丘をふたつ越えたところにある小さな森の中に逃げ込み、しげみの陰に隠れて身を丸めた。

　命懸けで手に入れようとした袋の中身は、垣根を越えるときに鎌で切られてこぼれ落ち、ほとんどなくなっていた。なんとか残っていたのはタオル一枚と塩、ナイフ、そしてポケットに入れておいた火熾し道具だけ。

「――……これだけでも、残ってて良かった」

　下手をしたらあそこで殺されていた。それを考えれば自分は運がいい。秋人はあえて前向きにとらえた。ここで悲観的になったら、もう動けなくなりそうだったからだ。

　半日近く逃げまわったせいで身体は汗だくで泥だらけ。身体と服を洗ってさっぱりしたかったし、食べ物を探して空腹を満たしたかった。けれど今はとてもそんな元気はない。虫避けに、なんとか落ち葉だけはかき分けて剝き出しにした地面に身を横たえ、手足を丸めて眠りに落ちた。

　そして夢を見た。

　夢の中で秋人は家に帰り、母に『おかえり。おやつがあるよ』と言われて心底ほっとした。母のとなりには父がいて、秋人を力強い腕で抱きしめてくれた。現実の、秋人を『俺の子じゃない』と見捨てた父ではない。大きくて暖かくてやさしい、夢の中にしかいない理想の父親だ。

　その姿がいつの間にか灰色髪のレンドルフになり、秋人は驚きながらとても喜んだ。

　なんだそうだったのかと安心して、これからはずっと一緒にいられるんだと嬉しくなって、自分からレンドルフに抱きついたところで目が覚めた。

「……っ」

　眠りながら泣いたのか、睫毛がばりばり強張ってくっつき、目を開けるのに苦労した。

　川を見つけ、顔と身体と服を洗っている間に、夢の残滓も洗い流されて忘れてしまった。

　服を着る前に、ふと脇腹を見てぎょっとした。

「なんだ…これ」

打撲痕が明らかに大きくなっている。昨日、逃げるときに新しくぶつけた憶(おぼ)えはない。色も、治りかけの黄色や緑っぽい色ではなく、黒に近い赤紫の斑。

「なんでこんな…、前よりひどくなってる」

少し強めに触っても、やはり痛みはほとんどない。けれど強く押した部分が、低反発のウレタンみたいにへこんだままでなかなか元に戻らない。

「――っ」

自分の身体なのに少し怖くなって、そのあとはあまり触らないようにした。痛みがないということは、たぶん大したことじゃないと、自分に言い聞かせて。

それから数日は、常に追っ手の影に怯(おび)えて過ごした。三日同じ場所にとどまらないよう注意しながら、身を隠せる林や、しげみの陰を転々としながら畑の作物をかすめ盗り、犯行現場からずいぶん遠く離れても、ぎらつく刃(やいば)をふりまわして追われた恐怖は薄れることなく、心の底から安心できる時間も場所も見つけられなかった。

励まし合う相手もいない。先の見通しも立たない孤独な日々は、油断すると不安で押し潰されそうになる。

このままずっと畑の作物を盗って生き延びるのは、たぶん無理。こちらの世界に冬がなく、一年中作物が実る気候なら可能かもしれないけれど。それでも、ずっと農地を徘徊(はいかい)し続けるわけにはいかない。元の世界に戻るためには、都に行って王宮を訪ね、春夏に会わなければ。

自分を捕らえて地下牢で拷問もしくは殺そうとした人間がいる以上、馬鹿正直に顔をさらして面会を求めるわけにはいかない。どうすれば安全に、春夏かレンドルフに連絡が取れるだろう。

いくら考えても名案は浮かばない。

「浮かばないけど、とりあえず王宮近くの様子を探ってみないと」

「王宮の傍でレンドルフが通りがかるのを待てばいい。声をかければ、きっと気づいて助けてくれる」

晴れた日の午後。木陰で風に吹かれ、甘みのある採れたての野菜をかじりながら思い描いた計画は、楽観的でうまく行くように思えた。

　一番いいのはレンドルフが住んでいる家を見つけることだ。それさえわかれば、あとはこの腕環を見せて会わせてもらえばいい。

「言葉が通じれば、家を訪ね歩くこともできるんだけどな…」

　話相手がいないせいで増えた独り言をつぶやきながら、秋人は数日分の保存食糧――天日に干した野菜や果物――を袋に入れて、都内に入る準備を終えた。とりあえず二日はそれで食い繋ぐことができるはず。

　川に沿って戻ると、マントを盗んだ洗濯人に見つかる可能性がある。見覚えのある場所は用心して避け、迂回(うかい)しながら街に入った。

　まだ星が残る夜明け前に出発し、太陽が真上に来るころ、ようやく都の外れにたどりつく。

　外敵の侵入に備える必要はないのか、王都には外壁がない。だから道沿いだろうが家の裏からだろうが、人目を避けながら歩いていると、いつの間にか街中に入っている。

　王宮は、少し開けた場所なら街のどこからでも見つけることができる、小高い丘の上にそびえ建っている。秋人は目深に被ったフードが風でめくれたりしないよう、しっかり手で押さえながら、ひたすら王宮目指して歩き続けた。

　二十日近く前に、春夏と一緒に馬車で都入りしたときには、街の様子を詳しく見る余裕はなかった。

　神子のために用意された馬車の、窓という高い場所からではなく、己の目線で感じる街の様子はまた違って見える。

　建物は基本的に、定規で線を引いたようなかっちりとした直線的なものが多い。外縁部には単純な箱形の平屋が多く、中心部に近づくに従って二階建てや三階建てが多くなる。

　建材は、下街的な場所は赤っぽい煉瓦(れんが)色が多く、金持ちの屋敷は生成り色や白くて表面がなめらかな石がほとんどだ。真っ青な空に映える白い外壁は、ギリシャのサントリーニ島だったっか。どことなく印象が似ている。もちろんそれよりもずっと規模が大きいけれど。

荷物を積んだ馬車に馬、大勢の人がひっきりなしに行き交う大通りが、何本も交叉する外縁部を通り過ぎると、道はゆるやかな登り坂になる。立派な街路樹が延々と続く白い石畳や、噴水が涼やかな水音を立てている広場から、少しずつ人の姿が減ってゆく。同時に、木陰を優雅にそぞろ歩く人々の身なりが立派になり、薄汚れた秋人の姿が目立つようになってきた。

最初は、通り過ぎざまにじろじろと見られる程度だった。やがて誰かに通報されたのか、森でレンドルフが率いていた兵士たちと似たような服を着た男たちが、さりげなく近づいてきた。おそらく、こちらの世界の警察的な人々だろう。数は三人。

「[illegible]」

あきらかに、秋人に向けて声をかけている。

『職務質問』という単語が思い浮かんだ。場にそぐわない不審な人物だと思われたのだろう。

秋人はフードを押さえていた手にぎゅっ…と力を込めた。

逃げるべきか。踏みとどまるべきか。

言葉が通じれば、踏みとどまって春夏に会わせてくれと頼み込んでいた。けれど、こちらの意図がうまく通じず、牢にでもぶち込まれたらおしまいだ。もう逃げ出すことができない。言葉の通じない外国で、ささいな罪で投獄され、そのまま何年も帰国できなかったというニュースをテレビか雑誌で見たことがある。

言葉が通じないだけじゃない。黒髪と黒い瞳を見られたら、問答無用で殺される。そんな危険は犯すわけにはいかない。

迷う素振りが、よけい怪しく映ったらしい。

そろいの服を着た男たちのうち、ふたりが腰に帯びた剣の柄に手をかけるのを見た瞬間、秋人はくるりと背を向けて走り出した。

「[illegible]！」

叫び声と一緒に不穏な足音が追いかけてくる。

秋人はうしろを見る余裕もなく、ひたすら逃げ続けた。背が高く肩幅も広い男たちには通り抜けられないような狭い路地や生け垣のすき間を通り抜け、時には息を殺して身をひそめ、人通りの多い場所に戻ると、人混みにまぎれて都の外に逃げ戻った。

夜明け前に出発した場所に帰りついたのは、日没後。出発したときとは反対側の空に、星がまたたきはじめた頃だった。

農地に点在する小さな林の中に作った落ち葉の寝床に倒れ込み、秋人は小さくつぶやいた。

「――…計画変更。とにかく身なりを整えないと、王宮には近づくことさえできない」

なんとかして金を稼ぐ手段を見つけ、身ぎれいにしてから王宮周辺に通い、レンドルフを見つける。

秋人は左の手首にはまった腕環を見つめ、奥歯を噛みしめた。

一度の失敗であきらめるわけにはいかない。

この世界が、どこまでも自分に厳しく意地悪だということはわかった。たぶん秋人が、元々こちらに来るはずではなかった存在だからだろう。体内に侵入したバクテリアとか細菌を、白血球が撃退しようとするように、この世界にとって異物である秋人を排除しようとしている。

それならそれでいい。異物にも意地はあるんだ。

秋人は流れる涙をぬぐうことも忘れ、レンドルフにもらった腕環に額を押しあてて固く誓った。

「絶対…負けない。絶対、元の世界に戻ってやる」

† 運命の黒い歯車

負けるものかと誓ったものの、雨の日などは気持ちが落ち込んだ。

特に夜。木の枝をいくら重ねて屋根を作っても、すき間を縫って落ちてくる雨だれに眠りを妨げられ、びしょ濡れで震えることしかできない我が身のみじめさに、この世界のすべてを呪いたくなった。

　自分が本当に〝災いの導き手〟なら、こんな世界など滅ぼしてしまうのに。このひどい状況から救い出してくれるなら、悪の権化の魔王になってもかまわない。そんな夢想に耽って、過酷な現実からいっとき逃避する。

　それでも朝になれば起き上がり、生き延びるために動くしかない。濡れた服を脱いで水気を絞り、日当たりのいい木の枝にひっかけて乾かす。

　脇腹の痣は見るたびにすこしずつ大きく、色も濃くなっているようだ。これまではなるべく気にしないよう、見ないようにしてきたけれど、さすがにもう誤魔化すのは無理。

「変な病気だったらどうしよう…」

　他にも問題は山積みなのに、これ以上の上乗せは勘弁して欲しい。こちらの世界に特有の病気だったとしても、医者を見つけられるか、見つけても診てもらえるかわからないのだから。

　不安は募るが、どうしようもない。


　秋人は小さな溜息を吐くと、気を取り直して畑の作物を盗りに行った。誰かが労力を注いで実らせた作物を、黙ってかすめ盗ることへの罪悪感は、過酷な運命を呪う怒りでかき消した。

　命懸けで盗み出した火熾し道具と塩、そしてナイフのおかげで、最初の頃に較べれば食糧事情は格段によくなった。それでも肉やバターを使った料理が懐かしくて仕方ない。

　誰ともしゃべらない日々が続くと、自分が獣になってゆくような気がした。だから意識して声を出し、独り言が多くなった。

　王都潜入失敗の翌日から、街道沿いに身をひそめて通行人を観察したり、農家を出入りする人々の様子を観察するという項目を日課に加えた。

　農地から畑の収穫物を積み込んで都へ向かう馬車。地方と王都を結ぶ定期便らしき馬車。大きな荷物を背負って歩く旅人。ほとんど手ぶらの旅人。行商人。芸人一座。貴人を乗せた馬車と、護衛の一団。

　裕福な人々、貧しそうな人々。大人、子ども、老人。男に女。ありとあらゆる人々を観察してわかったことは、この世界――もしくは国は、貧富の差がかなり激しいということ。少なくとも目に見える範囲で黒髪はひとりもいないということ。秋人くらいの歳の少年がひとりで旅をするのは、珍しくないということだった。

マントを着てフードを被ってる人も多い。これはものすごく助かる。あとは、街の中で金銭（かね）を稼ぐ手段さえ見つけられれば、言うことはないのだけれど。

元いた世界もバイトするなら面接したり身分証明書が必要だったりする。こちらの世界の職業事情がどうなのかわからないけれど、そんなに簡単に仕事にありつけるものだろうか。

「でも、見つけないと」

そう強く思いつつも、何度も命の危険を感じたあとのせいか、王都に戻る踏ん切りがつかない。

そんな秋人の焦燥に、天が哀れんでくれたのか。

ようやく転機が訪れたのは、王宮の地下牢から川に飛び込んで逃げ出した日から、二ヵ月近くが経った日のことだった。

秋人は街道から少し奥まった場所に生えた大樹に登り、道を行き交う人々を観察しながらトマトとリンゴを足して二で割ったような実を食べていた。そのうち眠くなったので、細い蔓（つる）をより合わせて作った縄で身体を樹にくくりつけ仮眠を取った。

そしてどれくらい過ぎただろう。樹下から響いてくる騒がしい人の声で目が覚めた。

梢をそっとかき分けて下をのぞくと、街道の反対側の空き地に、旅の芸人らしき一団が馬車を停めたのが見えた。総勢十人くらいだろうか。どうやら仲間のひとりが具合を悪くしたらしく、木陰に運ばれて水を飲まされたり、団扇（うちわ）で扇がれたりしている。

家族なのか、老人もいるし幼い子どももいる。座長らしき人物は恰幅のいい三十代後半の男で、少し乱暴な口調でてきぱきと指示を出している。

座長になにか命じられた若い痩（や）せた男が、ぶつぶつとなにか言いながら道をわたり、秋人のいる樹の下までやってきた。秋人は息をひそめ、なるべく気配を消しながら男の行動を見守った。彼が、楽器と思しき道具を手に持っていたからだ。

男はふてくされた表情で、樹の根元にどかりと腰を下ろすと、手に持った道具を構えてボヨンビヨンと珍妙な音を立てはじめた。

――二弦の楽器だ。すごい…ひどい音…。

男の腕が悪いのか、楽器自体が良くないのか。

下手くそな演奏の原因はすぐに判明した。

「[illegible]！」

楽器を奏ではじめて五分もしないうちに、男は苛立った声を上げ、二弦を草むらに放り出したのだ。

「あ…！」

あんなふうに乱暴にしたら壊れてしまう。

楽器を粗末にあつかう男に反感を覚えたのは、秋人も楽器を演奏する人間だからだ。中学では吹奏楽部、高校ではオーケストラ部を選んだ。自分では到底買えない楽器が演奏できるから。パートはチェロ。ヴァイオリンとピアノも少しだけ習った。

今となっては遠い昔のように思える部活のことを、久しぶりに思い出したとたん、男が放り出した二弦の楽器に触りたくて仕方なくなった。

男は腰に結わえつけていた袋も解いて楽器の傍に放り投げると、草を蹴りながら街道の反対側にわたってしまった。そのまま空き地で火を焚きはじめた女性陣におどけた仕草で声をかけ、茶を勧められると嬉しそうに笑い声を上げ、軽食らしきものを食べはじめた。すぐに戻ってくる気配はない。

道向こうの空き地から、こちらの樹の根元は他の灌木にさえぎられて見えない。だからこそ、男は商売道具に違いない楽器を放り出したのだろう。

ためらったのは少しだけ。秋人はすぐに意を決して樹を降り、素早く二弦の楽器と袋をつかんで林の奥に走って逃げた。

林を通り抜け、畑を突っ切り、別の林をふたつ走り抜け、丘を越え、川を越え、少し大きな林に入ったところで足を止めた。

追っ手の気配がないことを確認してから、戦利品の検分をはじめる。

二弦の楽器は、日本の琴を手で持てるくらい小さくしたような形で、作りそのものは単純だ。一緒に持ってきた袋の中身は、運の良いことに替えの弦と、修理に使えそうな部品がいくつか。楽器を入れる袋。それから、なにに使うのかよくわからない丸い石と、動物の皮らしきもの。あとは小さな容器に入った油だった。たぶん二弦の手入れに使うものだろう。

すぐにでも手にした楽器を奏でてみたかったけれど、その日は用心して我慢した。

翌日、追っ手が来ないか確認しながらさらに移動して、農家からも街道からも充分離れ、音を立てても誰にも聞かれる心配のない場所までくると、ようやく音を出してみた。

まずは解放で弦を爪弾く。それから弦の真ん中を押さえて同じように爪弾くと、元の音から一オクターブ高い音が出た。解放をドの音に調律して、三分の一の部分を押さえて爪弾くとソの音が出る。どうやら音階の法則は同じらしい。そのことにわけもなくほっとする。

調律方法も理屈は同じ。弦の端にある部品を巻いて、張りの強さを変えることで音を整える。

自分にとって心地良い音になるまで、あれこれ試行錯誤しながら調律しながら、押さえる場所と出る音の関係を確認してゆく。一通り把握できたところで、弾けそうな曲を奏でてみる。

とりあえず気分を盛り上げるために『ワルキューレの騎行』に挑戦してみたものの、かなり間の抜けたものになった。それなら『新世界』はどうだと爪弾きかけ、曲名の皮肉さに気分が削がれて手が止まる。クラシックは止めて、有名な映画音楽とか好きなポップスをいくつか再現してみた。どれも二弦では限界があるけれど、それなりにちゃんと曲になっている。ポロンポロン…と少し籠もった弦の音を奏でているうちに、なぜだか悲しくなって少し泣いた。

「帰りたい…」

安全な場所へ。

他人のものを盗まなくていい場所へ。追われたり、殺される心配のない場所へ。差別され、忌み嫌われて排除されたりしない場所へ。

——俺を必要だと言ってくれる人がいる場所へ。

そう考えた瞬間、なぜかレンドルフの姿が思い浮かんで、自分でも驚いた。

「なんでそこでレンドルフの顔が浮かぶわけ？」

おかしいだろうと己に突っ込むと、胸の底からぽかりと答が返ってきた。

「やさしくて良い人だから」

「…まあ、それはそうだけど。でも、俺を必要だと思っているかどうかはわからないだろ。変な期待はしない方がいい」

「変な期待ってなんだよ」

「——…知らない」

一人二役の独り言の応酬は、奇妙な尻切れで終わった。


三日後。秋人は王都に戻った。

今度はいきなり富裕層の屋敷街に足を踏み入れたりせず、まずは人の多い下街にまぎれこむ。初日は、あらゆる食材や衣服、装身具などをあつかう屋台が、ところせましとひしめき合う広場や、屋台より少し上等な店舗が並ぶ商店街、大通りや、いざというときに逃げ込めそうな狭い抜け道などを調べて歩いた。

表通りから外れて路地裏に入ると、人相や風体のよくない男たちがたむろしていたり、秋人と似たり寄ったりの襤褸(ぼろ)をまとった子どもや老人が、力なく地面に踞(うずくま)ったり倒れているのは、異世界でも共通らしい。

共通点は他にもある。屋台や店舗でものを買うにはお金が必要で、店先には泥棒対策の用心棒が巡回している。秋人の目の前で、十歳くらいの子どもが屋台の果物を盗もうとして捕まり、ひどく打ち据えられてどこかへ連れて行かれた。

あっという間の出来事で、秋人にはなにもできなかった。ただ息をひそめ、盗みの代償がどんなものか唇を噛んで見守るしかなかった。

街外れの橋桁(はしげた)の下で夜を明かし、翌日は人通りの多い広場の端で楽器を演奏してみた。

　前の日に街を歩きまわって観察したかぎりでは、こちらの世界――もしくは国――の音楽はひどく単調で退屈なものばかりだった。例えば『ドドドレ、ドドドレ、ドドドファ、ドドドレ』といった調子が延々と続く。リズムもほとんどなく、音階もあってなきがごとし。あれに比べたら、日本の雅楽がオーケストラの交響曲なみに派手に思えるほどだ。

　それでも楽器の音色に惹かれるのか、足を止めて演奏に聴き入る人の数は多い。気に入った曲や演奏には惜しみなく金を投げ込んだりする。

　秋人はそこに目をつけた。

　狙いは過たずあたり、秋人が二弦で曲を奏ではじめるとすぐに人だかりができ、一曲弾き終わると拍手喝采。二曲目が終わると前に置いた袋めがけて、金が投げ込まれはじめた。

　三曲、四曲と演奏をつづけ、五曲目に入ったあたりで、人垣に目つきのするどい男が混じったのに気づいた。

　辻音楽家にも縄張りとかがあるのかもしれない。袋に投げ込まれるコインは、一枚一枚は大して高額ではないものの、合計すればかなりの金額になる。それを狙っているのかもしれない。

　秋人はさりげなく袋に近づいて曲の合間に回収し、深々とお辞儀をして演奏を終えた。喝采と、おそらく『もっと』とか『続けて』といった要望らしき声が上がったけれど、曖昧に手をふって二弦を袋に入れた。そうして、あえて人混みの激しい場所を狙って身体をねじこみ、素早く広場から離れた。そのまま、路地から路地へと走り続け、追っ手がいないこと、人に見られていないことを確認した上で、昨日のうちに見つけておいた隠れ処に身をひそめた。塀に囲まれた古い空き家の、納屋の床下にある地下倉庫だ。入り口とは別の出口があって、もし誰かが近づいてきても、床のきしむ音で気づくし、反対側の出口から外へ逃げられる。

　秋人は板のすき間から差し込む陽光の明かりがあるうちに、稼いだ小銭の半分を出口近くの土の中に埋め、残りをマントのポケットとズボンのポケット、それから楽器入れの中と、道具入れの小袋に分けてしまった。

　こちらの世界のコインは、判明しているだけで十種類もある。昨日、屋台でのやりとりを観察してわかった範囲では、銀貨みたいな白っぽいのが一番高額らしく、その次が赤味の強い銅色、その下が翡翠(ひすい)みたいな翠色(みどり)だ。形は丸ではなく、江戸時代の一分銀とか二朱銀みたいな長方形。

　銀色と銅色が三種類ずつ、翠色は四種類。それぞれ幅の広い長方形と狭い長方形、それから正方形。翠色だけ、正方形の真ん中に穴の開いたものがある。

　銀色の正方形ひとつで、一食分の食べ物が買える程度の価値があるように思えた。日本円に換算すると、だいたい五百円前後だろうか。

　それらを参考に大雑把に計算したところ、秋人が今日稼いだ金額はおそらく一万円前後だと思われる。

　かなり効率よく稼げたと思う。同業者か、こちらの世界のヤクザ的存在かわからないけれど、目をつけられたとしてもおかしくない。

　郊外の農地を転々としながら野宿を続けていた日日とは、別の意味で用心が必要になる。

「気をつけないと」

　秋人は小さく溜息を吐いてから、新しい服を手に入れるために隠れ処を出た。

　用心深く周囲に注意を払いながら服屋を探した結果。王宮周辺をうろついても不審に思われない上質な衣服一式は、一万円程度では買えないということがわかった。

　身ぶり手ぶりで四苦八苦しながら値段を確かめたところ、上着一枚に一枚五百円程度のコインが百枚必要だと言われた。中に着る薄い下着とベルト、靴、そしてマント一式なら五百枚。約二十五万円だ。

「こっちの物価が高いっていうより、食糧品は安いけど、服とか服飾品は高いってことなんだろうか」

　一日一万円稼げたとして、食費その他を除いて、二十五万円貯(た)めるには約一ヵ月かかる。

　先は長い。

それでも、金を稼ぐ手段を見つけたことは、秋人にとってかなりの進歩だった。

同じ場所で二日続けて演奏はしない。

演奏を終えたら速やかに移動して、なるべく他人の目に触れないよう隠れて過ごす。

絶対に黒髪を見られないよう、頭に巻く布は念入りにチェックする。

万が一フードが風に飛ばされたり人の手で外されたとき、黒い瞳に気づかれにくいよう、額や目のまわりを皮膚病風に汚しておく。原料はブルーベリーに似た果実を潰した汁とザリガニに似た生き物が吐く墨。どちらも市場で簡単に手に入る。

宿には泊まらない。これは、一度利用したとき、鍵をかけたはずの部屋に男が忍び込んできたことがあったからだ。

そのときはとっさに窓から逃げたから、命を取られずにすんだ。荷物は寝るときも腕に紐を巻きつけていたから、これも盗られずにすんだ。

以来、夜は橋の下や街外れの空き地、空き家などで野宿している。そろそろ朝晩はかなり冷えるようになってきたので、安心して眠れる場所を確保したいというのが、今の切実な願いだ。

寝場所の問題はさておき、細心の注意を払っているおかげか、しばらくは平穏な日々が続いた。

もちろん不安の種は尽きないが、その中でも一番気になっているのは例の痣だ。

一番最初は拳ひとつ分程度だったのに、今では、タテは腰から脇の下の近く、横は臍（へそ）近くにまで広がっている。背中側は見えないけれど触ってみた感触的に、背骨近くまで広がっているような気がする。

相変わらず痛みはない。最初は安心材料だったそれが、今では不安の原因になっている。触っても、自分の身体じゃないみたいに、感覚までなくなってきたからだ。

一度、いつもよりかなり強めに指でこすってみたら、まるで粘土みたいに触れた部分がもろくえぐれて、死ぬほどびびった。

「うわぇッ…!?」

自分で笑いたくなるほど滑稽な奇声が洩れた。

「な…、に？　なんだ…これ？」

自分の指を、目の前に近づけて凝視する。

誓って言うが、垢ではない。痣の色そのままの、赤黒い塊が指先に小さくこびりついている。あわてて痣の方を確認すると、長さ一・五センチ、深さ五ミリ近くえぐれているのに痛くない。血も出ていない。まるで本当に赤黒い粘土細工のようだ。

——…怖い。

このまま痣がどんどん広がって、痛みを感じない粘土みたいな身体になっていったら、最後はどうなるんだろう。

「死」という言葉が思い浮かんだけれど、秋人は小さく頭をふって追い払った。

王都に来てから半月、正確には十七日が過ぎた。

秋人が演奏する音楽は、こちらの世界ではなかった類のものらしく、評判は日に日に高まっている。

演奏後に話しかけてくる人々を避け、速やかに姿をくらませるのもひと苦労になってきた。

「用心棒とか雇えたらいいんだけどなぁ」

小さくぼやいて身を起こし、毛布——五百円相当の白コイン百枚も払った——を畳んで荷物をまとめると、秋人は夜明け前に移動をはじめた。

毛布に大金を出したのには理由がある。

こちらの世界では布に財産価値があるのだ。粗悪品は別だが、きちんとした生地で作られた衣服なら、古着でもそれなりの値段がつく。もちろん毛布でも。

それになによりも、日に日に肌寒さが増す中、防寒具が必要だったという切実な理由も大きい。

そんなことをつらつらと考えながら、今日の演奏場所と、いざというときの逃走経路、隠れ処を物色して小さな広場の前を通りかかったとき、視界の隅に映ったものが注意を引いた。

十歳前後の子どもが七、八人、サッカーでもしているのか、地面に転がったなにかを蹴っている。

黒っぽい塊。

丸くはない。どちらかというと細長い。

よく見ると、手足らしき突起が見える。

——まさか…猫？　子犬？

よくわからないが生き物だ。見分けた瞬間、なにか考えるより先に足が動いていた。残酷な子どもたちに近づきながら、周囲の状況を素早く確認する。

まわりの大人は誰も子どもたちを注意しようとしない。しないどころか、子どもたちの残虐行為を面白そうに笑って見ている者もいる。

——信じられない。なんて奴らだ。

鳩尾のあたりがカッと熱くなり、思わず怒鳴りつけそうになったが、すんでのところで思いとどまる。

わけのわからない外国語で〝楽しい遊び〟を中断された子どもが、素直に獲物を解放するとは思えない。子どもの遊びにケチをつけた秋人を不審に思い、大人たちの誰かが因縁をつけてくる可能性もある。

腕力や言葉で解決するのは難しい。

わずか数秒のうちにそれだけ判断すると、秋人はポケットに手を突っ込んで小銭を取り出すと、子どもたちの頭上めがけて派手にばらまいた。

「[illegible]！　[illegible]！」

子どもたちだけでなく周囲の大人たちも、突然空から降ってきたコインの雨に驚いて、注意が逸れる。

そのすきに、秋人は子どもたちの足元から土埃にまみれた黒い塊を持ち上げて、素早くその場を立ち去った。

「[illegible]！」

背後で聞きおぼえのある言葉が聞こえた。

たぶん、泥棒とかそういう意味だろう。

知るもんか。

秋人はふり返らず走って逃げた。

あらかじめ調べておいた逃走経路を使って追っ手をふりきり、何食わぬ顔で雑踏にまぎれた。

走ってよけいな注意を引かないよう、早足で広場を離れながら、タオルを取り出して黒い塊を包んで隠す。布で包む前に素早く見たところ、そして手触り的に、どうやら爬虫類（はちゅうるい）っぽい。大きさは太めの猫くらい。トカゲほど細長くシュッとしてはいない。

胴体が太くて手足は短い。トカゲというより、どちらかというと大山椒魚か。土埃で黄土色っぽくなっているが、地肌は真っ黒だ。

――黒。

「おまえも、黒いから苛められたのか？」

　腕に抱えてそっと声をかけると、大山椒魚もどきが布の下で弱々しく身動ぐ。

　とたんに、秋人の中で仲間意識が湧き上がった。髪や瞳や肌の色だけで理不尽に差別され、虐げられた者同士の連帯感。絆を感じる。

「かわいそうに。もうちょっとの辛抱だ」

　洗いざらしの布地を通してほのかな温もりが伝わってくる。それから、身をよじるような弱々しい動きも。その瞬間、秋人の中に強い庇護欲が生まれた。

「がんばれ。絶対助けてやるからな」

　しばらく移動を続け、人気がなくて安全だと思える橋桁の下に身を隠したところで、ようやく手の中の塊を包んでいた布を解いて様子を見る。

「大丈夫か？　生きてるか？」

　返事など期待していなかったのに、もぞもぞと顔を上げた黒い山椒魚もどきは、涙で潤んだつぶらな黒い瞳で秋人をじっと見つめて「きゅー」と鳴いた。

「――…なんだそのかわいい声は。どこから出してるんだよ」

　生きて、声が出せることに安心したとたん、笑みが浮かんだ。正確には「きゅー」と「くー」の中間と言うべきか。喉の奥か鼻の奥か、音の出所は判然としないが、とにかくかわいい。

　こびりついた土埃と汚れを、川の水で湿らせた布でやさしく拭き取ってやると、黒炭のような真っ黒い地肌が現れた。よほど皮膚が強いのか、心配していたような裂傷はない。手足が折れてる様子もない。頭から尻尾の先まで、背中側と腹側を慎重に手で撫でていくと、左脚のつけ根に触ったときだけ「ぐぎゅーっ」と濁音混じりの声を上げた。

「ここが痛いのか？」

「ぎゅう」

「そうか。じゃあなるべく触らないようにする」

「……」

山椒魚もどきは満足そうに目を細め、秋人の腕に顎を乗せて「フー」と小さく鼻息を吐いた。それからなにかに気づいたように片目を開け、もぞもぞと大儀そうに身体を動かして、反対側の腕に鼻先を乗せた。

「なに？」

左の二の腕のあたりに温い鼻息が触れて、くすぐったいと思った次の瞬間。腕を舐められた。正確には、いつの間にか出来ていた擦り傷を。壊れた石塀の狭いすき間をくぐり抜けるとき、割れた石の先端でこすったらしい。少し肉がえぐれて流れた血がこびりついていたのに、全然気づかなかった。

山椒魚もどきは、小指くらいの太さで先が二股(ふたまた)に割れている舌をちょろちょろと出し入れして、乾いた血を舐(な)め終わると、今度は傷そのものまで舐め出した。

「痛っ……くない？」

最初だけ、ぴりっとした刺激を感じたものの、えぐれた肉を舐められてもまるで痛みを感じない。

唾液に麻酔効果でもあるのだろうか。だとしたらすごい。いざというとき役に立つ。

「――いや、その前に。血を舐めるってことは、おまえ肉食か？　俺の血とか肉、美味(うま)い？」

そう思って傷を舐める顔を見ると、なにやら少し怖い気がする。思わず心の中でドン引きした瞬間、山椒魚もどきはまるで抗議するみたいに、ブンッと尻尾をふって、秋人の腕をビタンと叩いた。そして傷から顔を離し、背伸びするように身を起こして鳴き声を上げる。

「きゅうー！」

『ちがう』と言われた気がして、秋人は「ごめん」と謝った。それからふと、傷を負った二の腕を確認して驚いた。

「――…傷が、消えてる。嘘。なんで？」

こすれて赤くなっていた場所に、きれいな皮膚が再生している。肉がえぐれ、血がにじみ出ていた部分もほとんど元通り。一番傷が深かったところだけ、ほんのりピンク色が残っているだけだ。

「おまえ！　すごいな！　俺の傷、治してくれたんだ。ありがとう！」

山椒魚もどきの両脇をつかんで顔前に持ち上げると、もどきは得意気に「ぐつぐつ」とくぐもった音を立てた。

わずかな間に情が湧き、別れ難くはあったけれど、さすがにペットにするわけにはいかない。大きな怪我はないことを確認し終わると、秋人は橋桁から離れ、山椒魚もどきを放してやることにした。

川縁の葦――に似た植物が繁った草地に、そっと置いてやろうとしたのに、山椒魚もどきはなぜか手足をジタバタさせて秋人の服にしがみつき、離れようとしない。

「どうしたんだよ。ここだと仲間がいないから嫌なのか？　でも、俺といたって苦労するだけだぞ」

言い聞かせながら左手を外すと右手でしがみつき、右手を外すと左手でしがみつく。どうやっても離れようとしない。

しばらく格闘したあとで、服から剥がすのはあきらめた。しがみつかせたまま、顔をのぞき込む。

「俺といたいのか？」

返事のように、しがみつく力が強くなる。

「血は飲ませてやらないぞ」

「ぐぎゅ」

その返事はどっちの意味だよとツッコミながら、心はすでに決まっていた。

「わかった。おまえを俺の相棒にしてやる」

「きゅ」

嬉しそうな鳴き声と一緒に尻尾が派手にゆれて、痣がない方の脇腹をびたんと弾かれた。

「名前はクロだ」

「……」

「なんだよ、文句あるのか？」

クロは哲学者みたいな顔で遠くを見つめ、仕方なさそうに溜息を吐いた。

言葉は通じないけれど、自分を慕う生き物が傍にいるというのは気持ちが和む。

和むと同時に、自分の身だけではなく、自分より小さくか弱い生き物の安全に気を配らなければいけないという、これまでにはなかった心理的負担に、子どもを持つ親の気持ちが、ほんの少しわかった気がした秋人だった。

秋人のうなじと肩がクロの定位置になった。襟巻きみたいに左肩に尻を乗せ、胸に尻尾を垂らし、右肩に前足をかけ、その上に顎を乗せて、フードのすき間から外をのぞき見ている。

体重は三キロくらいあり、はっきり言って重い。肩が凝る。だからといって地面を這わせるわけにもいかない。歩くのが遅いからだ。

毛皮をまとっていれば「リアルファーだ」と自分に言い聞かせ、誤魔化すこともできたのに。残念ながらクロの見た目は爬虫類。鱗はないけれど、手触り的に一番近いのは足の裏だ。背中側はかかとで、腹側のやわらかい部分は土踏まず。

それでも、めっきり寒くなってきた夜の野宿にはずいぶんと役に立つ。腹に抱いて眠るとほんのり温かい湯たんぽ代わりとして。もちろんクロの方も、秋人の温もりにずいぶんと助けられていると思う。下着一枚ごしの触れ合いが続くうちに、秋人にとってクロはなくてはならない存在になっていた。

舐めて傷が治せるなら、脇腹の痣もなんとかならないか。そう思って見せてみたけれど、クロは数回舐めただけで途方に暮れたように尻尾を左右にふり、「くーーぅ」と細く鳴くだけ。それでも、夜は痣に直接身体をくっつけて眠るようになった。

広場や街道の交叉路で辻音楽を披露して日銭を稼ぐときは、荷物袋に身をひそめてもらっている。

秋人以外の人間に姿を見られると、ひどい目に遭うと学習したのか、クロは自分から素直に袋に入り、秋人が袋の口を開けて「もういいよ。出ておいで」と言うまでおとなしくしている。

心配していた食性は、ありがたいことになんでも食べる雑食だった。肉でも果物でも野菜でも、秋人が与えるものなら文句を言わずに食べる。

とはいえ、身体の小さなペットに人間と同じ食べ物を与えると、塩分過多で毒になる、という知識はうすらぼんやりとあったので、最初は味の薄いものや、タレやソース抜きで与えていた。けれどそれは不評だった。クロは秋人と同じものを食べたがり、それでなにも問題ないらしい。だから食糧を仕入れるときは、ふたり分買うのが当たり前になった。

ついでに秋人が作る擦り傷や打ち身、靴擦れといった傷を舐めるのも相変わらず好きだ。クロが舐めると傷があっという間に治るので、本当に助かっている。

こんなに人懐っこく、唾液に治癒能力があり、鳴き声が超絶かわいい生き物を、ただ色が黒いというだけで蹴りまわして殺そうとする、こちらの世界の人間に教えてやりたくなる。おまえらは馬鹿だと。

だけどこれまでの恨みがあるから、たとえこの先言葉が通じるようになっても教えてやるものか。

目の前で転んだ小さな子どもが膝から血を流して泣き出しても、以前のように無条件で飛び出して助けたいと思う気持ちは、いつの間にか消えていた。

どうせ〝災厄の導き手〟に助けられたって、迷惑がるだけだ。

秋人は「ふん…」と小さく吐き捨てて、泣きべそをかいた子どもが、あわてて駆け寄ってきた母親に抱き上げられ、愛情のこもった声で慰められている姿を、冷たく見捨てて先を急いだ。

自分がずいぶん荒んでいることは自覚している。それが悪いことだとは思わない。

「きゅう」

外套の下で、首に巻きついていたクロがなにかを察したように小さく鳴いた。秋人は手を伸ばして、その鼻先をやわらかく撫でる。

「なんでもない。大丈夫」

やさしくささやくと、指の腹にほんのり温かいクロの舌が、へちょりと押しつけられるのを感じた。

その瞬間、自分が思いやりや、やさしさにあふれた触れ合いに、本当は餓えていることに気づいてしまう。鼻の奥が焦臭くなって、両目がじわりと湿り気を帯びた。

「泣くな。がんばれ」

レンドルフと春夏に再会するまでの我慢だ。

秋人はグスンと鼻をすすり、拳で乱暴に両目をぬぐった。


クロを助けた日から約半月。王都に来てからほぼ一ヵ月。この世界に放り出された日から、三ヵ月が過ぎた。

凝った刺繍がある新品は無理でも、そこそこ見栄えのする古着一式ならなんとか買えるだけの金銭は貯まった。

こちらの世界の季節がどう変動をするかはわからないが、明らかに夏から秋へ、そして秋から冬へと変わろうとしている。野宿すると凍死するほど寒くなる前に、そして痣がこれ以上広がる前に王宮を訪ねたい。痣自体に痛みはないが、このところ食欲が落ちてきて、目眩や立ちくらみが増えた。痣が広がるにつれ、明らかに体力がなくなっている。

そんな焦りと、ようやく計画を実行できる期待で隙（すき）が生まれたのか。それとも大金を身に帯びた者特有の、無駄な警戒心と落ち着きのなさが目を引いたのか。

自分では、油断したつもりはなかったのに。

前もって下調べをしていおいた店に行く途中、向かい側から歩いてきた男と肩がぶつかった。いや、避けようとしたのに、相手の方からぶつかってきた。

「いってぇ！」

どう好意的に解釈しても、こちらを心配して声を上げたとは思えない。最初から因縁をつける気だったのがわかる怒号があたりに響きわたる。

いつもだったらその瞬間に逃げ出していた。けれど運の悪いことに、あまりにも激しくぶつかられた衝撃で、首に巻きついて襟口から外を眺めていたクロが地面に落ちた。さらにそれを目敏（めざと）くみつけられ、秋人が拾い上げる前に奪われてしまった。

くびれのない首を強くつかんで、雑巾（ぞうきん）でもふりまわすみたいに高々と手を上げた男が何か叫ぶ。

「[illegible]！」

不穏な響きのその声にまぎれて「きゅーーッ」と鳴いたクロの悲痛な声に、全身の血が沸き立った。怒りと恐怖で手足が震えはじめる。

「止めろ！　返せ！」

両手を伸ばしてつかみかかりながら大声で抗議する秋人を無視して、男はクロを地面に叩きつけ、踏み潰そうとした。

「――…ッ!!」

目の前が怒りで真っ赤に染まり、残酷な男の足めがけて、考える前に体当たりしていた。

「[illegible]」

男は秋人の動きを予期していたのか、せせら笑うような声とともに標的をクロから秋人の腹に変え、思いきり足を蹴り出した。

「……ふぐッ」

避けようもなく鳩尾を蹴り飛ばされて、石畳に叩きつけられた。運良く痣への直撃は避けられたが、胃液が逆流して喉が灼ける。痛みよりも、息ができない苦しさで全身が無様に痙攣しはじめた。なにもない部分を蹴られてこのダメージだ。粘土みたいになっている痣の部分を蹴られたらどうなっていただろう。考えただけで意識が遠のきかけた耳に、すっかり馴染んだ言葉の響きが突き刺さる。

「[illegible]！　[illegible]!!」

おそらく『黒髪』もしくは『災厄』。要するに『災厄の導き手』だと叫んでいる。

殺気立ったその声に、苦労してまぶたを開けると、自分の黒い前髪に視界をさえぎられた。頭に巻いていた布が解けたらしい。当然フードも外れている。

――やばい…殺される。やばい、まずい…。

死への恐怖と呼吸困難、そして痛みに震えながら、秋人はクロを探して、懸命に視線を地面にさまよわせた。

――…クロ、どこだクロ。どこにいる？　無事か？　生きてるか？　生きてるなら逃げろ。逃げてくれ、頼むから。おまえだけでも逃げて、生きて…。

必死に呼吸をくり返しながら、身を起こそうとして地面についた指先に、馴染んだ温かさとやわらかさを感じた瞬間、逃げろと願った心とは裏腹に抱きしめていた。

「クロ…！」

「…きゅーーぅ」

しぼり出すような鳴き声を上げて、胸にしがみついてきた小さな身体を、自分の身体で隠すように身を丸めた。その直後、肩にひどい衝撃を受ける。

また蹴られた。続けて背中に強い痛み。ほぼ同時に腰も蹴られた。複数の人間が自分を取り囲み、足蹴にしている。半月前に助けたときのクロと、同じ目に遭っている。

クロは秋人が助けた。けれど秋人を助けてくれる人は、ここにはいない。現れない。

絶望で震えた指ごと、脇腹を狙った脚にクロを蹴られた。

「――ぎゅぐ…っ」

男たちは、身を丸めた秋人が腹の下に何か隠していると気づいたらしい。腕を無理やりつかまれ、仰（あお）向（む）けにされた。しかしクロは素早く背中に移動して、襟元から服の下にもぐり込み、巧みに暴漢たちの目を逃れて、痣に覆われた脇腹を守るようにぺたりと張りついた。

代わりに暴漢のひとりが秋人の左腕に目をつけた。

レンドルフの腕環は布を巻いて隠してあった。けれどつかんだときの感触で存在に気づいたらしい。無慈悲な男は、痛みで力の入らない秋人の左腕を乱暴に持ち上げて布を剝ぎ取ると、勝ち誇ったように、なにか叫んで腕環を外そうとした。

「بات بات قاعل！」

「や…めろ…」

レンドルフと自分を繋ぐ、唯一の証（あかし）なんだ。盗られてたまるかと、残っている渾身の力を込めて腕を引き抜こうとした。

その動きが怒りを誘ったのか、思いきり頰を殴り飛ばされた。

「――…ッ」

痛みのあまり一瞬気が遠くなる。胸が破れそうなくらい心臓が激しく脈打っている。

本能的に身を丸めようとした右足を引っ張られ、これまでにない衝撃が脛のあたりで弾けた。

「ぁあ…――ッ!!」

哀れな悲鳴がほとばしった。それが押さえようもなく自分の口から洩れたものだと気づくまで、少し時間がかかった。稲妻に直撃されたような衝撃が治まると、脚が消えてしまったのかと思うような無感覚に襲われた。

脚を千切られたのか。心配になって下半身を確認すると、脚はちゃんとついていた。けれど爪先があらぬ方を向いている。

――…折れてる。

違う。折られた。

あまりにひどい現実に頭がついていかない。呆然としていると、両腕を頭上でひとまとめに括られて、そのまま石畳の上を引きずられはじめた。

倒れた秋人に押し潰されないよう、巧みに動いて難を逃れていたクロが、腹のあたりでもぞもぞと身動いでいるのを感じる。舌が届く範囲の傷を舐めて癒そうとしているらしい。

「そ…んなの…いいから、おまえは…逃げろ」

そう何度か叫んだけれど、クロは決して離れようとしなかった。

秋人が引きずられる距離が増えるにつれ、周囲の囃したてるような喧騒も、渦巻くように大きくなる。

「助けて…！　誰か…助けて！」

一縷の望みをかけて、秋人は出せるかぎりの声を張り上げた。けれど。

こんなにも理不尽で、一方的な暴力をふるわれている秋人を見ても、誰も助けようとはしない。

「た…すけ……」

怒りが凝って涙になる。視界がぼやけて、なにも見えなくなった。ただ、見上げた空の青さだけが脳裏に焼きつく。

土埃と、汗が染み込んだ革靴の匂いに咳き込みながら、木箱をならべた即席の処刑台に引きずり上げられた。そのまま頭上ではなく、後ろ手に手首を縛り直され、首に縄をかけられて、二十センチ近くも厚みのある石板の上に肩と頭を押しつけられる。

　生臭い石板に頬をつけながらさまよわせた視線が、ぎらつく斧（おの）の刃を見つけて、心臓が止まりそうになった。

──まさか…あれで、首を斬られるのか？

「いや…だ。どうして、嫌だ…」

「なぜ？」と思う。どうして自分だけがこんなにひどい目に遭わなければいけないんだ？

　あのとき春夏の腕を離せばよかったんだ。穴の底に落ちようとしている春夏なんか見捨てていれば、こんなひどい目には遭わなかった。

　俺が馬鹿だった。わかってる。

だけど、後悔してももう遅い。

　春夏は王を選ぶ神子として、王宮の奥深くで大勢の人間に傅かれ守られて、ぬくぬくと暮らしている。それに引き替え、自分は人間扱いもしてもらえず、理不尽に殺されようとしている。


こらえようもなくこぼれた涙が、眉間を横に伝ってこめかみに流れ落ちてゆく。

　秋人の絶望を感じ取ったのか、服の下に身を隠していたクロが襟首からのそりと姿を現し、観衆と処刑人にさらされた秋人のうなじを守るよう、ぺたりと身を横たえて張りついた。

「[illegible]！　[illegible]！」

　誰かが叫んでクロをつかみ、力尽くで剝ぎ取ろうとした。けれど漆黒の生き物は秋人の一部になったようにぴたりとくっついて離れない。

　忌々しそうに吐き捨てる言葉がいくつか続いて、クロを引っ張っていた手が離れた。

　どうやら引き剝がすのはあきらめたらしい。

　首にかけられた縄がひときわ強く引っ張られ、期待に満ちた観衆のざわめきが少しずつ小さくなってゆく。

　最期を覚悟した秋人は、顎に当たるクロの鼻先に向かってつぶやいた。

「…クロ、俺はいいから…逃げろ…」

このままだと、自分の首と一緒に身体が真っ二つになってしまう。おまえだけでも生き延びて欲しい。

「ぐきゅ」

『やだ』と言ったのか、それとも恐怖で息がつまっただけなのか。確かめる時間はもう残されていない。

処刑人が板木をきしませて近づいてくる。

立ち止まる。

固唾を呑んで見守っていた見物人たちの後ろで、小さなざわめきが起きた。

処刑人が持ち手が異様に長い斧をふり上げる。

禍々しい殺気を含んだ小さな風が起きて、刃がふり下ろされると思った瞬間。

「[illegible]！」

低いのに張りのある、凛然とした声が響いた。

処刑人の足先がたじろいだようによろめいたが、首筋に落ちてくる殺気は止まらない。

次の瞬間。

ガキン…ッと激しい衝突音が響いた。続けて、処刑人の背後にガツンと斧が落ちた音。見物人たちの息を呑む音と悲鳴、ざわめき、怒号が湧き上がったが、さっきと同じ声が確固たる意思を伝える強い口調でなにかを告げると、見物人たちのざわめきが遠のいてゆく。

代わりに、秋人の首をしめつけて石板に押さえこんでいた縛めがゆるんだ。そして、馬の嘶きと甲冑がこすれ合う懐かしい音が聞こえてくる。それからいくらも経たないうちに、即席の処刑台に誰かが上がってきて、顔を上げる気力も体力も尽きた秋人の鼻先に膝をつく。

「アキ」

低くてやわらかな声に、自分の名を呼ばれた。

「……！」

秋人は今にも途切れそうな意識を懸命に繋ぎ止めながら、目を見開いてなんとか相手を見上げようとした。けれど身体が動かない。指先を一センチか二センチ持ち上げるので精いっぱいだ。

「[illegible]」

夜明け前の森に似た、懐かしい匂いがしたかと思

うと、やさしい声と一緒に、首の縄を解かれて抱き起こされていた。

「――レン…ドルフ…？」

「[illegible]アキ[illegible]」

　何度まばたきしても、視界はぼやけたままではっきりしない。けれど「アキ」と自分の名を呼びながら、やさしい声で語りかけてくれる男の声は間違えようがない。

「レン……、よか…逢いたかっ……」

　ほっとしたとたん、視界が黒く狭まって自分の手足がどこにあるのかわからなくなった。

「アキ！　[illegible]！」

　心配そうなレンドルフを安心させるために、最後の気力をふりしぼって笑いかけてから、首筋から胸の上に移動していたクロの背中を撫でた。

「――…お願……クロ…も一緒…に、助け…」

　秋人が覚えているのはそこまでだった。

† 秘密の園

　すぐ近くで静かに言い争う、耳に馴染んだふたつの懐かしい声が聞こえて、秋人は目を覚ました。

「どうし…アキちゃ……――くの部屋で匿…ない…？　ぼくの部屋…――で一番安全…――でしょ…」

「[illegible]…[illegible]――…[illegible]」

「――じゃ…どこ…――安全……身を隠せ……」

「…アキ[illegible]――…[illegible]……――」

　会話はとぎれとぎれで意味がつかめない。

　いや、とぎれてなくても理解できなかっただろう。全身の痛みとだるさと苦しさで。

「――…レ…ン…？　は…る…？」

　かすれて、ほとんど声にならない音を喉からしぼり出したとたん、枕元がわずかに沈んで視界が陰で覆われた。

「アキちゃん！」

　春夏が屈み込んで自分を見つめ、手のひらでそっと頬に触れるのを感じて、秋人は意識しないまま深い安堵の吐息を吐いた。

「アキちゃん…っ」

涙混じりの声で名を呼ばれ、とりあえず一番怪我の少なかった右手を、両手でにぎりしめられた。

照明を落としているのか、視界はぼんやりとした薄闇に覆われて、人の輪郭がうっすらわかる程度。右側にいるのが春夏。そして左側に見える、春夏より大きくて濃い色の人影は、たぶんレンドルフ。

「は…る…」

おまえに会いたかったと言いたいのに、うまく言葉が出ない。

やっぱりおまえは無事だったんだな。羨ましいよ。おまえに比べて俺はさんざんだった。何度も死にかけた。殺されかけた。おまえが悪いわけじゃないのはわかってるけど、なんで俺だけこんな目に遭うんだってずっと思ってた。

おまえは神子として認められたのか？　俺が帰る方法がわかったなら、今すぐ戻して欲しい。——…ああ、待って。『今すぐ』は訂正。レンドルフにお礼を言う時間は取って欲しい。

伝えたいことは山ほどあるのに、唇からなんとか押し出せたのは「レン…」のひと言だけだった。

「アキ…！」

応えるように耳元でやさしく名を呼ばれ、春夏とは反対側の手をそっとにぎりしめられた。

「[illegible]」

励ますような言葉の響きを聞いたとたん両目が熱くなり、まばたきをした拍子に涙がこぼれ落ちて、自分でも驚いた。

「……っ」

それでようやく頭が少し働くようになった。同時に右腕を春夏の手の中から抜き出し、自分の首筋を探った。いない。いない。苦労して手を胸元に下ろして探る。

いない。

「——…クロ…は？」

「[illegible]？」

「『クロは？』って訊ねてる。アキちゃんクロって、あの真っ黒なトカゲのこと？」

「…ぅん」

「[illegible]」

「『アキの左脚に張りついてる。触らせてくれないからわからないが、大きな怪我はしてないようだ』だって」

　レンドルフの言葉を翻訳してくれた春夏の声に、秋人はほっと力を抜きながら、左脚に意識を向けてみた。感覚がない。変だと思い、無造作に動かそうとしたとたん、激痛が走って一瞬意識が飛んだ。

「……ッ！」

「[illegible]」

「『動かしてはいけない』って。骨が折れてるんだ。あと全身打撲と、切り傷にすり傷もたくさん。それからシノカゲも。すごくよく効く痛み止めを調合してもらったから、これを飲んで。楽になる」

　春夏の説明を半分聞き流しながら、秋人は布団の下でそろそろと右足を動かし、左脚を探った。ふくらはぎがあるあたりに自分の肌よりざらついた感触と、温かな弾力がある。

　——クロだ。……よかった。無事だった。

　もうそれだけで、問題のほとんどは解決したような安堵に包まれた。

「アキちゃん、聞いてる？」

　クロは背中に触れた秋人の右足に気づいたらしく、太くて短い手の指で親指をきゅっとつかみ、かぷりと甘噛みしてから、再び元の位置に戻ると、もぞもぞと小さな身動ぎをくり返している。

　なにをやっているんだ？　と首を傾げかけ「ああ、そうか」と気づいた。傷を癒そうとしてくれているんだ。

「アキちゃんお願い。これ飲んで」

　ふいに、耳元で大きな声を出され、ようやくそれまで聞き流していた春夏の説明が頭に入ってきた。

「痛み止め。ひどい味だけど、楽になるから」

　枕ごと頭を持ち上げられて、金属製らしいコップを唇にあてがわれた。けれど。

鼻を刺すようなひどい匂いに、思わず唇を閉じる。わざとではない。三ヵ月におよぶ命懸けの放浪で培った本能的な警戒心のせいだ。春夏に毒を盛られるとは思わない。しかし誰かに騙されて、毒を薬だと春夏が思い込んでいる可能性はある。

毒のある実をうっかり食べて腹を壊すくらい、春夏はうかつだ。神子として大切にされ、ちやほやされた三ヵ月間で、自分と同じくらい警戒心が育ったとは思えない。

「アキちゃん、飲んで」

春夏が困惑したような情けない声を出すと、助け船を出すように、頭上でレンドルフが何かささやいた。続けて、春夏の手からコップを受けとる気配。大きな手のひらが後頭部に差し込まれ、春夏のときより軽々と持ち上げられ、改めてコップを唇にあてがわれた。

「[illegible]」

「『毒味は済ませた』って。今、レンドルフがちゃんと試しに飲んでみせた。すごくまずいのに。だからアキちゃんも飲んで、お願い」

「[illegible]」

「え？　それはちょっと待ってレンドルフ。アキちゃんてわりと潔癖症だから、いきなり口移しは…」

無理と聞こえた瞬間、なにやら温かな吐息が頬に触れ、視界を大きな影に覆われた。

「……！」

重なった唇がざらついていると感じたのは、自分の唇が荒れているせいか。そう気づいたのは、巧みに唇を押し広げられ、クロのものよりやわらかく熱い舌が口中に挿し込まれてからだった。

「ん…ぅ……ふ…」

ひどい味で不味いと脅されたのに、レンドルフの舌を伝って流し込まれた『痛み止め』の味は、ほんのり甘く感じた。

与えられた薬をすべて嚥下し終わっても、なぜか唇が離れていかない。執拗に口中を探られるうちに、薬ではない、レンドルフの唾液まで飲まされたような気がするけれど、よく憶えていない。

唇をふさがれたまま気を失ったからだ。

次に目を覚ますと、細長い袋のようなものに入れられて、ゆさゆさと揺れながらどこかへ移動している途中だった。

パニックを起こさず、自分が担架のようなものに乗せられていると気づけたのは、手をにぎりながら声をかけてくれたレンドルフの顔が見えたから。

「[illegible]」

耳に馴染みつつある、おまじないみたいな言葉を聞いてほっと息を吐いたところで、また記憶が途切れた。

それから何度か目を覚ましたけれど、そのたびに見える景色——色や明るさ、匂いもすべて違った。

石造りの長い通路のようなところを運ばれていたかと思うと、次は馬車らしき乗り物の中。それからまた袋みたいな担架に乗せられて、森の中を進んでいた。最後に覚えているのは、視界いっぱいに広がる真っ青な空。それを時々さえぎって、心配そうに自分をのぞき込み、目が合うと安心させるように微笑んでくれたレンドルフの顔。

そのあとも記憶が曖昧で、どこからが夢でどこからが現実なのかよくわからない状態が続いた。

身体中が痛くて、熱かったり寒かったり、息が苦しくなったり、目を閉じていてもぐるぐる身体がまわっているように感じたり。巨大な菜切り包丁を手にした人影に追われて必死に逃げまわる夢や、捕まって手足を切り落とされそうになる夢を見て、汗だくで目覚めたこともある。夢から覚めたと思ってもまだ夢の中で、安全な場所を探して必死に逃げ惑い、悲鳴を上げて目を覚ましたこともあった。

最初は夢と現(うつつ)の区別がつかなかったが、そのうちわかるようになってきた。本当に目覚めたときは、レンドルフが傍にいてくれる。それが見分けるコツだと理解したからだ。

目覚めるたびに口移しで飲まされる薬の影響なのか、自分では意識がはっきりしていると思っていても、実際はかなり朦朧(もうろう)とした期間が続いたらしい。

『レンドルフ、春夏に伝えて。元の世界に帰る方法を教えろって』

自分ではそう伝えたつもりなのに、実際に口から出たのは「れんろふ…あるかにて、ろもとせかにらえるほうほ、しえろ」という、自分でもよくわからない言葉だった。もちろん、きちんとしゃべれたところで、レンドルフには通じなかったけれど。

秋人の意識がはっきり戻ったのは、レンドルフに助け出されたあの日から、五日後のことだった。

「どこだ…ここ」

目を覚ますと暖かくてやわらかいベッドの中にいた。見上げた頭上には、やさしい色合いで草花が描かれた天蓋(てんがい)。視線をめぐらせると、あわい生成り色のレース越しに、見知らぬ部屋の内装が見える。

派手ではないけれど、重厚で落ちついた雰囲気。大きな窓にはカーテンが引かれ、すき間から陽射しが差し込んでいる。

「クロ…?」

秋人は自分の置かれた状況を理解しようと努めながら、条件反射のように手を伸ばしてクロを探した。

「きゅーっ」

脇腹のあたりでくぐもった声が聞こえ、それからもそもそと胸に這い上がり、上掛けから顔を出したクロが、もう一度「きゅっ」と小さく鳴いた。

「よかった。元気そうだな。色艶(つや)もいいし、少し太ったか?」

かすれきったささやき声で訊ねると、

「ぐぎゅぅ」

クロは喉を震わせるような声で答え、のそのそと秋人の肩に乗り、喉を乗り越え、耳に手をかけて頬に乗り上げた。それからさらに顔を横切って反対側に下りると、満足そうに「ふーっ」と息を吐いて、再びもそもそと布団にもぐり込んだ。そして、折られた左脚にぴたりと張りつく。

「――…なんだよ今の。定期健診かなにかか?」

クロは乾燥肌だ。分泌物でぬめったりしていないから、顔を横切られても問題ないが、行動の意味がいまいちつかめない。ただ、自分を心配してくれているのは痛いほど伝わってくるので、鼻を足蹴にされたところで腹も立たない。

「それで、ここってどこ？」

　答を期待したわけではない独り言に、応えるように扉が開いてレンドルフが入ってきた。

「レンドルフ…！」

「アキ、[illegible]」

　両手に洗面器のようなものと畳んだ布を抱えて近づいてくる命の恩人に、秋人は自然に身を起こそうとして、頭が少ししか上がらないことに愕然（がくぜん）とした。

「[illegible]」

　枕元の横にある机の上に洗面器と布を置いたレンドルフが、秋人の動きを押しとどめるように手を上げる。『そのままで』とか『横になってろ』とか、そんな意味だろう。

　レンドルフは秋人の顔をのぞき込み、額に手をあてて熱を計ると、なにか考えるような難しい表情を浮かべた。どうやら、状態はまだあまりよくないらしい。


　それから秋人の手を取って軽くにぎり、何か説明するように言葉を重ねてから、扉に向かって声をかけた。

「[illegible]！」

　呼びかけに応えて見知らぬ人が入ってくる。

「……ッ」

　秋人は反射的にビクリと身をすくめ、空いた方の手で胸を押さえた。身体はほとんど動かないのに、気持ちは逃げ出したくて震えている。

　そんな秋人に気づいたレンドルフが、にぎったままの手に少しだけ力を込め、なだめるような声で何かささやいた。

「[illegible]」

　この響きは覚えた。安心させるときの言葉だ。

「[illegible]」

　レンドルフがもう一度声をかけると、秋人の怯えを察して動きを止めていた男が、ゆっくりと近づいてくるのが見えた。

　歳は四十代後半から五十代前半だろうか。髪は染めたように黒い。——…黒い？

「黒髪…だ…！」

　こちらの世界に放り出されてから、自分以外で黒い髪を初めて見た。顔がよく見える距離まで近づかれると、瞳も自分と同じ黒だとわかって、なんともいえない気持ちが湧き上がった。

　あえて言葉にするなら「仲間を見つけた安堵」が一番近い。無意識に強張って緊張していた身体から力が抜けてゆく。

「レンドルフ、この人、俺と同じ黒髪と黒い瞳だ」

　レンドルフは『そうだ』と言いたげにうなずいてから、男を紹介するように手で示した。

「アキ [illegible]」

　響きの中に、さっき扉に向けた言葉と同じものがある。もしかしたら、それが彼の名前なのかもしれない。

「…メ…、メ…ル、メル？」

　メルの前にも何か響きがあるけれど、発声可能な言葉に変換できない。なんとかメルと呼ぶわけにもいかないので、とりあえず声に出せる部分だけ確認してみると、レンドルフも男も『それでいい』と言うようにうなずいてくれた。

　レンドルフが持ってきた容器は洗面器よりふたまわりほど大きな桶で、中には温かい湯が張ってあった。レンドルフはそれで秋人の身体——怪我した部分以外——を慣れた手つきで清拭してくれた。

　当然、下着も取り払われて、前も後ろも隅々までぬぐわれたけれど、不思議と恥ずかしさは湧き上がらなかった。

　どす黒い血の色みたいな大きな痣は消えていない。ただ、前よりほんの少しだけ色が薄くなったような気がする。——気がするけれど、光の具合でそう見えただけかもしれない。

　レンドフルは不気味で禍々しい秋人の痣を見ても嫌な顔ひとつせず、汗を拭くために触れることを厭う様子は微塵もない。ただ、心配そうに眉根を寄せて時々考え込み、秋人の顔を見て少しだけ困った表情を浮かべてみせるだけだ。

それがなにを意味しているのか、今の秋人には余裕がなくて推測することができない。

まだ自力では腕一本持ち上がらない上に、熱もあってだるい。頭も半分寝ている状態だったのだろう。汗でべたつく身体がすっきりするなら、裸を見られようが性器にさわられようが、ほとんど気にならなかった。

身体に触れるレンドルフの手つきが淡々として迷いがなく、いやらしさが微塵もなかったせいもある。清拭のあとは、メルにも手伝ってもらい髪も洗ってもらえた。熱がまだ高いので手早く済ませ、水気が残らないようしっかり乾かしてもらう。

体調はよくないけれど、身体が清潔になると気分がよく、それだけで熱が下がるような気がした。

「ふぅ…気持ちいい…。ありがとう、ございました。レンドルフ、メルさん」

礼を言いながら満足の吐息を吐くと、自然にまぶたが落ちて眠くなった。眠る前に薬を飲めと、洗いたての頭を支えられ、口移しで与えられる。前回のキスが夢ではなかった証拠に、やはり薬を飲み終わっても唇は離れていかず、味わうみたいに口中を舌でまさぐられた。当然唾液が混じり合う。いつもの自分だったら、そして相手がレンドルフでなかったら、なにがなんでも吐き出していた。けれど、今はそんな気力はない。

——違う。気力がないというより、恋人同士の濃厚なキスみたいな触れ合いに、なぜか胸がときめいている。他人の唾液が、こんなにも甘く感じる。

なぜなのか考える間もなく、答を思いつく。

相手が、レンドルフだったからだ。

自分の中に芽生えた変化を自覚しながら、いつの間にか眠りに落ち、目を覚ますと身体を拭いてもらったり、食事——といっても、最初は重湯のようなスープや魚の煮凝りのようなゼリー状のもの——を与えられ、口移しで薬を飲まされて眠りに落ちることが何度か続いた。

目覚めると昼だったり夜だったり、朝だったり夕方だったりした。

薬を飲んでも一時間くらいは起きていられるようになると、レンドルフが紙の束を抱えて、枕元に置いた椅子に座って絵談をはじめた。

腹を黒く塗り潰したてるてる坊主から、きれいなてるてる坊主に向けて矢印が引かれ、その下に、ふたつのてるてる坊主が顔をくっつけてる絵を描いて見せられた。

最初はわけがわからず首を傾げたが、顔をくっつけている絵を指さしながら実際に顔を近づけられ、素早くキスされた瞬間、理解した。

「…え？　え!?　そういう意味なわけ？」

秋人はとっさに仰け反るように身を引きながら、キスされたばかりの唇を腕で覆い隠した。

「レンドルフとキスすると、痣が消えたりするわけ？　マジで？　なんで？」

「[illegible]」

「なんて言ったの？　わからないよ」

レンドルフは申し訳なさそうに眉尻を下げた表情で、蝶にでも触れるような慎重な手つきで指を伸ばした。秋人の唇に触れる直前で引き返し、次に自分の唇に触れてから、大袈裟に表情を歪めて身を引く仕草をして首を傾げる。

続けてもう一度、秋人の唇に触れる直前で指を引き、自分の唇に触れてから、鷹揚な表情でうなずいて見せ、最後に首を傾げる。

どうやら、自分とキスするのは嫌か、それとも大丈夫か訊ねているらしい。

秋人は直前の自分の態度を思い出し、あわてて手を伸ばしてレンドルフの頬に触れた。――唇には、さすがに触れない。だから代わりに頬に触れ、大丈夫だと伝えるために何度もうなずいた。

「いいよ。レンドルフにだったらキスされても平気。…あ、キスじゃないか。口移し、だよね」

「[illegible]」

レンドルフはほっとしたように表情をやわらげ、頬に触れたままだった秋人の手に、自分の大きな手のひらをそっと重ねた。

次に目覚めるとレンドルフの姿はなく、代わりにメルがいて、紙芝居のように絵で説明してくれた。

それによると、レンドルフは二日ほど留守らしい。王宮へ行き、誰かに会って戻ってくるようだが、相手が誰なのかは、絵が下手すぎてわからなかった。どうやらメルも、レンドルフに似て絵が苦手らしい。

起きている時間より眠っている時間の方が圧倒的に多い今の秋人にとって、二日はあっという間だった。それでも、二日ぶりにレンドルフが現れたときには、安堵と喜びで胸が高鳴った。

レンドルフも秋人の顔を見てほっとした表情を浮かべる。自分と同じ気持ちだったら嬉しいのに。

「アキ。」

レンドルフは足早に枕元まで近づくと、そのまま前髪をかき上げるように、くしゃっと頭をひと撫でしてから、服の下に手を入れ、折りたたんだ紙の束を差し出した。

「手紙…？」

「アルーカ」

アルーカというのは春夏のことだ。春夏からの手紙らしい。

「…――」

一瞬、顔が引き攣ったのが自分でもわかった。

同時に、これまで忘れていた事実を思い出す。

レンドルフは王候補で、春夏は王を選ぶ神子だ。

――俺が三ヵ月も放浪している間、ふたりの間には、俺なんかにはまるっきり敵わない絆が結ばれたんだろうな…。たしか『特別な交流』とか言ってたから、毎日会ったり会話したり、かなり親密なつき合いがあるんだろうし。

思い出したとたん、崖縁に追いつめられたみたいに胸の奥が疼いて、息が苦しくなった。

「アキ？」

吐息が触れる距離で怪訝そうに名を呼ばれ、秋人はハッと我に返って顔を上げた。

目の前には心配そうなレンドルフの顔。雨上がりの森で育った苔のような、しっとりとしたきれいな緑色の瞳が、秋人の浅ましい妬心を見抜いたようにかすかに揺れる。

「なんでもない。ごめんなさい」

急いで視線を逸らし、秋人は手紙を受けとった。封蝋を切って中を見ると、懐かしい日本語が並んでいた。春夏の字だ。

《アキちゃんへ。

からだの調子はどうですか？　本当は会って話したいことが山ほどあるけど、ややこしい事情があってすぐには会えません。なのでレンドルフにたのんで、この手紙を届けてもらうことにしました。

っていうか、レンドルフにも書いてくれってたのまれました。

まずは一番だいじなことから伝えます。

アキちゃんのおなかにできたアザ。そのまま放っておくと、死んじゃいます》

「ええ…!?　おい、マジかよ…」

なんで、ですます調なんだよと内心でツッコミながら読みはじめたとたん、衝撃のお知らせに思わず声が出た。傍にいたレンドルフが、気遣わしげにそっと肩に触れる。

「アキ、[illegible]？」

「あ、大丈夫。ちょっと驚いただけ」

秋人はレンドルフを見て小さくうなずき、落ちつくために深呼吸して、再び手紙に視線を落とした。

《信じられないかもしれませんが、本当です。ぼくにもできました。でも安心してください。治す方法はあります。

レンドルフが『説明しようとしたけど、うまく伝わったか自信がない。アキがいやなら別の相手をさがしてもいい』と言ってきたので、ぼくがかわりに説明します。

そのアザは、ぼくたち異世界人だけにできるものだそうです。アザが広がると死んじゃいます。治すには、こちらの世界の人間の体えきが必要です》

「体えき？　体えきってなん…あ、体液か」

液くらい漢字で書けよと思いつつ、続きを読む。

《体えきとは、血、涙、つば、あと精えきなどです。

他にもおしっことかあるけど、さすがにこれはアキちゃんだけでなく、ぼくもノーサンキューです。

体えきのせっしゅ方法ですが、一番簡単なのはキスです。これはもうレンドルフがしてると思います。でも、それだけだと足りないのです》

「足りない？」

《アキちゃん。落ちついて聞いてください。あ、聞くじゃなくて読んでください、だね。

こっちの世界では、ぼくたちの世界のじょーしきが通用しません。おかしい、変だって思ってもしかたないです。だから受け入れてください。ぼくは受け入れました。

アキちゃんのアザを治すのに一番有効なのは、男の人の精えきを直接からだの中に入れることです。平たく言うとセックスです》

「……」

——マジかよ…。

《『マジかよ』って、みけんにシワを寄せるアキちゃんの顔が目にうかびます。でもマジです。

アキちゃんさえいやでなければ、レンドルフが相手…っていうかちりょうっていうか、要するにセックスしてもいいって言ってます》

「——…ちょっと待て。待て、待って」

平仮名を漢字に変換して、なんとか手紙の意味を把握したところで秋人は顔を上げ、手のひらで額を押さえながら思わずレンドルフの顔を見た。マジマジと見た。

レンドルフは『そうなんだ』と言いたげに、いつもの落ちついた表情で小さくうなずいてみせる。

物静かな風情なのに、いざというときは鋼のような筋肉に覆われた腕で剣をふりまわし、秋人の身体など軽々と抱き上げてしまう逞しい肉体。

地味な普段着の袖から伸びる腕や、襟ぐりからのぞく鎖骨に意識を向けたとたん、意思も理性も関係のない場所でなにかが弾け、熱波を浴びたように顔中が熱くなった。猛烈に恥ずかしくなって、とっさに顔を背け、にぎった手の甲で唇を押さえる。

そんな秋人の反応に、レンドルフの表情が微妙に変化した。困ったような、照れているような、申し訳なさそうな。

秋人はもう一度、春夏からの手紙を読み返した。

秋人の命を救うために、レンドルフは男の秋人を抱いてもいいと申し出ている。

うん。読み間違えてはいない。いないけれど…。

再びレンドルフの顔を見ると、やはり少し困惑した表情を浮かべている。

とたんに、胸がざわついて不安になった。

「いいの？」

俺なんか相手でいいの？　嫌じゃないの？　女の子ならまだしも、男だよ？　あなたがやさしくていい人なのは知ってるし、命がかかってるからだと思うけど、さすがに男を抱くのって嫌じゃない？

「本当に、いいの？」

「[illegible]？」

「…ああもう」

こんな微妙なニュアンスが、身ぶり手ぶりや絵談で伝わるわけがない。だからレンドルフも、わざわざ春夏に手紙を書いてもらったんだろう。

春夏に話しかけているレンドルフの姿を想像したとたん、またしても胸の奥が引き攣れるみたいに痛んだ。それから《ぼくにもできました》《ぼくは受け入れました》という手紙の文章を思い出し、止める間もなくあらぬ妄想が広がった。

春夏にも痣ができて、誰かに体液を与えられた。受け入れたってわざわざ書いたってことは、春夏もセックスしたってことか。相手は誰だ？

レンドルフ？

「……ッ」

思い浮かべた瞬間、嫌だと思った。セックスという行為自体ではなく、レンドルフが春夏を抱くという事実を受け入れたくない。

「嫌だ…、嫌――」

無意識に手紙をにぎり潰しながら、身を丸めるようにうつむいて小さなつぶやきを繰り返すと、肩に大きくて温かな手が触れるのを感じた。

「アキ。[illegible]

「[illegible]」

説得するような、慰めるような口調に涙がこぼれそうになった。自分でも、なぜこんなに動揺しているのかわからない。冷静に考えることができない。

「わからない。わからないよレンドルフ。あなたがなにを言ってるのか…」

懸命に涙をこらえたせいで、息が震えて声が歪む。

そんな秋人を見て、レンドルフは静かに腕を伸ばし、脇机の上から紙とペンを取り上げた。そして、秋人の頭と胸を指さし、それを紙に向けて吐き出せという仕草をして見せる。

「[illegible] アルーカ」

「…春夏に、手紙を書けってこと？」

「[illegible]」

秋人はグスンと鼻をすすり上げ、目尻に溜まった涙をグイと拭くと、レンドルフに背中を支えてもらいながら、なんとか短い手紙を書き上げた。

内容は《レンドルフが治療のために俺とセックスしてもいいって言ってるのは本当に本当か。俺はいいけど、レンドルフが迷惑だって少しでも思ってるなら、無理してほしくない》というものだ。

他にもいろいろ確認したいことはあったが、気力体力双方が圧倒的に足りない状態で、それ以上ペンを動かすことができなかった。

レンドルフは書き上げた手紙を受けとると、ほとんど気絶しかかっている秋人の髪をやさしく撫でて、部屋から出て行った。

レンドルフが戻ってきたのは、それからきっかり二日後で、どうやら春夏のいる王宮への移動にはそれだけの日数が必要らしいとわかった。

なかなか下がらない熱のせいでうつらうつらしていた秋人は、扉を開けて入ってきたレンドルフに気づいて手を上げた。

「…お帰り…なさい、レンドルフ」

「アキ、[illegible]」

「なに…？　大丈夫だよ。春夏は…元気だった？」

「アルーカ [illegible]」

レンドルフは秋人の枕元に腰を下ろすと、額に手をあてて熱を計り、難しい顔をしたあと、懐から折りたたんだ紙──春夏からの手紙を取り出した。

秋人はそれを受け取ると、広げて読んだ。前回と違って、今回はすこぶる簡潔な内容だ。

《アキちゃんへ。

レンドルフはいいって言ってます。ぜんぜん迷惑なんかじゃないって。アキちゃんもOKだってことは伝えました。伝えたら、レンドルフはホッとした顔をしてました。だから心配いらないよ。

早くしないとアザが広がっちゃいます。あとは全部レンドルフにまかせて、アキちゃんは心配せずに、ドーンとマグロでいていいと思います！》

「……マグロ？　なんでそこでマグロなんだ？」

文字通り、魚のマグロだと文脈的に意味が通らない。春夏はやっぱりアホだと思いながら、だるい手を下ろしてレンドルフに視線を移すと、そっと手紙を抜き取られた。

そのまま待ちかまえていたように頭を持ち上げられ、口移しで薬を飲まされた。当然、そのあとには濃厚なキスが続く。

「うう…」

ようやく唇が離れると、照れ隠しにうめき声のような息を洩らす。熱のせいだけでなく吐く息が熱い。心臓が走ったあとみたいにドキドキと高鳴って、頬が熱く赤くなるのを感じる。

枕にそっと頭を戻されて、熱くなった頬に手の甲をあてて冷やしていると、レンドルフに笑いかけられた。小さな子どもを見るみたいなやさしい瞳だ。

その表情をまぶたに焼きつけて、何度かまばたきをしている間に眠気が訪れた。

「アキ、ごしょ？」

「ん…ぅ…」

ベッドのまわりを行き来して、何かしているレンドルフに、時々声をかけられたけれど、半分眠りに落ちていた秋人は、ほとんどまともに返事ができなかった。それでも、レンドルフがベッドに乗り上げて自分の隣に横たわり、額にかかった前髪をやさしくかき上げてくれたのは憶えている。

「[illegible]」

子守唄みたいにおだやかな抑揚でささやかれ、肩から胸を指先がたどってゆく。

寝間着の前を留めている紐を解かれ、清拭をするときみたいに服を脱がされたときは、まだ意識があった。そこでいったん記憶が途切れ、次に憶えているのは、レンドルフが少し苦しそうな表情で、上から自分を見下ろしている場面。

下腹部の圧迫感と、鈍痛未満の苦しさ。

それから経験したことのない浮遊感。

温かな湯に浸り、ゆらゆらと揺れながら光に溶けてしまうような、不思議な幸福感に包まれたこと。

その夜の秋人が憶えていることは、それで全部だった。


翌朝目覚めると、これまでになく身体が軽かった。頭がすっきりして視界が明るく、すぐにでも起き上がって歩き出せるような気がしたが、実際はまだ、自力で上半身を起こすこともできず、寝返りを打つのがやっとだった。ただ、これまで自覚もなく耐えてきた地味な頭痛やだるさ、身体の重さや鈍痛が消えていた。なくなって初めて、自分が今まで相当しんどい状態だったことに気づいた。それにしても、

「どうして急に楽になったんだろ？」

首を傾げた瞬間、ふ…っと昨夜の記憶がよみがえる。夢にしては妙にリアルな部分があった。レンドルフの息使いとか、頬に触れた温かさとか。それから寝返りを打ったときに気づいた、下腹部の違和感。

「もしかして…」

思いついた答はひとつ。秋人は上掛けをめくって、寝間着の前紐を解いて自分の腹部を見た。

「やっぱり」

痣が前より少し薄くなってる。中心は変わらず毒毒しい赤黒さだが、縁の部分は薄くなり、一センチか二センチくらい境界線が縮まっている。

「すごい。小さくなったの初めて見た」

初めて痣に気づいたときから、見るたびに大きく濃くなっていたのに。

――…ってことは、やっぱり昨夜レンドルフが、俺を…抱いたってことだよな。なんか、ほとんど憶えてないんだけど、いいのかな。

「ぎゅーーぅ」

腹をさらしたまま考え込んでいたら、それまで左脚にくっついていたクロがもそもそと這い出して、痣の上にぺたりと乗り上げて鳴いた。

「ぎゅぃ、ぎゅぃ」

「わかったわかった。ごめん」

声の響きから、服を着ろ風邪をひくと注意されたような気がして、あわてて服のすそを手探りしていると、扉が開いてレンドルフが現れた。なぜか手に花を活けた花瓶を抱えている。

「…おはよう、ございます。レンドルフ」

昨夜の治療行為について考えはじめると、会話どころかまともに顔を見ることもできなくなりそうなので、あえてそこには触れないようにする。

いつもと変わらないよう努力しながら挨拶すると、レンドルフの肩からふっと力が抜けたように見えた。彼も緊張していたのだろうか？

「アキ、おはよう」

レンドルフは窓辺の小さな丸テーブルに花瓶を置くと、未だに腹をさらしたままの秋人に近づいて、小さく笑いながら寝間着の前を合わせてくれた。もちろん布で隠す前に、しっかり痣の様子を確認して。腹に乗っていたクロはそそくさと移動して、定位置になっている左脚に張りつく。

レンドルフはめくれた布団をかけ直し、枕元の椅子に腰を下ろすと、秋人の顔をじっと見つめた。

――きれいな瞳の色…。

視界がクリアになったせいか、これまで以上にレンドルフの表情や瞳の色がくっきりときれいに見えて、却って恥ずかしくなる。

「あの…、あの、昨夜はありがとうございました。――ええと…花、きれいですね」

礼を言ったところで相手には伝わらないのに、妙に照れくさくて、話題を窓辺に置かれた花に逸らした。

秋人の視線を追って、花瓶を見たレンドルフが不思議そうに聞き返す。

「ファー…ナ？」

「は、な。花。レンドルフが持ってきてくれた」

レンドルフは身軽に腰を上げ、花瓶から一本花を抜き取ると、秋人の眼前に花を翳(かざ)して見せた。

「フ…、ファナ」

「うん。花。きれい。いい匂い。薄い青色だね」

「[illegible] アキ」

レンドルフは花と秋人に微笑みかけてから、手にした花を花瓶に戻して、再び秋人の枕元の椅子に腰を下ろした。そして何かいろいろ話しかけながら、昨夜とは別の手紙を取り出した。

受けとって広げて見ると、春夏からだ。

《アキちゃんへ。

この手紙を読んでるなら、たぶん一回目が終わって、体調がかなりよくなったと思います。でもまだアザが消えてなくて不安だよね？　説明します。

アキちゃんはずいぶん長い間ひとりでほーろーしてました。なので、アザが大きく深くなってます。一度では消えません。何度か必要です。

アザが完全に消えたら、あとは二日か三日に一度キスすればＯＫです。ちゃんときれいに消えるまで、レンドルフの言うことをよく聞いてください。

レンドルフはすごくやさしいから平気だよね？》

「……」

最後の一文はどういう意味だ。レンドルフがやさしい、──そういう意味でやさしいってことを、春夏も知っているということか。

やっぱり、春夏もレンドルフに抱かれた？

「……」

前と同じ、考える前ににぎりしめた手の中で、手紙がくしゃりと丸くなる。

「アキ？」

心配そうなレンドルフの声も前と同じ。

秋人は顔を上げて唇を噛みしめた。

──あなたは俺を抱いたみたいに春夏も抱いた？

それは治療だから？　それとも好きだから？　春夏

のことが好きなのか？　嫌だ。なんだかよくわからないけど、あなたが春夏を抱いたって考えるだけで胸がむかつく。イライラする。書類上の父親だったやつに捨てられたときみたいに悲しくなる。

どうして春夏ばっかり必要とされる？　俺を好きだって言ってくれて、必要だって言ってくれる人は誰もいないのに——…。

本当は言いたい、訊ねたいことを飲み込んで、秋人は自分でも引き攣っているとわかる作り物の笑いを浮かべて嘘をついた。

「なんでもない。平気」

偽りの言葉を口にしたとたん、命を縮める痣に似たどす黒い感情が胸底に生まれた。けれど気づかないふりをする。

認めたところでどうしようもない。

春夏に嫉妬したところで、どうにもならない。

そんなことは養護施設に春夏の父親が迎えに来たあの日から、嫌というほど思い知っている。だからみじめな想いには蓋をして、胸に掘った深い穴に埋めてしまう。これまでもそうしてきたように。

これからもそうするだけだ。

眠っている時間より、目覚めている時間の方が長くなるまでに、窓から見える外の景色は、金と赤と黄色に彩られた秋の紅葉から、朝方には白い霜に覆われる、色が抜けた枯れ草の晩秋へと移り変わっていった。

その間、レンドルフの〝治療〟は三日から四日に一度の頻度で十回行われ、あれほど大きく濃かった痣はほぼ消えた。あとは三日に一度キスして体液、要するに唾液の摂取をすれば大丈夫になった。

一ヵ月近くにわたって行われた〝治療〟の前には必ず口移しで薬を飲まされ、そのあとは眠くなり、どんなに我慢しても起きていることができず、目が覚めると終わっていた。

いくつか切れ切れに憶えている場面もあるけれど、それが本当にあったことなのか、自分の願望が見せた夢なのか判断がつかない。

　行為の最中にレンドルフが蕩けるような眼差しで自分を見つめ、髪や頬を撫でながら耳元でくり返しなにかささやいたり、〝治療〟が終わってもすぐには離れていかず、抱きしめて一緒に眠ってくれたり、感情が高ぶってこぼれてしまった涙を唇でそっとぬぐわれ、そのまままぶたにキスされたり、頬や鼻先、そして唇に何度もキスされたような気がするけれど。

「――…まあ、夢だよな」

　どうしてそんな夢を自分が見るのかは、あまり深く考えたくない。

　四回目の前くらいから『〝治療〟中に眠らせなくてもいい』と言いたくなったが、言葉が通じていても表現を間違えば変に誤解されたり、微妙な空気になりかねない内容なのに、つたない絵と身ぶり手ぶりで自分の気持ちを伝えるのは不可能だった。

　それに、秋人自身が目覚めた状態で〝治療〟を受けたいと思っても、レンドルフはそれを望んでいないかもしれない。その可能性に気づいたとたん、睡眠薬入りのキスはしたくないとは言えなくなった。

　レンドルフのことは好きだし、〝治療〟のために性行為をすることも嫌じゃない。でもそれはあくまで〝治療〟。医療行為だ。レンドルフはそのつもりだろうし、自分もそう思ってる。そこに男女の恋愛感情みたいな甘ったるい何かを混ぜるのは、よくないと思う。

「……違うな。よくないんじゃなくて『止めた方がいい』だ。そういう感情でレンドルフを見たって無意味なんだから。――無意味っていうか、無駄」

　あんな夢を見るってことは、心のどこかで期待してるからだ。でも、そんなのは愚かすぎる。

　レンドルフは大人で、王候補になるくらい身分が高くて、神子である春夏に信頼されていて、仲がよくて――もしかしたら愛し合っているのかもしれない。たぶん寝てるんだろうし。

　春夏がレンドルフを王に選ぶ可能性は高い。

　レンドルフが春夏を抱きしめている場面を想像しかけたとたん、火で焙られたように身体が震えた。

「……ぅー――」

両目を強く閉じて身を丸め、小さなうなり声を上げると、脇腹でうたた寝をしていたクロが驚いたように身動いで、小さく抗議の声を上げた。

「ぎーーぅ」

その声に重なるように扉をノックする音が響いてメルとウォリーが入ってきた。

「アキ [illegible]」

「おはようございます。メルさん、ウォリーさん」

秋人はあわてて顔を上げ、耳に手をかけて肩から頭によじ登ろうとしていたクロを抱き下ろしながら、メルとウォリーに挨拶した。

メルは身のまわりの世話だけでなく、秋人の教師役も兼ねている。声も仕草もおだやかで、声を荒げることがない。身長も、こちらの世界の男性にしては低い方で圧迫感がない。教え方がうまいので、かなり頭が良いと思われる。ただし、レンドルフと同じように絵は下手だ。――いや、レンドルフよりは少しだけマシかもしれない。レンドルフが幼稚園なら、メルは小学二年生くらいの差だったが。

ウォリーはメルの娘婿で、こちらの世界では小柄なメルの代わりに、着替えやトイレのときに秋人を抱いて運んだりしてくれる人物だ。

レンドルフがいるときは清拭も着替えもトイレへの移動も彼がしてくれたが、〝治療〟期間が終わって多忙になり、留守がちになると、メルとウォリーが秋人の世話を甲斐甲斐しく焼いてくれるようになった。

ウォリーはレンドルフと同世代で、クマみたいな体格をしている。要するに大きくて太い。性格は温厚で、ふつうにしていても笑顔に見える柔和な表情をしている。動きはのっそりとした印象だが、意外と器用で作業も早い。そして絵がうまい。おかげで意思疎通がかなりスムーズになった。

ふたりに介助してもらってトイレに行き、顔を洗い、食事をすませると、疲れて眠くなるまでこちらの言葉をメルに教えてもらう。まだ椅子に座っていられるほど体力が戻っていないので、ベッドの上に軽く身を起こした状態で、子ども用の教材に描かれた絵を指さしながらメルが発する単語の音を憶え、綴(つづ)りを憶えてゆく。

　ときどきレンドルフがやってくると、メルに代わって教師役を務めてくれる。レンドルフは春夏に頼んで単語カードを作ってもらっているらしく、戻ってくるたびに新しいカードを携えてくる。

　カードには様々な道具や事象、怒りや悲しみといった感情、『信じる』とか『忙しい』といった動詞など、絵で表現できるものならなんでも、おそらくレンドルフが思いついた順に作っているようだ。絵はもちろんレンドルフではなく、誰か得意な人に頼んで描いてもらい、そこにこちらの言葉が綴られ、その下に春夏が日本語を書き足している。

【星空の絵『[illegible]』星空】といった具合だ。

時々【荘厳な儀式の絵『[illegible]』そく位式】などと平仮名まじりのこともある。そんなときは小さく溜息を吐きつつ、秋人が自分で『そく』に横線を引き、下に『即』の字を書き足しておく。

　どうやら春夏には、こちらの言葉が日本語に聞こえるだけでなく、文字も日本語として見えるらしい。しかし残念ながら、その能力は完璧ではない。

「日本語に見えるのに漢字が書けないってことは、平仮名に翻訳されてるってことだよな。『神の水』の翻訳機能って、本人の学力に準拠してるってことなのか…？」

　いったいどんな神の力が働いているのか見当もつかないが、神といえど全能ではないということか。

　単語カード作りについては、春夏も楽しんでいるらしい。添えられた手紙によると、神子の務めはそれなりに大変なものの、それ以外の時間は好きに過ごしていいらしい。ただし外出は自由にできない。来客も極端に制限されていて、神官たちが許可した人間しか面会できないそうだ。当然、手紙のやりとりにも許可が必要で、秋人に宛(あ)てた手紙も本当なら検閲を受けなければいけないらしい。しかしそこは王候補のひとりであるレンドルフの権力と機転で、なんとか監視を逃れているそうだ。

　こちらの世界の政治態勢や権力構造がどうなっているのか、春夏はほとんど教えてもらえないらしい。教育係がいるにはいるが、教えられるのは神子の心得、神話、神への奉仕、神との会話に必要な儀式の手順などだけで、それ以外は必要ない、興味を持つなと言われているそうだ。

　王候補たちとの交流にも、基本的に神官が同席して会話をチェックしているので、王候補たちも春夏に政治の話はできないという。

『神子っても、そんないいことばっかじゃないみたいだよ』

　拗ねた子どものように唇を尖らせてぼやいた春夏の顔を、遠い昔のできごとみたいに思い出した秋人の胸に、同情めいた感情が生まれたが、すぐに打ち消した。

「生の野菜を齧(かじ)って腹を壊したり、刃物を持って追われたり、脚をへし折られたり、首を斬り落とされかけるよりはぜんぜんマシだろ」

　秋人は小さくつぶやいて、窓の外を見つめた。


　初雪が降って融け、二度目の雪からは融けなくなり、降るたびに厚く積もって、窓から見える景色が真っ白に染まる頃になると、秋人はすこしずつベッドを下りて歩く訓練をはじめた。

　最初は床に足をつけただけで目眩がして、起き上がったばかりのベッドにひっくり返った。やがて、ウォリーが作ってくれた松葉杖(づえ)を使って数分くらいなら立っていられるようになり、そのあとは一歩、二歩とベッドを離れられるようになった。

　最低レベルまで落ちた体力を戻すために、食べて寝て身体を鍛え、そしてこちらの言葉を覚える。

　求められるのはそれだけ。己の身を慈しむことだけを最優先にすればいい。辛酸を舐め尽くしたこれまでの日々とはかけ離れた、夢のような毎日がはじまった。

　ただひとつ残念なことは、治療が終わったとたんレンドルフが留守がちになり、なかなか姿を見せなくなったことだ。ウォリーの絵によって、仕事が忙しいと説明はされたが、それで胸がえぐれたような寂しさや、馴染みのある見捨てられたような感覚が消えるわけもなく。

「やっぱり〝治療〟は〝治療〟で、それ以外に意味なんてないよな。まあわかってたけど」

痣が消えたとたん、義務は果たしたとばかりに足が遠のいたのは、レンドルフが秋人に対して特別な感情など抱いていないことの証に思えて、どうしても気持ちが落ち込む。

「いい人なんだよ。やさしくて強くて、頭もいいし、かっこいい。おまけに一国の王様候補だ。そんな人が、俺を個人的にどうこう想うわけないよな」

「きゅ？」

腹を横切ろうとしていたクロを持ち上げて、顔をつきあわせて首を傾げると、鏡に映したようにクロも首を傾げた。たぶん傾げたと思う。ほとんどわからないほどかすかに。

「期待なんかしてないし、夢も見たりしないけど、……けどさ、なんていうか、もう少し特別になりたいって思うのは駄目かな」

クロ相手に自問自答していると、扉を軽くノックする音が聞こえた。「どうぞ」と応えると、レンドルフが姿を見せた。十日ぶりだ。

「――…レンドルフ！」

「きゅぃっ」

秋人は思わずクロを脇に放り出し、ベッドから降りようとして転びかけた。あわてたせいで松葉杖をつかみそこなったせいだ。

「アキ…！」

下手に踏ん張ろうとすると、却って怪我をする。そのことはすでに経験済みなので、素直に床に倒れる覚悟で力を抜いた身体が、床にたたきつけられる直前に逞しい腕に受け止められ、抱き上げられた。

「[illegible]」

【[illegible]】は『行う』とか『する』で、【[illegible]】は『注意』とか『警戒』という意味だ。意訳すると『気をつけなさい』。

「ありがとう…、ごめんなさい」

　ふたつの単語はすでに覚えてもらっている。秋人が助けてもらった礼を言い、自分の不注意を詫びると、レンドルフは秋人をベッドの縁に座らせ、その隣に腰を下ろした。秋人はその手を取り、急いで、会えなかった十日間の間に覚えた文字を指で綴った。

『会う、嬉しい』

　久しぶりだね。会えて嬉しい。

「アキ」

　レンドルフはこれまでと変わらない、やわらかな低い声で秋人の名を呼んでから、秋人の左手を手に取った。そして手のひらに指で文字を綴ってゆく。

『身体、元気？　私、会う、嬉しい』

　私も会えて嬉しい。具合はどうだ。大丈夫か？

　手のひらに綴られた単語は単純なものだが、そこに込められた気持ちや伝えたいことは、言葉以外のところ――触れ合った指先の温もりや見つめ合う視線から、染み込んでくる気がする。

　ほんの少し前まで、自分など取るに足りない存在だと落ち込んでいたのに、レンドルフに『会えて嬉しい』と言ってもらえただけで、雲間から陽光が差し込んだみたいに視界が明るくなり、身も心もふわりと浮き立った。

『元気。嬉しい』

　大丈夫。レンドルフに会えて嬉しい。

　自分にむかって開かれた手のひらに、指文字で返事を綴る。それだけのことがどうしようもなく嬉しい。

　文字を書き終わって顔を上げると、木漏れ日みたいな笑みを浮かべたレンドルフが、こちらをじっと見つめていた。

　いつから見ていたんだろう？

　そう思いながら見つめ返すと、レンドルフはハッと我に返ったようにまばたきをして視線を逸らし、小さく咳払い(せきばら)をしてから向き直った。

『身体、良い。外、出る？』

　耳に心地良い低い声と一緒に、指文字で訊ねられたとたん、秋人は反射的に身体を震わせた。

「え？　外…？　ここを、出ないといけないの？」

どこかへ移動させられるのだろうか。そんな不安が顔に出たらしい。レンドルフは『違う』と文字を綴り、安心させるように笑みを浮かべた。そして一度立ち上がり、戸棚から厚手の毛布を取り出して、秋人の身体をすっぽり覆うと、軽々と抱き上げた。

「…！」

「[illegible]」

　歌うように何か告げながら部屋を出て、確固たる足取りでどこかに向かって歩きはじめる。

　レンドルフの意図が理解できたのは、夕陽が差し込む廊下を進んで、螺旋(らせん)状の階段を三階分ほど昇り、展望台のような塔の上に出たときだ。

「うわぁ…！」

　雪の匂いを含んだ風が強く吹きつけ、頬がひりひりと痛んだが、目の前に広がった景色の素晴らしさが寒さを忘れさせてくれた。

　地上にはすでに一メートル近い雪が降り積もり、見わたす限り白銀の世界だ。塔を中心に、ところどころに家の屋根らしき三角の出っ張りがあり、そのまわりには平地が広がり、遠くには森と湖が見える。そのすべてが、夕陽を浴びて赤味を帯びた金色に輝いている。

　湖から飛び立った白い鳥の群れが夕陽を横切る。三角の出っ張りから立ち昇る、暖炉の煙と夕食の湯気までも、暖かなオレンジ色に染まっている。

　風が吹くと、まだ凍っていない湖の水面が小波(さざなみ)立って、まばゆくきらめく。

「きれいだ…」

　夕陽などこれまで何十回も見てきたのに、この世界に放り出されて初めて、美しいと思えた。

　頭からすっぽり毛布で覆われ、目と鼻だけ出した姿で秋人がつぶやくと、レンドルフはうなずいて、景色のひとつひとつを指さしはじめた。

「[illegible]」

「湖、家、農地？　森、だよね？　部屋に戻ったら綴りを教えて。忙しいから迷惑かな。でもレンドルフに教えて欲しい。それとも、すぐ仕事に戻ってしまう？」

「[illegible]アキ[illegible]」

レンドルフは悪戯（いたずら）を思いついた子どものような表情を浮かべると、地上を指していた指を秋人の顔に向け、頬に何か文字を綴った。

「なに？　なんて書いた？」

「[illegible]」

レンドルフは秋人が理解できないのをわかった上で、慈しむようにやさしく笑った。

そのあと、秋人は夕陽が沈むまで眺めていたかったけれど、小さなくしゃみをしたとたん中に連れ戻されてしまった。

部屋に戻ると、十日ぶりのキスをされた。

痣の再発を防ぐには二日から三日に一度は体液を摂取しなければならない。レンドルフが留守にしていた十日間、秋人がどうしていたかというと、硝子（ガラス）容器に密封されたレンドルフの血を飲まされていた。

別の誰かのものなら間違いなく吐いていた。

けれどそれがレンドルフのものなら、なんとか飲めるのだから、我ながら矛盾（ダブスタだ）してると思う。

三日に一度運ばれてくる硝子の容器は、人差し指大の試験管に似たもので、氷を詰めた鍵つきの箱に収められていた。留守の間レンドルフがどこにいて、秋人がいる場所とどのくらい離れているのか、地理関係がまるでわからなかったが、それなりに手間暇がかかっていることは、雰囲気で伝わってきた。

――大切にされている。

肩を抱き寄せられ、背中を大きくて温かな手のひらで支えられて濃厚なキスを受けていると、疑いもなくそう思えるのに。

ひとりになると、彼のやさしさを『義務にすぎない』と自分に言い聞かせるのは、自己防衛のためだ。

相手は王候補。

そのことを忘れないようにしないと、あとで落胆する羽目になる。

――そういえば、王はいつ選ばれるんだろう。

レンドルフが選ばれたら…嫌だな。本当は喜ばないといけないんだろうけど、やっぱり嫌だ。

痣の再発防止はキスだけで事足りるはずなのに、

なぜか覚えのある眠気に襲われて胸がざわめいた。

レンドルフの腕に抱えられながらベッドに背を預けると、誤魔化しようもなく鼓動が高鳴る。同時に抗(あらが)い難い眠気のせいでまぶたを開けていられなくなった。それでもなんとか仰ぎ見たレンドルフの顔には、秋人が見たことのない不思議な表情が浮かんでいた。

痛みを我慢しているような、苦しそうな。それでいて少し興奮しているような…？

「レ…ン」

なぜそんな顔をするのか。

そう訊ねたかったのに、伸ばした指が彼の頬に触れたのか、それとも触れる前ににぎりしめられて指の先にキスされたのか。それを含めてすべてが夢だったのか。翌朝目覚めても、秋人は思い出すことができなかった。


本来なら必要がないはずの、十一回目の〝治療〟から十日近くが過ぎた。レンドルフに助け出されたあの日から数えると、そろそろ二ヵ月半。

メル、ウォリー、レンドルフ、そして春夏の協力によって学習した言葉と、身ぶり手ぶり、絵、そして単語カードによる意思疎通の結果、秋人が保護されて起居しているのは〝災厄の導き手〟たちが暮らす秘密の集落だということがわかった。

こちらの世界の地図も見せてもらい、春夏がいる王都や他の領地の位置関係も教えてもらった。

アヴァロニス王国は神殿と王宮を擁する王領を中心に、その周囲を十二の地方領――州から成る。

各州には領主がいて、代々の王は必ずこの領主の中から選ばれる。選ぶのは神の代理人である神子だ。

アヴァロニスは国の名であると同時に大陸の名でもある。海の果てには別の名で陸もあるらしいが、国交はない。海はアヴァロニスの守護神とは別の神が支配しており、近海で漁をするくらいなら見逃されるが、遠洋に出れば海神や海獣に襲われて死んでしまう。例外はない。

秋人がこれまで親しんできた常識からは大きくかけ離れているが、こちらの世界では当たり前のことだという。海には海神や海獣がいて、陸には陸の神がいる。こちらの世界の神は、単なる概念や宗教団体のイメージキャラクターではなく、実在している。実在だ。

正当な手順を踏んで祈れば願いが叶うし、敬意を失して神の怒りを買えば罰(ばち)が当たる。そして実体もある。さすがに姿を見ることができるのは神子と、神に仕える神官たちの中でも高位の人々に限られるらしいが、幻でも妄想でもフォログラムでもなく、きちんと存在しているらしい。

神に関しては情報源が春夏の手紙なので、今ひとつ信憑性(しんぴょうせい)に自信がない。どこまで本気にしていいのか迷うところだが、春夏が自分に嘘をついてもしかたないので、秋人はとりあえず信じることにした。

アヴァロニスの神は肌が白く髪も白いので、こちらの世界では色白で髪の色が薄い人間が尊ばれる傾向にあるらしい。同じように、白い生き物は神の使いとして大切にされる。だからといって食べないわけではない。むしろ神と同化するという意味で、食材として喜ばれるそうだ。

白とは逆に黒色は、蔑(さげす)まれ忌避され憎まれている。なんでも大昔、国の開闢(かいびゃく)時に『黒髪黒瞳が、我が国と我(神)に災厄を運ぶであろう』という神託が下ったらしく、それ以来ずっと差別されているという。昔は国民の一割くらいが黒髪黒瞳だったらしいが、今では千にも満たないらしい。というより、見つかると殺されるので、皆逃げ隠れて暮らしている。

レンドルフはそうやって虐げられ、捕まって拷問を受けたり、処刑されそうになったり、人目を逃れて悲惨な暮らしをしている〝災厄の導き手〟たちを見つけると、こっそり助けて連れ帰り、この隠れ里で保護しているのだという。

そのことをメルから教えられたとき、秋人の胸にはレンドルフに対する新たな敬意が生まれた。同時にかすかな、身勝手極まりない失望も。

「なんだ…、やっぱりそうか。レンドルフは俺にだけやさしいんじゃないんだ」

失望の内容を言葉にすればこうなる。

理由はわからないけれど、レンドルフは〝災厄の導き手〟と呼ばれ、忌み嫌われている黒髪黒瞳の人人に親愛の情を抱き、助けたいと思っている。

春夏と一緒に保護されたあの森で、秋人を見て嫌な顔をしなかったのも、親切にしてくれたのも、それが〝秋人だから〟ではなく、黒髪黒瞳の少年だったからだ。

「やっぱり、そうだったのか…」

国中から白い目で見られ、嫌われ、差別されている人々を保護し、秘密裏に匿うことがどれだけ大変か。それほど考えなくてもわかる。

政治的に利用するためとか、裏で何か画策しているとか、深読みすればできなくもないが、レンドルフにそういう意図があるとはどうしても思えない。

自分のその印象が、命の恩人に対する偏ったものではないと判明したのは、アヴァロニス…というより〝災厄の導き手〟と名づけられた人々の伝統行事、いわゆる年越しの祝祭に参加したときだった。

秋人が寝起きしている建物は防壁つきの城、いわゆる城塞だった。規模はそれほど大きくない。

部屋の数は大小合わせて十ほど。その他に食堂にもなる大広間と小広間、厨房、貯蔵庫を兼ねた地下室。冬以外は家禽が放し飼いされる中庭、井戸と水場、薬草園と果樹園。三、四家族なら自給自足できるくらいの生産力がある畑、畜舎。それに、いざというときに里人が避難できる聖堂——という呼び名が正しいのかよくわからないが、見た目の雰囲気で秋人はそう呼んでいる——などが、頑丈な防壁にぐるりと囲まれている。

城や施設の大部分は一から建てたのではなく、古い時代のものを改修して使っているらしい。

防壁の外にはレンドルフに助けられた黒髪、黒い瞳の民たちが集落を作って暮らしている。レンドルフに連れて行ってもらった、屋上から見えた三角屋根がそうだ。秋人はまだ防壁の外に出たことがないので、直接彼らに会ったことがない。足がよくなって、雪道でも転ぶ心配がなくなったら、自由に行き来していいとは言われている。

　つるつるに凍った雪道を、松葉杖で歩くのは勇気がいる。出歩けるのは当分先だなと思っていた矢先、レンドルフがやってきて『祝祭』『黒曜を助ける者』『行く』という単語を指文字で書き連ね、外出をうながした。

　もちろん秋人は即座にうなずき、メルが用意してくれた服を着込み、レンドルフに抱き上げられて庭に出た。

　『黒曜を助ける者』というのは〝災厄の導き手〟と呼ばれている民が、自分たちのことを呼ぶときの名で、『黒曜に助けられた者』とも言うらしい。

　これは春夏に訳してもらったので、最初は『黒曜』がただの『黒い石』と書かれていた。メルやウォリーに教えてもらった黒い石というのが黒曜石にそっくりだったので、秋人の一存で変更した。正式名だと長いので〝黒曜の民〟と短縮することもある。


　レンドルフが向かった先は城の主翼から少し離れた場所に建つ、いざというときの避難所——聖堂だった。道はきれいに雪が避けられている。これくらいの距離なら自分で歩けると主張したが、あっさり却下された。秋人の松葉杖はウォリーが持ち、膝掛け用の毛布や、温かい飲み物などを持ったメルと一緒にうしろからついて来る。

　時刻は昼と夜の狭間。太陽が西の地平に没して、空がピンクとオレンジと青で領土を取り合っている。これから皆で祝祭のご馳走を食べ、夜中まで踊ったり歌ったり、芝居をしたりして楽しむのだという。

「[illegible]（黒曜）[illegible]（禁止）[illegible]（特別）レンドルフ[illegible]」

　メルの手振りと、なんとか聞き取れた単語を繋ぎ合わせると『本当は黒曜の民しか参加できないが、レンドルフは特別なので招待している』ということらしい。

　——俺も本当はこっちの人間じゃないんだから、参加資格はないのに、いいのかな…？

少し心配になってレンドルフを見ると、なにも言っていないのに表情から察したのか、レンドルフは指先で秋人の二の腕をトントンと撫でながら、うなずいてみせた。

「ٹھیک（大丈夫）」

聖堂に入るとすでに人で一杯だった。どうやら里人のほぼ全員が集まっているらしい。老若男女合わせて百人くらいだろうか。上は七十から八十代くらいに見えるお年寄りと、下は母親に抱かれた乳幼児まで。十歳以下の子どもが多く目につく。

皆、晴れ着だとわかるパリッとした服を着て、楽しそうに笑っている。

聖堂の中央には大きな炉が切られ、焚き火が赤々と燃えている。その周囲に椅子と長テーブルが置かれ、色とりどりのご馳走が並んでいた。子どもたちは料理に手を出そうとして母親に叱られ、引っ込めた指を舐めてなにかつぶやいている。『まだ？』とか『お腹すいた』とかだろう。

レンドルフが姿を見せると、椅子に座っていた人人がいっせいに立ち上がって礼を取る。両手を胸の前で交叉しながら、深く頭を下げる。こちらの世界の最敬礼だ。

レンドルフは秋人を床に下ろし、ウォリーとメルの手に委ねると、〝黒曜の民〟に向かって鷹揚に手をふり、着席をうながした。そして、おそらく祝辞だろう短い挨拶をすると、秋人を手招く。

聖堂の中はかなり暖かったので、ウォリーに手伝ってもらい上着を脱いでいた秋人は、松葉杖をついてレンドルフの隣に立った。

「アキ نئی（新しい）تم لوگوں（仲間）کو ساتھی」

レンドルフが秋人を『新しい仲間』だと紹介すると、皆の間に喜びと安堵が広がるのがわかった。

どこからともなく拍手が起こり、笑顔で口々に話しかけられた。手招いて自分の隣に座れと、空いた椅子を示された。宴の開始を告げる鐘の音が響くと、目の前の皿は、人々が取り分けてくれた料理であっという間にいっぱいになり、子どもたちが焼き菓子や、果物をわざわざ手渡しに来てくれた。

仲間として歓迎されている。

この世界に放り出されて初めて、大勢の見ず知らずの人々に受け入れられ、生きていることを喜んでもらえた。

「――…ヤバイ。どうしよう」

嬉しい。嬉しくて、涙が出そうだ。

秋人がにじんだ涙を拳でぬぐい、鼻をグスグス鳴らしても、誰も笑ったりせず温かく見守ってくれる。そこには、理不尽な迫害に耐えてきた者同士だけに通じる、共通の想いがあるように感じられた。

腹が満ちてくると、葡萄(ぶどう)酒やビールに似た酒がふるまわれた。

秋人にも、果汁で半分薄めたものがグラスに半杯だけ注がれた。青っぽい深緑という想定外の色に戦慄(せんりつ)したものの、飲んでみると酸味と甘みがちょうどよく、ほのかなアルコール分で気持ちがふわりと浮き立った。

皆が陽気に笑い出し、そこかしこで歓談がはじまる。食事用の長テーブルは壁際に寄せられ、空いた場所で余興もはじまった。

有志による歌や踊り、芝居などだ。

うまくても下手でも、誰もが心から楽しんでいる。

レンドルフは歌を一曲披露して拍手喝采を受けた。

こちらの世界の音楽はとにかく単調なので、レンドルフが他とくらべてうまかったかどうか、今ひとつ自信がない。声は間違いなく美声だと思うが、なにしろ抑揚がほとんどない、読経のような歌なので判断が難しい。

ウォリーは手品を、メルは木琴に似た楽器の演奏を披露した。音階が少ないので、メルの演奏も木魚のように単調だったが、皆、感心したように溜息を吐いて拍手していたから、たぶんうまいのだろう。

――…俺の耳が聞き取れないだけで、こっちの人には別の音が聞こえてるのかもしれないし。

声の発声器官が違うように、おそらく耳の機能にも違いがあるのかもしれない。曲調だけで良し悪しを判断してはいけないと自戒していると、秋人もなにか披露しろと誘われた。

「俺も？」

新入りなのに…と、恐縮しながらまわりを見まわすと、テーブルの上に見覚えのある楽器を見つけて胸が疼いた。もちろん郊外の街道で盗んだものではない。よく似た別のものだ。

——そういえば、あの楽器はどうなったかな…。

クロを助けようとして逆に捕まり、暴行を受けているうちに蹴飛ばされたか踏みつぶされたか。

元の持ち主から盗み出された上に、壊されてしまった楽器に対して申し訳なさが湧き上がる。盗んだ相手にも悪かったと思う。いつか、どんな形になっても償いたいとも思った。——ようやく思えるようになった。

そんな自分に気づいて、また少し熱くなった両目をまばたきで誤魔化しながら、秋人は弦楽器の持ち主に声をかけて借してもらった。

調律のために軽く弦を爪弾くと、レンドルフが椅子から身を乗り出して、興味深そうに目を見開くのがわかった。メルも同じように目を瞠り、子どもに肩車をせがまれているウォリーの腕を叩いて、注意をうながしている。

秋人がポロロ…と曲を奏ではじめると、ざわめいていた人々がすこしずつ静まり、初めて聞く音楽に耳を傾けた。

遠き山に日は落ちて。ドヴォルザークの交響曲第9番「新世界」第二楽章につけられた歌詞を口ずさみながら弾き終わると、わっと歓声が沸き起こって、拍手喝采を浴びた。

メルや楽器の持ち主に『今のはなんだ』という意味の言葉をかけられ、聴衆からは『他の曲も弾いてくれ』と言う意味の言葉が飛んでくる。

近くにいた人々が物珍しそうに秋人の手元を指さして、興奮気味になにか訴えている。中には秋人の肩に手を置いて、背後からのぞき込もうとする者まで現れた。皆が陽気に笑い、新しい玩具を見つけた子どものように喜んでいる。

周囲の温度が一気に上がったような気がして、秋人はレンドルフに助けを求めた。秋人の視線に気づいたレンドルフが皆をかき分けて、秋人を救い出す前に、それまで服の中で寝ていたクロが、暑くなったらしくもそもそと出てきた。

「ぎゅぅ」

襟首から顔を出し『暑い』もしくは『うるさい』と言いたげにひと声鳴いて、小さく息を吐く。

とたんに、近くにいた誰かが小さく声を上げた。「おお」や「わお」といった好意的な驚きに続いた言葉は「[illegible]」。意味は『可愛い』だ。

話のわかる人物の出現に、秋人は思わず笑顔を浮かべて発言者の顔を見ようとした。すると、最初に声を上げた男性だけでなく、そのとなりにいた女性も、斜め後ろにいたおばあさんも、その横にいた子どもも、同じように声を上げた。

「[illegible]」

『黒』『トカゲ』『珍しい』『可愛い』などと、口々につぶやきながら、秋人の肩に寝そべるクロの顔をのぞき込もうとする。

そのうち五、六歳の子どもが無造作に手を伸ばし、クロの頭を撫でようとした。クロはその手を避けるように顔を逸らし、大きく口を開けて子どもの手をパクリと食べた。

「！　――…ッ クロ！　こら、ダメだ、開けろっ」

一瞬、静まり返った聖堂に、秋人の焦る声が響きわたる。手を食まれた子どもは驚きで声も出ないらしく、目を見開いたまま固まっている。

次の瞬間、クロは梅干しの種を吐き出すように、ペッと子どもの手を吐き出した。

「うわっ…ごめん！　大丈夫だった!?」

あわてて子どもの手を取り確認すると、心配していた咬み傷はどこにもなく、無事だった。

「――よかった…」

心臓が止まるかと思った。

クロには小さいけれど鋭い歯が生えているから、本気で噛みつかれればかなり痛いはず。噛み痕どころか赤くもなっていないということは、ただの脅しで口に含んだだけらしい。

ほっとしながら袖口を探り、ハンカチを取り出したところで、固唾を呑んで見守っていた周囲から、どっと笑い声が上がった。その声で驚きが覚めたのか、それまで呆然としていた子どもが「うわん」と泣きはじめる。

「ごめんね。びっくりしたね」

　秋人はクロの唾液で濡れてしまった小さな手を、ハンカチで丁寧に拭いてやりながら謝った。それでも泣き止まない子どもの頭を撫で、慰めていると、騒ぎに気づいた母親が駆けつけてきた。

「[illegible]!」

『ダメ』『触る』という意味の言葉を強い口調で言い聞かせ、子どもが項垂れたので、勝手に触ってはいけないと怒られたようだ。母親は申し訳なさそうな表情を浮かべて片手を胸に当て、秋人に何度も頭を下げた。どうやら謝られているらしい。

「いいんです。気にしないでください。俺の方こそ、もっと気をつけなきゃいけなかったのに」

　クロの口を手で押さえながら謝罪を止めようとしたが、言葉が通じないので、母親の表情がよけい不安そうになる。

「レン…」

　秋人はレンドルフに助けを求めようとして、思い直した。きゅっと唇を引き結んで子どもの母親の手を取り、手のひらに『大丈夫』『ごめんなさい』と指文字を記す。

　母親は自分の手のひらを見つめて首を傾げ、秋人を見て、もう一度不安そうに首を傾げた。慣れていないせいなのか、指文字が読み取れないらしい。

　レンドルフには一度で通じたから、それが普通だと思っていたけれど、どうやら違ったらしい。

　どうしよう…と、秋人が困惑したのを察したように、これまで成り行きを見守っていたレンドルフが助けに入ってくれた。

「アキ [illegible] [illegible]」

『アキ』『子ども』『心配』と、秋人の気持ちを代弁しながら背後に立ち、励ますように肩をそっと抱き寄せる。

「ぐぐぃ（大丈夫）」

そのひと言で、緊張がほぐれた。

秋人と母親のやりとりを見守っていた周囲の人々も、レンドルフの言葉を聞いてほっとした表情を浮かべ、すぐに嬉しそうな笑顔に変わる。

再びそこかしこで談笑がはじまり、和やかな雰囲気が戻ってきた。

『トカゲ』が珍しいのか『黒いトカゲ』が珍しいのかわからないが、どうやら〝黒曜の民〟は爬虫類好きらしい。口から口へとクロの存在が伝わり、聖堂中の人々が代わる代わる秋人の近くにやってきて、クロの姿を見て楽しそうに笑う。

――なんだろうこの反応…。

戸惑いながらも、クロが皆に『可愛い、可愛い』と褒められ、ありがたがられるのは純粋に嬉しい。

クロも、勝手に触られるのはお断りだが、ちやほやされるのは気分が良いらしく、秋人の耳元で目を細め「ぐつぐつ」と機嫌よく喉を鳴らしている。

「よかったな、クロ。ここの人たち、みんなおまえが好きだって」

王都で、姿を見られたとたん地面に叩きつけられ、踏みにじられたことを思うと、ここはクロにとって、そして秋人にとっても天国のようだ。

ひと通り皆のクロ詣でが一巡すると、結果的に秋人も、聖堂に集まった〝黒曜の民〟全員と顔合わせしたことになった。

秋人の背後にはレンドルフが控え、里人に話しかけられる秋人の代わりに答えたり、秋人にわかるよう、簡単な単語に言い換えて助けてくれた。

人々はレンドルフにも気さくに話しかけ、それにレンドルフも鷹揚に答えている。

雰囲気的に、皆が心からレンドルフのことを慕い、敬意を抱いていることがわかる。レンドルフの前に立つと誰もが皆、大好きな人から誕生日プレゼントをもらう子どものような顔で、瞳を輝かせるからだ。

――ああ、やっぱり。レンドルフって人の上に立つ人間としても、尊敬されてるんだな…。

なにやら自分のことのように嬉しく、誇らしく感じながら、クロの頭を無造作に撫でていると、広間の奥からかなり高齢だと思われる老人が、ゆっくり進み出て秋人の前で一礼した。

　老人は背後のレンドルフにも最敬礼して、再び秋人に視線をもどした。歳は八十歳くらいだろうか。無数の皺が、笑みの形で刻まれている。胸の前に杖をつき、その上に両手を重ねて顎を乗せ、じっと秋人を見つめている。——いや、見つめているのは肩にしがみついているクロだろうか。

　自然に周囲の音が静まってゆく。

　老人は口の中でもごもごと、なにかしゃべったようだったが、初めて聞く響きで意味がわからない。背後のレンドルフを見上げると、彼も聞き取れなかったのか、不思議そうに首を傾げている。

　老人はふ…っと我に返ったように小さく咳払いして、今度はさっきよりはっきりした声でレンドルフに話しかけた。

　レンドルフは老人の話を聞いて静かにうなずき、秋人の名前を出して返事をした。それに老人がさらに答え、レンドルフがまた答える。短いやりとりが何度か続いて、ようやく双方が納得した結論に達したらしい。

　老人はレンドルフだけでなく、秋人とクロにまで丁寧なお辞儀をして奥の席に戻っていった。

　レンドルフが手を上げて宣言するように言葉を発すると、静まり返っていた場が再び賑やかな喧騒で満たされた。

「なに？　あのお爺さん、なんて言ったの？」

　思案げな顔で老人を見送ったレンドルフの袖を引っ張って訊ねると、レンドルフは秋人を見つめ、安心させるように微笑んだ。

「アキ [illegible]」

『長老』『話』『アキ、疲れる』、それから『次』もしくは『後日』という意味の言葉が聞き取れた。どうやら老人は〝黒曜の民〟の長老で、秋人に話がある、もしくは秋人から話を聞きたいと言われたが、疲れているからまた今度ということになったらしい。

　話ってなんだろう。単純に好奇心が湧き上がったが、確かにそろそろ脚が痛み出してきたし、身体もだるく、眠くなってきた。今夜無理に話さなくても、長老にはいつでも会える。

　あくびをこらえてレンドルフを見上げると、

「[illegible]アキ[illegible]」

『戻る』『館』『アキ、眠い』と言われ、軽々と抱き上げられてしまった。まるで自分が羽毛にでもなった心地で、レンドルフの肩越しに、別れを惜しむ人人の声に手をふって応えながら聖堂を出た。

　黒々とした冬の夜空には、氷の粒をばらまいたような星が瞬いている。

「レンドルフ、今夜はありがとう」

　星を見ながら礼を言うと、吐く息が綿菓子のように白く染まる。『どういたしまして』と答えたレンドルフの吐息と一緒に、ふたつの綿菓子が冬の夜空に昇って融けた。


　翌日。

　レンドルフは王宮から急な呼び出しがあったらしく、朝から姿が見えなかった。昨夜の祝祭の余韻に浮き立っていた秋人の心は、彼の不在を知ったとたん、ぺしゃりと音が立つように落ち込んだ。

　そんな気持ちの変化に気づくたび、自分がレンドルフに惹かれていることを思い知らされて、置きどころのない荷物を持ったまま、途方に暮れた心地になる。

　窓辺に立って雪に覆われた庭を見ながら、肩に寝そべっているクロを撫でていると、いつものようにメルがやってきて、不自由のないよう世話を焼いてくれたが、レンドルフがいない寂しさを埋めることはできない。そんな秋人の気持ちを余所に、その日から、レンドルフはすっかり多忙になったらしく、半月に一度、一日か二日館に滞在できれば良い方という状況が続いた。

　なぜ急に忙しくなったのだろう。王宮で——春夏に——なにか問題でも起きたのかと、心配になってメルに訊ねると、あっさり『これが普通』だと言われた。以前は一ヵ月に一度くらいしか訪ねてこなかったらしい。ここ二ヵ月は秋人のために足繁く通っていたのだと説明されて、どんな顔をしていいかわからなくなった。

　そんなふうに言われてしまえば、たとえ寂しくても、レンドルフに言うわけにはいかない。

　寂しいと訴えることは、一緒にいたいと告げたも同然。親切で助けてくれただけの人に、これ以上そんなふうに甘えるのは迷惑になる。

「…違うな。鬱陶しいと、少しでも思われるのが怖いからだ」

　レンドルフは秋人の元を訪れると、体液を与えるためにキスと〝治療〟をして、そのあとは楽しそうに春夏の話をする。春夏は今こんな状況だ、こんなことを言った、秋人を心配している。だいたいそんな内容だ。レンドルフが楽しそうなので、秋人も彼に合わせて楽しそうに聞くふりをしている。貼りつけた笑顔が、我ながら仮面みたいだと思いながら。

　レンドルフが留守の間、秋人はメルとウォリーに助けてもらいながら、ひたすら体力回復のための運動と、言葉の学習に勤しんでいる。それからウォリーが、秋人専用の楽器を作ってくれた。弦の数を増やして、形も少し変えてもらい、ギリシャの女神が持っている竪琴みたいなものを。

　メルは『そんなのは見たことがない』と言いたげに、しきりに首をひねっていたが、秋人がそれを爪弾いて複雑な曲を弾いてみせると瞳を輝かせ、ウォリーに向かって自分にもひとつ作れと言い出した。

　弦の数を増やした竪琴を無造作にかき鳴らすと、シャララ…と繊細な音が生まれる。冬の星を袋につめて、そっとふったみたいな音だ。そんな詩的な表現が思い浮かんでしまうのは、レンドルフとたまにしか会えない寂しさのせいだろうか。

　祝祭から約二ヵ月。

　雪が降るたび積もって、細くかき分けた道の両側がどんどん高くなってゆく。このまま永遠に融けなければどうなってしまうんだろう。そんなことを心配しはじめたころ、ようやく雪融けがはじまった。

この二ヵ月、レンドルフが館に戻ってきたのは三回だけ。通常なら三ヵ月、長くても半年で終わるはずの王選定が、なんらかの事情で遅れているせいらしい。王の選定には春夏が関わっている。

前回戻ってきたとき、レンドルフは『心配ない』と笑っていた。こういうことはたまにあるのだと。何代か前にも、選定が一年半近くかかったことがあるという。

雪に塗り込められ、他にやることもない冬の間に、秋人はこちらの言葉をかなり理解できるようになった。日常会話程度なら、ゆっくりしゃべってもらえればだいたい意味がわかる。とはいえリスニングと筆記限定で、発音、発声は相変わらずできない。

館の玄関が見下ろせる窓辺に立ち、青味を帯びた灰色髪が見えてこないかと、ぼんやり外をながめていると、背後から声をかけられた。

「[illegible]」

メルだ。明日には地面が乾いて、外出が可能になるらしい。秋人がレンドルフの訪れを待ちわびて、溜息を無駄に重ねているのを知っていて、気分転換を勧めてくれるのだ。その心遣いが嬉しく、少し気恥ずかしくもあった。

翌日は、メルの予告通り地面も乾いて、良い天気の外出日和となった。

アヴァロニスの雪解けは豪快で、あれほど高く積もっていた雪がわずか十日ほどで消えた。連日、温かな風が吹き、雨も降り、地面が大河か湖のように水浸しになったかと思うと、二日足らずで水が引き、それから数日後にはいっせいに草が芽吹いて、大地は水の代わりに可憐な花で覆われた。外出を禁じられても、こっそり抜け出して走りまわりたくなる景色だ。

幸い秋人は、自由に出歩いていいと言われていたので、遠慮は必要ない。脚の怪我もだいぶ良くなり、松葉杖も必要なくなった。

秋人はクロを肩に乗せ、登山用ステッキに似た杖を手にして城館を出た。

鮮やかな赤色の、鶏に似た鳥や、風にさらさらとなびく長毛の、羊に似た家畜が自由気ままに餌を食べ、闊歩している前庭を通り過ぎ、ぶ厚い防壁に穿たれたトンネルを抜け、片方だけ開けられた大扉をくぐると、外はもう一面の春野原だ。

よく見れば形は多少違うものの、蝶といってさしつかえない羽虫が飛び交う野原を、ゆるい下り坂が一本続いている。その坂を下りると小さな家が円形に建ち並ぶ集落が現れた。

集落の中心はドーナツ型の広場になっていて、穴にあたる真ん中は柵で囲まれた小さな林になっている。周囲のしげみや下草がきれいに刈られ、手入れが行き届いているので、たぶん特別な場所なんだろう。お寺の境内に雰囲気が少し似ている。

広場にはぽつりぽつりと人がいて、世間話でもしているようだ。皆、秋人とクロに気づくと帽子を取ったり被り物を外して頭を下げる。

「[illegible]（こんにちは）」

「こんにちは」

秋人も丁寧に頭を下げて挨拶を返すと『どこに行くのか？』と訊ねられた。「散歩です」と答えると首を傾げられたので、ステッキで自分の脚を指し、大袈裟に歩く真似をしてみせる。里人はなんとなく納得した顔でうなずき、笑顔で手をふって見送ってくれた。

秋人が城館を出るとき、メルもウォリーもついて来ようとしなかった時点で、治安はかなりいいと思っていたが、予想通りだ。

ここでは誰も秋人を見て叫ばないし、怒鳴らない。嫌な顔もされないし、殴られることもない。

「ふふ」

人目を警戒せずに歩ける。それだけで、思わず笑みが浮かぶほど嬉しい。

広場を抜けると、耕されたばかりの農地が広がっている。すでに種が蒔かれた畑。これから苗を植える畑。休耕地なのか、草だらけの畑。それから牧草地。あとは野原と林と森に覆われ、起伏に富んだ大地が遠くまで見渡せる。

水気を含んだ畑と草の匂いは、夏の間、野菜を盗んでは逃げ隠れ、さまよっていた日々を思い出して切なくなる。そんな気持ちを吹き飛ばすように、強い風が吹いて、花びらが青空に舞い上がった。

冬の間に長く伸びた秋人の髪も、風にさらわれて右に左に行ったり来たりする。

前髪は鼻先を越えて唇に届きそうだ。

城館に帰ったら切ってもらおう。そう思いながら、簾(すだれ)みたいに顔を覆った前髪をかきあげると、頬に暖かくて気持ちのいい春風が強く吹きつけた。

「気持ちいい…」

天を仰いでつぶやいた感嘆に、クロが同意を示す。

「くーぅぃ」

クロは秋人の肩に両手をついて顔を上げ、鼻先を空に向けてスンスンと匂いを嗅いでいる。

これでレンドルフがいれば最高なのに。

秋人はクロの背を撫でていた右手にステッキを持ち替え、左手を顔に近づけて、手首にはまった腕環にそっと唇接(くちづ)けた。

『平和』や『のどか』を絵に描いたような、牧歌的な風景をしみじみありがたく思いながら、農地からは少し逸れた細い道を進むと、ゆるい登り坂になり、その先にある小さな丘にたどりつく。

丘の上には左右に枝を広げた立派な大樹があり、その下で五、六人の子どもたちがなにやら騒いでいる。下は四歳か五歳、上は十歳か十一歳。なぜか皆で頭上を仰ぎ、樹の上を指さしている。

「どうしたの？」

声をかけながら近づくと、樹上に注意を向けていた子どもたちの視線が、いっせいに秋人に集まる。

「[illegible]！」

これは『黒いトカゲ』という意味。

「[illegible]」

こっちは『兄』という意味が含まれているから、『お兄ちゃん』とかそのあたりだろうか。

子どもたちは口々になにか言いながら、視線を樹上に戻して一点を指さす。見上げると、かなり高い所に白っぽいものが絡まっている。どうやら風にさらわれて、帽子が枝にひっかかってしまったらしい。

秋人が手とステッキを伸ばしても届きそうにない。

　脚立か梯子（はしご）を持ってこないとダメだろう。そう説明しようとして、子どもたちが期待に満ちた瞳でクロを見つめているのに気づき、ふと思いついた。

「クロ」

「きゅぃ」

「おまえあの帽子、取ってこれるか？」

「……」

『なんでオレがそんなことを…』と言いたげな、「フーー」という生暖かい鼻息が頬にあたる。

「だっておまえ、俺たちが毎日食べてる野菜や果物、パンとか、みんなこの子たちの親が汗水垂らして収穫したものなんだぞ。このへんでちょっといいとこ見せておいても、損はないと思う」

　秋人の説得が効いたのか、肩にしがみついている手足の力がゆるんだので、右手で持ち上げて樹の幹に貼りつけてみた。

　クロはもう一度「フー…」と溜息を吐いてから、のそのそと樹上に向かって昇りはじめる。地上を歩くよりよほど素早い。もしかしたら、元は樹上生物だったんだろうか。

「[illegible]ー！」

「[illegible]ー！」

「[illegible]…」

　子どもたちが口々に歓声を上げる。『黒トカゲ』『カッコイイ』『可愛い』など。カッコイイが圧倒的に多い中、可愛い…とつぶやいたのは一番年上の少年だ。君とは気が合いそうだと思いつつ、秋人は少年の肩にそっと手を置いてクロの行方を見守った。

　クロは四メートルほど幹を昇ると、横に伸びた枝を伝って帽子にたどり着き、器用に銜（くわ）えて戻ってきた。

「すごい…！　えらいぞクロ！」

　帽子を持ち主の手に返してやってから、両手でクロを抱きしめると、クロは秋人の首筋に顔を埋（うず）めて「ぎゅるぎゅる」と喉奥を鳴らした。そしてもっと褒めろと言いたげに、短い尻尾をビタンビタンと左右にふりまわす。

クロの活躍のおかげで秋人まで、子どもたちの尊敬と憧憬を一気に得たらしい。『どこから来たの』『一緒に遊ぼう』『クロに触らせて』『家に遊びに来て』。意訳するとそんな感じの言葉を次々とかけられ、小さな手を無邪気に伸ばして手をにぎられた。

地面に転がしてしまったステッキを拾ってもらい、子どもたちの秘密の隠れ処だという場所にも案内してもらった。

野原では女の子たちが花冠を編み、秋人に被せてくれた。男の子には手を引かれたり、背後から腰に抱きつかれて『歌をうたって』とせがまれたりした。

秋人は何曲か童謡を歌って聴かせ、彼らが真似して歌い、覚えてしまうまで練習につき合った。

子どもたちの名前も教えてもらった。

「フラル、マリー、ギムサ、カイ、ロシュ、アン」

例のごとく、どうしても発声できない音は省いてだったが、不満を言う子はいなかった。

陽が傾いて、風が少し冷たくなってくると、秋人は子どもたちの手を引いて丘を下りた。

坂を下りきったあたりで、きれいな巻毛のアンが転び、泣き出した。涙はボロボロこぼれるのに、声はほとんど立てない不思議な泣き方だ。

秋人は脚の痛みをこらえてしゃがみ込み、怪我の有無を確かめた。

手のひらと右膝に擦り傷。

クロを押しつけて舐めさせてやりたいところだが、クロはなぜか秋人以外の人間の傷には興味を示さない。以前、楽器造りの最中にウォリーが手を切ったことがあり、そのとき嫌がるクロを押しつけて、無理やり舐めさせようとしたが失敗した。仕方ないのでクロの口に指をつっこんで唾液をぬぐい、ウォリーの傷に塗ってみたけれど効果はなし。それにはさすがに驚いた。

理由はわからない。けれどしばらくすると、その方がいいのかもしれないと思いはじめた。

クロの唾液に治癒効果があると知れ渡れば、誰かに誘拐されてしまうかもしれない。切り刻まれて薬にされる怖れもある。そんなことになるくらいなら、自分にだけ効く不思議な作用ということでいい。

「ふぇ…っく、ぅん…く」

幼子らしからぬ抑えた泣き声に、秋人は我に返って傷を診てやった。手のひらの擦り傷には、ふーっと息を吹きかけてやってから「痛いの痛いの飛んで行け」と傷の上で手のひらをまわし、吸い取った痛みを遠くへ放り投げるふりをした。

子どもたちが目を丸くして、秋人が痛みを投げ捨てた先を見つめ、目を丸くしたまま秋人の顔に視線を戻す。それに、

「おまじない」

神妙な顔で言い聞かせてやる。それから、他の子と同じように目を丸くして泣き止んだアンの、膝の傷にも、自分の唾をちょんとつけてやり、手のひらと同じようにしてやる。

傷に唾をつけてても治らないとか、科学的根拠はないとか、細菌がいるから却って不衛生だとか言われているが、秋人が子どもの頃、母にそうしてもらうと不思議なほど痛みが引いて、水で洗って絆創膏(ばんそうこう)を貼っただけのときより治りが早かった記憶がある。

だから秋人も、アンに同じことをしてやった。

懐かしくて温かい母の記憶とともに。

涙で睫毛と頬を濡らしたまま、満面の笑みを浮かべたアンに「[illegible]（ありがとう）」と礼を言われると、秋人の胸に春の陽溜まりみたいな温かさが生まれる。

「どういたしまして」

伸ばされた小さな手をにぎり返し、秋人もアンに微笑み返した。

集落の手前にある小さな林を通り抜けたところで、視界の隅に見慣れた人影が映ったことに気づいて、秋人は思わず足を止めた。

「レンドルフ…！」

いつからそこにいたのか、樹の幹に寄りかかり、右脚を左脚に軽く重ね、胸の前で腕を組んで秋人を見つめていたレンドルフが、幹から身を離して歩き出す。

レンドルフが近づいてくる速さに負けないくらい、秋人も杖をついて歩み寄る。その瞬間、子どもたちのことは頭から消えていた。それくらいレンドルフに会えたことが嬉しい。二十日近く——正確には十八日ぶりなのだ。

自分でもどうしてと思うほど気持ちが高ぶって、足元がおろそかになり、怪我をした方ではない右足が小石を踏んでよろめいた。

「あ…っ」

「ぎゅい！」

「アキ！」

クロの鳴き声、レンドルフの呼び声、背後で上がった子どもたちの「あぁーー…」という悲鳴を聞きながら、無様に顔から地面に激突する寸前、レンドルフの腕に抱きとめられた。

「[illegible]（注意）」

意訳すると『気をつけろ』。でもレンドルフの言葉遣いはやさしい語感だから『気をつけなさい』だろうか。そんなことを考えながら、秋人は思いきりぶつかってしまった胸から顔を上げた。

「ごめんなさい。ありがとう。久しぶりに会えたのが嬉しく…っ」

正直に気持ちを声に出しかけて、あわてて口をふさぐ。こちらに来てから独り言が癖になっていたのと、どうせしゃべっても言葉が通じないという固定観念のせいで油断した。

手の甲で口をふさいだまま、そろりと顔を上げると、思った通り、レンドルフには意味が通じていた。

「[illegible]（私、会う、嬉しい）」

ふわりと微笑んで、てらいもなくそう返されると、身の置き場のない恥ずかしさが湧き上がり、火で焙られた雪玉のように、融けて消えたくなった。

なぜだろう。前はもっと素直に『会えて嬉しい』と伝えられた。でも今は、恥ずかしい。

レンドルフが秋人を助けたり、なにかと気遣ってくれるのは、持ち前のやさしい性格と、秋人が〝黒曜の民〟だと思っているからだ。それに加えて、おそらく、神子である春夏に頼まれていることも関係していだろう。

「アーキィ」

　手の甲で口を押さえたまま、赤く染まった顔をうつむいて隠していると、下から幼い声が聞こえて我に返った。

「ぇあ？」

　声がした方をみると、アンが地面に転がった杖を拾ってくれたらしい。小さな両手でにぎりしめ、秋人に向かって差し出している。

「ありがとう。アン」

　杖を受けとって頭を撫でてやると、アンは両手で撫でられた頭を押さえ「ふぇへ」と照れ笑いを浮かべた。そうして、他の子に呼ばれて集落の方へ走り去っていく。村の入り口には母親たちが立っていて、子どもの帰りを出迎えていた。

　駈けてゆく子どもたちの小さな後ろ姿を見送りながら、まだ少し熱い頬をごしごしと手の甲でさすっていると、隣に立ったレンドルフに腰を抱き寄せられ、耳元でささやかれた。

「（行く）（王都）」

「……え？」

　音の響きを理解するまでに少しかかった。

　――王都に…行く？

「あ…！　もしかして、春夏に会えるの…!?」

　驚きのあまり、恥ずかしくて逸らしていた顔をレンドルフに向けると、レンドルフは落ちついた表情で静かにうなずいた。

「（そう）アキ、アルーカ（会う）」

† 再会と別れ

　レンドルフと一緒に城館に戻った秋人は、そこで伸び放題で鬱陶しかった髪をウォリーに切りそろえてもらい、さっぱりしてから身支度を調え、王宮に向けて出立した。

　まずは馬に乗って、外界との境である吊り橋まで移動。橋の傍にある厩に馬を預け、徒歩で吊り橋をわたる。それから向こう側に準備されている新しい馬に乗り、さらに進む。途中の村で用意されていた馬車に乗り換え、二時間ほどでレンドルフの仕事場であり、本宅でもある州城に到着した。昼食後に隠れ里の城館を出てから、四時間程度の道のりだ。

道中、秋人は、自分が思ったより春夏との再会を喜んでいないことに気づいた。

いいや。春夏に会えることは嬉しい。なにしろ元の世界に帰るには、春夏が覚醒するしか方法がない。覚醒というものがどういう状態なのかは知らないが、会って聞けば判明するだろう。

冬の間にやりとりした手紙で、秋人は一度『帰る方法は見つかったか？』と質問したことがある。

春夏の答は『まだわからない』。その手紙から三ヵ月近く過ぎている。そろそろなにか、新しい動きがあってもいいはずだ。そもそも今回ようやく会えるようになったのも、帰る方法が見つかったからじゃないのか。

——絶対に、元の世界に帰ってやる。

それが、夏の間ひとりで生き延びてきた秋人の、心の支えだった。その願いが叶うかもしれないのに、なぜか心が躍らない。——違う。

確かに帰りたい。言葉も通じない、髪と瞳の色で差別され、殺されそうになるこんな世界にはとっとと別れを告げたい。ずっとそう思ってきた。

でも…と、秋人は目の前に座るレンドルフの顔をそっと盗み見た。レンドルフは馬車の窓から外を見ている。

第一印象は地味だったのに、近しく接するうちに、彼がとても整った顔をしていることに気づいた。

端正といっていい。

人目を引く派手さはないけれど、眉の形も目の大きさも、瞳の色も、髪の色や長さも、髪形も。唇の形、すっきり通った鼻筋と、考え込むと皺の寄る眉間も。すべてが秋人の目には好ましく映る。

外を見ていたレンドルフが、ふっとまぶたを伏せてこちらを向き、絶妙な間を置いて秋人を見た。

「…！」

　視線を逸らす前に、しっとりとした苔色の瞳に射貫かれて、目が離せなくなった。

　その瞬間、気づいた。

　――ああ、そうか。

　元の世界に戻るということは、レンドルフと会えなくなるということ。だから前みたいに、なにがなんでも帰りたいと思えなくなったんだ。

　元の世界に戻っても、好きなときに行き来できるなら帰りたい。でも、二度とこちらの世界に戻れないなら――レンドルフに会えないなら…、

「どうしよう…」

「[illegible]（どうした？）[illegible]」

『心配事でもあるのか？』と訊かれて、秋人は答えることができなかった。自分でも、どうしてこんなに混乱しているのかよくわからない。

「なんでも…ない」

　うつむいて両手をにぎりしめながら、そんな返事をしても、レンドルフが納得するわけがない。秋人はきゅっと奥歯を嚙みしめて、作り笑いを浮かべた。

「大丈夫。ちょっと緊張してるだけ。王宮はほら、誘拐されかけた場所だから」

　指文字と身ぶり手ぶりで説明すると、レンドルフの表情がこれまでにない真剣なものに変わった。

「アキ[illegible]」

『アキ、危険、遭う、くり返す、無い』

　二度と秋人を危険な目には遭わせない。

　まるで宣誓のような真摯な声の響きに、秋人は思わず息を吞み、それから小さくうなずいてレンドルフの手のひらに指文字で記した。

『ありがとう』


　飾り気はあまりないが防衛力は高そうな、質実剛健という言葉が似合う巨大な州城を見上げながら、秋人は立派な大正門を通過した。そのまま誰にも止められることなく、州領主、すなわちレンドルフの私室まで通される。

　そこで早めの夕食を摂り、仮眠を取るように言わ

れた。王宮への出立は夜中になるからと。

「夜中？」

なぜそんな時間に…と首をひねったが、レンドルフは少し考えたあと『後で説明する』と言っただけだった。彼がそう言うしかなかった理由は、確かに後で判明した。

仮眠というより早めに就寝して夜中に目覚めると、改めて服を着替えた。

用意してもらったものは、これまで身につけていたものより肌触りが格段にいい。襟や袖の縁飾りにも、よく見ると手の込んだ刺繍がほどこされている。

そこからまた馬車に乗るのかと思ったが、違った。

秋人はレンドルフに導かれて執務室の奥にある小さな部屋に入り、さらにその奥にある細長い扉の前に立たされた。

「[illegible]（腕環）」

言われて手首を掲げて見せると、レンドルフはうなずいて『真似』『続ける』『私』と言いながら、手本を示すように腕環のはまった自分の手首を扉の中央に押しつけた。

カチリと錠が開くような音がして扉が開く。レンドルフはもう一度『真似』『続ける』『私』とくり返して扉の向こうに姿を消した。後を追おうとした秋人の前で、扉がガシャンと容赦なく閉まる。

「…なるほど。そういうことか」

駅の改札のように、パスがなければ入れない。

そして、以前レンドルフにもらったこの腕環が、扉のパスキーになっているらしい。

秋人は先に行ったレンドルフを真似て、扉の中央に腕環を押しつけてみた。頭上でカチリと音がして、扉が開く。同時に、エレベーターに乗ったときの浮遊感に似た、奇妙な感覚に包まれた。

「…？」

服の中にかくれているクロも異変に気づいたのか、「ぎゅぐっ」と小さなうめき声を上げ、居心地悪そうにもぞりと身動いだ。

なんだろうと思いつつ、とりあえず開いた扉をくぐり抜けると見覚えのある石造りの、薄青いぼんやりした光に満ちた細い通路が現れた。そこにレンドルフが立っている。

「アキ」

レンドルフがほっとした表情で手を差し伸べたので、秋人は少しためらいつつその手をにぎり返した。

そのまま手を繋いで歩きはじめる。クロは服の下でおとなしくしていた。まるで眠っているように、ひっそりと静かに。

通路は、レンドルフと同じ体格の人間がすれ違うのは難しいくらい細い。秋人は細くて小さいので、辛うじて並ぶことができる。

体感的に、歩いた時間は五分程度だろうか。距離は四百メートルか五百メートル。通路の突き当たりにある扉に、入ったときと同じように腕環を押しつけると錠が開き、外に出ることができた。

扉をくぐるとき、さっきと同じ奇妙な浮遊感、もしくは目眩に似た感覚に包まれたが、すぐに消える。

扉の先はつるりとした光沢のある石造りの、小部屋…というより、なにやら厳かな雰囲気のあるドーム状の空間だった。そこを出る前に、フードをしっかり被り直すよう言われた。

「アルーカ」

『王宮には春夏がいるから安全。でも注意が必要』

そう言われて、初めてここがもう王宮内だと気づいた。同時にぞくりと寒気がして、秋人はあわててフードを目深に被った。

秋人が辛酸を舐めた、あの放浪をする羽目になった最初の起点がこの王宮だ。誰ともわからない人間に襲われ、地下牢に連れて行かれて拷問されるところだった。

頬が強張るのを自覚しながら、レンドルフの手をしっかりにぎりしめてドーム状の小部屋を出ると、外は予想外に明るかった。

最初は王宮なので照明がふんだんに使われているせいかと思ったが、違う。

通路が明るいのは窓から射し込む光のせいだ。中庭に面した回廊に出ると、鮮やかな緑の芝生に春のやわらかな陽射しがさんさんと降りそそいでいる。

「え…？　嘘…、なんで？」

　州領城の執務室から通路に入ったのは真夜中。通路内にいたのは五分程度。それなのにどうして、陽が昇っている？　太陽の位置的に、時刻は正午より少し前。どう考えても辻褄（つじつま）が合わない。

「どうして…？　どうなってる？」

　回廊の手すりにしがみつき、頭上にある太陽を仰ぎ見て必死に首を傾げる秋人に、レンドルフが小さく笑いながら説明してくれた。

　言葉と指文字、身ぶり手ぶりを加えたそれを要約すると、こうなる。

　あの通路は〝神の力〟によって特別に作られたもので、王宮と、各領主の城をそれぞれ繋いでいる。使用者の体感的には数分しか経っていないと感じるが、実際には十時間程経過している。実際の距離は、徒歩だと五十日近くかかる、ということは大雑把に計算しても二〇〇〇キロ以上だ。

「二〇〇〇キロを、五分て…」

　それはほとんど瞬間移動に近い。

　秋人は呆然と自分たちが出てきた小部屋の方を見た。それから己の腕にはまった——、何ヵ月も前にレンドルフにもらった腕環を見て、こみ上げる想いを噛みしめた。

　実在する〝神の力〟を目の当たりにした衝撃より、それを使用する権利を、何ヵ月も前に与えられていたことに驚く。

　州領主の城と、王都の王宮を結ぶ特別な通路だ。誰でも簡単に使えるわけがない。そう思ってレンドルフに確認すると、やはり、腕環は一定の数しかなく、それを誰に与えるかは、州領主であるレンドルフの一存で決まるらしい。

「[illegible]アルーカ[illegible]」

『春夏が待っているから行こう』とうながされた秋人は、彼の信頼と思いやりが込められた腕環をそっと胸に押し当てて、再び歩きはじめた。

　回廊を抜け、何度か衛兵に守られた扉を通過してたどりついた先は、素晴らしく美しい、春の花が咲き乱れる豪奢な庭園だった。

　樹々の一本一本、花やしげみのひとつひとつが端正で、おそろしく手間暇をかけて整備されているのがわかる。枯れた葉やしおれた花はひとつもない。もちろん地面にも落ちていない。

　耳に心地良い鳥の囀りと、目を楽しませる美しい色の蝶が飛び交う、花と緑の庭園を進むと、白亜の四阿（あずまや）が現れた。壁はない、華奢な柱に支えられた丸屋根の下で、うつむきがちに行ったり来たりしていた人影が、来訪者に気づいたとたん顔を上げた。

「アキちゃん…！」

「春夏…」

　最後に言葉をかわしたのは三ヵ月前。まともに姿を見たのは七ヵ月前ぶりになる。

　春夏は、秋人の記憶の中よりすらりと背が伸びて、陽を弾く金色の髪も伸びて、とてつもなく…きれいになっていた。

　以前は、黙って立っていればアイドルかモデルで通用すると思っていた。それが今は、どこかの国の王子かと見まごうほど垢抜けている。秋人の服とは比べものにならないほど、繊細な刺繍や縁飾りがふんだんにほどこされた豪奢な衣服や、いかにも稀少（きしょう）で高価そうな装飾品をごく自然に身につけて、それが少しも浮いていない。しっくりと馴染んでいる。

「アキちゃん…ッ!!」

　春夏は四阿を駆け下りると、上品な光沢がある、いかにも高そうな生地をたっぷり使った襞（ドレープ）を蹴立て、きれいに整えられていた髪もふり乱して、秋人に向かって突進してきた。

「アキちゃん、会いたかった！」

　避ける間も、こちらから駆け寄る間もなく、相手の勢いに圧倒されて立ち尽くしていた秋人は、大きく広げた春夏の両腕に抱きしめられた。

「会いたかったよぉ…!!」

「春夏……おまえ…」

　背が伸びたなとは、なんとなく悔しくて言いたくない。秋人はぐいぐいと押し倒す勢いで抱きついてくる春夏の背中を、持てあまし気味に軽く抱きしめ返して、小さく溜息を吐いた。

――七ヵ月で何センチ伸びたんだよ？

抱擁を解いて互いにまっすぐ見つめ合うと、春夏の顎の位置が自分の鼻のあたりにある。確実に五センチは相手の方が高い。思わず足元を確認すると、春夏の編み上げ靴(サンダル)が特に上げ底というわけでもない。

よほど栄養状態がよかったのか、ストレスの少ない環境でのびのびと暮らしたおかげか。

くそ…っと口の中で毒づくと、潤んだ瞳で秋人を見つめていた春夏が、ふと気づいたように小首を傾げた。

「あれ？　アキちゃん、ちょっと小さくなった？」

相変わらず空気を読まない発言に、秋人はぐっと春夏をにらみつけた。

「――おまえが、でかくなったんだよ…っ！」

身長だけでなく、身体つきも少し逞しくなっている。もちろん、こちらの世界の成人男性にくらべれば華奢なのは変わらないが。

秋人は、なぜか自分だけが取り残されたような、覚えのある感覚に奥歯を軽く噛みしめた。その手を春夏がにぎりしめ、四阿の方へ引っ張る。

「アキちゃん病み上がりでしょ。立ち話もアレだからこっち来て。お腹空いてるよね？　ご飯もあるからいっしょに食べよ。あ、レンドルフもどうぞ」

「[illegible]」

レンドルフは春夏に対して、胸の前で両腕を交叉させる最敬礼をしながら、厳かな口調で答えた。

『神子、願い、叶える』で、『神子の思し召しとあらば、仰せのままに』といったところだろうか。

わかってはいたけれど、レンドルフの春夏に対する恭(うやうや)しい態度を改めて目の当たりにすると、春夏が本当に、この世界で貴い身分なのだと思い知る。

秋人はゆるくにぎりしめた拳で、春夏に比べればずっと地味で簡素な服の上から胸を押さえた。

ニコニコと笑みを浮かべた春夏に手を引かれるまま、四阿に上がってきれいな白い椅子に腰を下ろす。

「ここは安全だから、その暑苦しいマントは脱いでも大丈夫だよ」

言いながら、春夏は慣れた仕草でテーブルの上の鈴をふり、音もなく現れた召使いらしき人々に「食事を持ってきて」と気さくに頼んだ。

待つほどもなく、彩り豊かな料理が運ばれてくる。食器の数は二人分。秋人が思わず背後を見上げると、頃合いを計っていたらしいレンドルフが春夏に向かって軽く一礼する。

「[illegible]」

『私、去る、二人、会話』という単語だけなんとか聞き取れた。置いて行かれるのかと、秋人があわてて腰を上げる前に、春夏があっさり答えた。

「あ、うん。じゃあまたあとで。アキちゃん、だいじょうぶ。レンドルフは会話が聞こえない場所にちょっと離れるだけ。ぼくたちのことはちゃんと見てるから、そんなに不安がらないで」

レンドルフから最敬礼を受け、難なく言葉を理解している春夏に対して、胸の底がざらりと毛羽立った。意思の疎通に苦労することもなく、この世界と、神子という立場に馴染み、王族のような暮らしを当たり前のように享受している姿が、正直羨ましく、妬ましくもあった。

「——べつに、不安がってるわけじゃ…」

歪んだ表情を見られないよう、うつむいて小さくつぶやくと、まるで傷ついた秋人の心をなぐさめるような、大きな手のひらに頭を撫でられた。

レンドルフだ。

ハッとして顔を上げると、レンドルフはさらりと手を引いた。そして秋人に向かって『大丈夫。傍にいる』と言いたげに目配せすると、四阿を下りて庭の奥へ姿を消した。

その背中を名残惜しい気持ちで見送る秋人の耳に、春夏の無邪気な声が響く。

「レンドルフって本当に、いい人だよねー」

「…ああ」

否定するのも変なので、秋人はぼそりと同意しながら椅子に座り直した。それからマントを脱いできちんと畳み、空いている椅子に置く。

服の下でクロは眠っているのか、身動きひとつせず静かにしている。秋人の服はゆったりした作りなので、注意して見なければ、そこにトカゲが潜んでいるとは誰も気づかないだろう。

春夏に勧められるまま食事をはじめ、互いに別れたあとのできごとを報告し合ったが、秋人はあまり詳しく語らなかった。

春夏は秋人が足を折られ、死に至る大きな痣を抱えてボロボロだった状態を見ている。それに秋人が自己申告しなくても、春夏はレンドルフからある程度聞いていたらしく、あまり根掘り葉掘り訊かれることはなかった。

「それより春夏、おまえに会ったら訊こうと思ってたんだ。元の世界にもどる方法、わかったのか？　おまえが『覚醒』したらわかるんだろう？」

神子になってから七ヵ月経っている。もうそろそろ『覚醒』とやらをしてもいい頃じゃないのか。

秋人が訊ねると、春夏は口に運びかけていたフォークを皿に戻し、透明な硝子杯(グラス)を手に取って、中に注がれた桃色の発泡酒をごくりとひと口飲み込んだ。

発泡酒といってもアルコール分はごくわずか。洋酒入りのチョコレートより軽い。それでも言いづらいことを口に出す勇気は出たのか、春夏はぴんと伸ばした両手の指先を胸の前で突き合わせ、視線を左右にさまよわせながら、申し訳なさそうに口を開く。

「あー…うー、それなんだけど」

春夏のその反応だけで、答は聞く前にわかった。

「『覚醒』できてないんだな？」

「…うん」

春夏はしおらしく項垂れ申し訳なさそうに続けた。

「……っていうか、ごめんなさい！」

顔の前でパンと両手を合わせ、秋人に向かって頭を下げる。

「実は、ぼくが覚醒するとかしないとか関係なく、戻る方法はありません！」

「——…マジかよ」

「うん…。あの、本当は、最初にアキちゃんに訊かれたとき、他の人たちに『帰る方法はない』って言われてたんだ。でもそれを正直に言ったら、アキちゃんきっとすごく落ち込むと思って、言えなかった。もう少し気持ちが落ちついたら、正直に話そうって思ってたんだけど。その前に、アキちゃんが行方不明になっちゃって――」

「……」

突きつけられた、帰れないという現実を受け止めながら、秋人は自分がそれほどショックを受けていないことに気づいた。むしろ、ショックが小さかったことの方に驚く。

――たぶん、俺を受け入れてくれる人と場所が見つかったからだ。

元の世界に戻れなくても、レンドルフがいる。

レンドルフと、隠れ里で暮らす黒曜の民たちが。

なによりも、戻れないならレンドルフと別れなくてすむ。

その一点のみで、児童養護施設の職員さんたちや、学校の友だちと二度と会えないという、寂しさや辛さを乗り越えられる気がする。

夜中に出歩いても安全な街。硬貨（コイン）を入れれば飲み物が手に入る自販機。二十四時間営業のコンビニ。慣れ親しんだ日本語。テレビ。本。施設の部屋。私物。母の形見。

そうしたすべてと、二度と会うことも見ることもできなくても。

――俺にはレンドルフがいる。

元の世界に戻れたとしても、レンドルフほど自分のことを理解し、気遣い、励ましてくれる人はいない。あんなふうに、静かに、強くやさしく、自分に寄り添ってくれる人はいない。世界中探しても、きっと見つからない。

だってレンドルフは、こちら側にいるんだから。

「そうか」

与えられた現実を噛みしめるようにつぶやくと、春夏がおずおずと訊ねてきた。

「…アキちゃん、怒らないの？」

「なんで。帰る方法がないのは、お前のせいじゃないだろ」

「手紙で訊かれたときも『まだわからない』って嘘

ついてたこと」

「ああ、それ」

秋人はじっと見つめていた自分のにぎり拳から、春夏に視線を戻した。

「おまえが自分でさっき言っただろ。俺をがっかりさせたくなかったって。俺が怪我して気弱になってると思って、気を遣ったんだろ？」

「…うん。——うん！」

しおれていた春夏の表情が、パッと輝いて笑顔になった。屋根のどこかに穴が空いて、光が射し込んだみたいに、春夏の周囲だけ光って見える。

きらめく金色の髪。艶やかな碧い瞳。けぶるような長い睫毛。剝きたまごみたいにつるりとした肌。

宝石を連ねた首飾りが春夏の美貌(びぼう)を引き立てて、あつらえたように似合っている。

——…これは、確かにモテるわ…。

〝神子〟という付加価値がなくても。女だけでなく男でも、春夏のこの顔を見たら可愛いと思うだろうし、魅力を感じて惹かれるだろう。春夏に対して、好意だけではない複雑な感情を抱いている秋人ですら、美しいと認めざるを得ないのだから。

「それより」

今にも抱きつかんばかりに感動している春夏から、秋人はわざと視線を逸らして話題を変えた。

「おまえにも、あの痣ができたって手紙に書いてあったけど。おまえは、——誰から…体液をもらったんだ？」

口に出してから、訊かなければよかったと後悔した。でももう遅い。

「えー、あー……うぅん」

言いにくそうに言葉を濁されて少し苛立つ。

「誰だよ？」

外見や発する雰囲気が貴人っぽくなっても、言動は変わらない春夏に、秋人も調子が戻って来た。

強い調子で訊ねると、春夏は上目遣いでちらりと秋人を見つめ、おずおずと申告した。

「呆れないでね。王候補の四人、全員から」

「マ…」

――マジかよ。

「ああもう、そんな目で見ないでよ。ぼく、アキちゃんにけーべつされるのが一番辛い。なんか、相性を見るためだとか、権利は平等に与えられるとかなんとかごちゃごちゃ言われて、仕方なくだよ。好きでしてるんじゃないし」

「してる…？」

現在進行形かよ。

レンドルフが春夏とキスして唾液を飲ませてる図を思い浮かべたとたん、鳩尾のあたりがズシッ…と重くなった。まるで本当にそこが鉛の塊になったみたいに固く苦しくなって、気分が悪くなる。

キスだけでなく、自分がしてもらった〝治療〟もしてるのかも…。そう思い至った瞬間、陽が翳ったように目の前が暗くなった。血の気が失せて、頬がそそけ立ったのが自分でもわかる。

「ちがうんだ、アキちゃん！　誤解しないで」

「――…いいよもう。別に軽蔑してないし誤解もしてない。だけど、もうこの話はやめよう」

「うー。そんなこと言わないで、ぼくの話も聞いてよアキちゃん」

春夏は光沢のある服のすそを引っ張りながら、唇を尖らせた。無自覚に庇護欲をそそるその顔から、秋人は「ふん」と顔を背けて言い捨てた。

「おまえはいいよな」

「…なんで？」

「俺が欲しいもの、全部手に入れてるから」

家に迎え入れてくれる父親。何不自由ない暮らし。レンドルフから寄せられる敬意。そしてたぶん、愛情も。

「そんなこと」

「ないなんて言うな。そうなんだから」

「アキちゃん…！」

珍しく荒げた春夏の声には、悲痛な嘆きが含まれているように感じた。自分の身勝手な言葉に傷ついて、泣きそうな顔で唇をへの字に歪ませている春夏から、秋人はもう一度視線を逸らした。

「…ごめん。おまえにはおまえの苦労があるのかもしれないけど、俺はそれに同情なんてできない。少なくとも今は、おまえの泣き顔なんて見たくない」

秋人は椅子から立ち上がると、畳んでおいたフードつきの外套(マント)を手に取った。ここは安全だと言われたけれど、これまで散々苦労してきた経験から、髪や瞳の色をかくすものは常に持ち歩きたい。

「ごめん。ちょっと…頭冷やしてくる」

何ヵ月も待ってようやく会えたのに。ここで癇癪(かんしゃく)を起こして別れたりしたら、次にいつ会えるかわからないのに。聞きたいことがまだたくさんあるのに。

冷静になれと、自分に言い聞かせながらテーブルを離れ、四阿の階段を下りる。

そのまま、すぐ傍にある薔薇に似た花が咲きこぼれるしげみに近づいたとき、庭の反対側から複数の人間が言い争う声が聞こえてきた。

「…なに？」

秋人は瞬時に身を強張らせ、逃走経路を確認しながら足を止めた。

声のひとつはレンドルフ。もうひとつは、誰だ？

疑問に答えるように、四阿に立ち尽くした春夏の唇からつぶやきがこぼれた。

「ルシアス…」

声の出所をじっと見つめた春夏の表情は、秋人がこれまで見たことのない、傷ついた者の怒りに満ちている。

珍しい春夏の反応に驚いて逃げ出すタイミングを逸した。春夏の傍に戻るべきか、身をかくすべきか迷っている間に、しげみを乱暴にかき分けてひとりの男が現れた。

「ハルカ！ [illegible] レンドルフ [illegible] [illegible]!!」

叫びに近い、強い詰問口調でなにか訴えながら四阿の前に飛び出したのは、王候補のひとりルシアス＝エル・ファリスだった。波打つ豪奢な金色の長髪に、青紫色の瞳を持つ、派手な美形だ。

傲慢(ごうまん)と紙一重の自信に満ちあふれた、男らしい美貌を歪めて発した言葉の中で、秋人が聞き取れたのは『会う』と『秘密』という単語だけ。

春夏がレンドルフと秘かに会っていると誤解して、怒って乗り込んできたのだろうか。

ルシアスのあまりに荒々しい語調と態度に気圧されて、秋人はその場に立ち尽くした。へたに動いて注意を引きたくないので、そのまま息をひそめて成り行きを見守る。

「ルーシゥ　アキ　アルーカ」

興奮した獅子（ライオン）みたいなルシアスの腕をつかんで、必死に引き留めようとしているのはレンドルフだ。

声は抑えているが早口なせいで、こちらも名前と『会う』『私』以外、ほとんど聞き取れない。

体格はふたりとも同じくらい。けれどルシアスの方が怒っている分、勢いがある。制止しようとするレンドルフの腕をはらい退（の）け、突き飛ばす勢いで春夏に向かって近づこうとしている。

「ハルカ!!　…ッ！」

懇願するように必死に叫ぶルシアスは、レンドルフのようにアルーカとは言わず、きちんとハルカと発音している。そのことが強く印象に残った。

「ルシアス、いいかげんにしてよ！」

それまで四阿の中で、黙ってルシアスをにらみつけていた春夏が、耐えかねたように大声を上げた。

「そんなに騒ぐなら今ここで決めてあげる！　ぼくが王に選ぶのは、あなたじゃない！　レンドルフだよ！」

「ハル……ッ」

「アルーカ…」

もみ合っていたルシアスとレンドルフは同時に動きを止め、四阿の中で仁王立ちしている春夏を見つめた。

ルシアスは『絶望』という文字が具現化したような表情で、呆然と春夏を凝視している。

レンドルフはどこか戸惑ったような表情で春夏とルシアスを見くらべ、それから秋人に気づいてバツが悪そうな表情を浮かべると、何か言いたげに目配せしてきた。

「な…に？　どういうこと…」

レンドルフがなにを伝えたいのかわからない。

秋人に理解できるのは、ただひとつ。

「レンドルフが王…ってことは……、春夏が王に選んだって…ことは――」

神子は王を選ぶ。そして王の伴侶となり……――。

これまで見ないように、考えないようにしてきた怖ろしい未来が現実になってしまった。

「レンドルフが、おまえの…伴侶に、なる…？」

秋人は四阿の中で肩を怒らせ、金髪の男をにらみつけている春夏を見上げた。

春夏は興奮しているのか、秋人の視線には気づかない。秋人は春夏から、もう一度レンドルフに視線を移した。

《アキ》

レンドルフは唇の動きだけで秋人の名を呼び、またしてもなにか言いたげに目配せする。

まるで言い訳するように。詫(わ)びるように。

――どういうこと？　春夏が自分を選ぶって知ってたのに、秘密にしてたことを謝りたいわけ？

そんな必要なんて、欠片(かけら)もないのに。

「どうせ、俺には関係ない…ことだもんな…」

ほんの少し前に、レンドルフがいるから元の世界に戻れなくても平気だと思った自分は、愚かで浅はかな大馬鹿だ。

――俺がどんなに想ったって、レンドルフにとっては保護してる〝黒曜の民〟のひとりに過ぎない。神子の友だちだったから、他より少し親切にしてくれただけの、ただの子ども。

どうしてそのことに気づかなかったのか。

――気づいてた…！　知ってた‼　だけどレンドルフがやさしいから、誤解したんだ。

自分に都合のいい夢を見た。虚しい夢を見た。

「……ッ」

止める間もなく両目が潤んで、景色がぼやけて歪みはじめた。

泣くつもりなんかない。泣きたくなんかない。

春夏の前で、涙なんか絶対に見せたくない。

春夏にだけは死んでも見せたくない。

そう思い、唇がちぎれるくらい強く嚙みしめたのに、涙はいともたやすく目からこぼれ落ち、頬を伝う間もなくぼろぼろと地面に吸い込まれてゆく。

「…くそっ」

小さく吐き捨てて、秋人はその場を逃げ出した。花びらが舞い散るのもかまわず、咲き誇る花のしげみをかき分けながら走った。

まだ治りきらない左脚が痛みを訴え、悲鳴を上げても無視して走り続けた。脚よりも胸の方が、何倍も何十倍も痛かった。

息が止まるくらい痛かった。

無意識に、見覚えのある場所を選んで走っていたらしい。来た道を駆け戻り、庭園から建物の中に飛び込むと、外の明るさに慣れた目に、宮殿の通路は暗い洞窟のように映った。足元すら覚束ない闇にかまわず、秋人は前もろくに見ずに走り続けた。

――くそ！　くそッ…！

胸の中で春夏に毒づき、世界を呪った。

ほんの少し前まで自分の居場所だと信じていた場所は、ただの幻だった。ぜんぶ幻だった。

ぜんぶ、自分の思い込み。ただの願望。

勘違い男が、知り合いにちょっとやさしくされて、自分に気があると思い込んでストーカー化するみたいに、俺もレンドルフの態度をぜんぶ自分に都合よく解釈してたんだ。それで勝手に夢みてた。

「馬鹿みたいだ、俺って本当に…馬鹿みたいっ…」

自分を激しく罵倒して貶すことで、レンドルフと春夏に弾き飛ばされ、再び世界から否定された苦しさを誤魔化した。そうでもしなければ耐えられない。

今すぐこの世界から消えてしまいたい。

跡形もなく。誰の記憶にも残らず。

それくらい辛かった。

だから今、自分がふらふらとさまよっている場所が、安全ではないことを失念していた。――いや、心の片隅では理解していた。ここは危険だと。

それでも構わない。自分を殺したいなら殺せばいい。そう思うくらい秋人は自棄になっていた。

「ぎゅいッ」

服の下ではクロが警告の鳴き声を上げ、秋人の腹に爪を立てて必死に『止まれ、戻れ』とうながしている。最初は遠慮がちだった爪の力が、皮膚に深くめりこむくらい強くなったとき、秋人は急に目の前に現れた壁に弾き飛ばされ、尻餅をついた。

「……痛っ…ぁ！」

「[illegible]！」

険しい口調で『無礼』を警告したのは、壁ではなく人間だった。秋人は無理を重ねたせいで鋭い痛みを発している左脚を庇いながら、頭上を見上げた。

「あ…」

冷ややかな眼差しで自分を見下ろしているのは、深緑の瞳と白い髪の持ち主だ。顔に見覚えがある。

確か…、

——ウェスリー＝エル・ルーシャ。

四人の王候補の一人。

最初に見たときは、秋人の髪と瞳の色を見て嫌悪感をにじませていたが、次第に態度がやわらいで、友好的になっていた人物だ。

「あの、すみま…」

秋人は床に手をついて立ち上がりながら、ぶつかったことを謝ろうとした。けれど、

「[illegible]…、[illegible]」

すみませんと言い終わる前に聞こえてきた言葉に、ひやりと血の気が引いた。呆然とした口調と、幽霊でも見たような表情で告げられた単語は『あなた』『生存』。意訳すれば『おまえ、生きていたのか』だろうか。

秋人はハッとして、相手の顔を改めて見つめた。

見つめられた男は、我に返ったように目元を歪め、すぐに仮面を貼りつけたようなわざとらしい作り笑いを浮かべて、秋人に手を差し出した。

「[illegible]？（大丈夫ですか？）」

気遣う言葉を口にしながら、その瞳は冷たく凍りついている。口元は笑っているのに、目元は怒りと憎しみで強張っているのがわかる。

「……」

秋人は床に尻をついたまま思わず後退った。

男の眉が苛立ったようにぴくりと動く。そのまま一歩進み出て、秋人の腕をつかもうと迫ってくる。

その手の形と、覆いかぶさるように近づいてくる輪郭に既視感を覚えた。

「だ…、や…」

駄目だやめて、近づくなと叫びたいのに声が出ない。笑顔を貼りつけたまま近づいてくる男の雰囲気が、あまりに殺気立っていたからだ。

「[illegible]…」

もう一度『生きていた』と言われた瞬間、さすがにそれが、無事を喜ぶ意味ではないことに気づいた。

――まずい…、ヤバイ…

本能が逃げろと叫んでいる。服の下でもクロが、これまで聞いたことのない低いうなり声を上げている。敵に向かって獣が発する、威嚇(いかく)音のような声だ。

ウェスリーに腕をつかまれた。

「や…ッ」

やめろと叫んだのと、つかまれた腕を思いきり引っ張られ、釣り上げるように立たされたのが同時。

そこに、もうひとつの声が重なった。

「[illegible]！（その手を離せ！）」

「レンドルフ…！」

ウェスリーに腕をねじ上げられながら、秋人はふり返って叫んだ。

「助けて…！」

助けを求めた瞬間、胸が痛んだ。

――迷惑ばかりかけてごめんなさい。でも、俺にはあなたしか頼れる人がいないんだ。あなたにとっては、大勢いる〝黒曜の民〟のひとりにすぎなくても、俺にはあなたしかいない…！

せっかく乾いた両目が、再びじわりと潤みはじめる。秋人は意地でも泣かないよう、唇を噛みしめて腕と脚、そして胸の痛みに耐えた。

「[illegible]ウェスリー」

レンドルフにもう一度『手を離せ』と警告されたウェスリーは、表情を変えずに秋人の手首が千切れるくらい強く力を込めてから、ゴミを捨てるみたいにポイと手放した。

「ぁ…っ」

　爪先が床につくかつかないか、宙づりに近い形でウェスリーに捕らわれていた秋人は呆気なく放り出された。右脚はともかく、痛む左脚では踏ん張ることができない。そのまま無様に倒れかけ、レンドルフに抱きとめられた。

「アキ！」

「…っ」

　強く頼もしいこの腕に、こうして抱きとめてもらったのは何度目だろう。そしてこの先あと何度、助けてもらえるだろう。

　もしかしたら、これが最後かもしれない。

　秋人は歯を食いしばって涙をこらえながら、レンドルフを見上げた。

　一国の王になったら、さすがにこれまでみたいな関係は続けられないだろう。近づくことすらできなくなるかもしれない。温かいこの腕も、やさしい声も、心配そうに自分を見つめてくれるこの瞳も、ぜんぶ春夏のものになってしまう。

　――ちがう。勘違いするな。最初から俺のものだったものなんて、ひとつもない。

「アキ、[illegible]」

『勝手に走って出る、駄目。心配した。戻ろう』

　レンドルフはやさしく微笑んで、必死に涙をこらえる秋人の前髪をそっとかき分けて額を撫でると、そのまま広い背中ですっぽり覆うように背後に庇い、ウェスリーと向かい合った。

「[illegible]」

『私の連れ、迷惑、与えた』

　そう詫びたレンドルフの声には、どこか相手を威嚇する剣呑さが含まれている。

「[illegible]」

『災厄の導き手、助ける、変わった人』

　答えるウェスリーの声には果たし状を受けて立つような、なにかを面白がっているような、自信に満ちた傲慢さがあった。

一触即発の張りつめた空気は、ウェスリーが慇懃に一礼して立ち去ったことで解消された。

鋭い眼差しで、去って行くウェスリーの背中をにらんでいたレンドルフは、曲がり角の向こうに男の姿が消えたとたん、ふり向いて秋人の腕をつかんだ。

「アキ、[illegible]？（怪我はないか？）」

「う…ん、はい。大丈夫…」

視線をあわせようと、上からのぞき込まれているのがわかるのに、顔が上げられない。秋人は深くうつむいたまま、迷惑をかけたことを詫びた。

「ごめんなさい…」

「アキ」

溜息まじりに名前を呼ばれると、うつむくだけでなく、このまま溶けて地面に染み込み、消えてしまいたくなる。

レンドルフにつかまれた左右の二の腕が、棒みたいに硬く強張っているのが自分でもわかる。当然、レンドルフにも伝わっているだろう。

「アキ [illegible] アルーカ [illegible]…」

『聞く、頼む、前の、春夏の話』

「――…っ」

嫌だ。

秋人はうつむいたまま身を引いて、レンドルフから離れようとした。

けれどレンドルフの手は離れない。両腕を捕らえられたまま、真下を向いて息をする。何度も、繰り返して。そうしないと嗚咽がこぼれて、泣いているのがバレてしまうから。

「アキ [illegible]」

『頼むから』

懇願する口調で言い募られて、みじめさのあまりこらえきれずに涙がこぼれた。涙は瞳から直接、ぽとりぽとりと床に落ちて、小さな水溜まりを作る。

これじゃ、いくらうつむいて顔を隠しても、泣いてるのがバレバレだ。

「離し…っ」

なんとかレンドルフの手を逃れようと、秋人が腕に力を込めたのと、秋人以上の力でレンドルフが抱き寄せたのが同時。そして背後から、新たな呼び声がかかったのも同時だった。

「レンドルフ[illegible]」

「[illegible]」

　切羽詰まった声の響きが、いくつも重なり合いながら近づいてくる。ふり返ると、そろいの服を着た人々がこちらにやってくる。あの服は確か、春夏を王宮に迎え入れた神官たちと同じだ。

　身分がそれなりに高いのか、レンドルフもさすがに無視できず彼らに顔を向けてなにか説明している。あまり聞き慣れない単語が多く、秋人には内容がほとんどわからない。

　レンドルフは秋人の肩をしっかりつかんだまま、神官服の男たちに向けてなにか訴えた。男たちが答える。それにレンドルフがまた言い返す。

　話すことに気を取られたか、レンドルフの手からわずかに力が抜ける。反射的に秋人が身動ぐと、逃げると思われたのか、肩をつかむ力が強くなった。

「[illegible]!!」

　レンドルフは珍しく苛立ったように語調を荒げ、男たちに向かって叫んだあと、秋人に向き直った。

「アキ[illegible]（家、戻る）」

　宣言と同時に抱き上げられ、来たときの倍の速さで、例の通路手前にある小部屋まで連れ戻された。

　そこで、息もできないほど激しいキスを受けた。

　体液を与えるための単なる医療行為にすぎないのに、レンドルフは何度もくり返し角度を変え、嚙みつくみたいに秋人の唇と口中を貪り続ける。

「な…っ」

　わずかに唇が離れるたび、秋人は急いで息を吸い、どうしてこんな乱暴なキスをするのかと、涙混じりに訊ね、答をもらえないまま再び唇をふさがれた。

　レンドルフがようやくキスを止めたのは、背後で「ゴホン」とわざとらしい咳払いが三回聞こえたあとだった。

　咳払いの主はレンドルフより若く、秋人よりは年上の青年だった。すらりとした細身で、レンドルフに対するよどみない話しぶりから、頭の良さがうかがえる。レンドルフは彼を『信頼できる家臣』だと秋人に紹介し、黒曜の民が暮らす里まで、彼がつき添うと説明した。

自分は今、王宮を離れるわけにはいかないからと。『信頼できる家臣』が本当に信頼されていることは、自分がもらったものと同じ腕環が、彼の腕にもはまっていることが証となった。

秋人はレンドルフに言われるまま、抗うことなく、『信頼できる家臣』に付き添われて青白く細長い通路に足を踏み入れた。そのまま、来たときと同じように特に大きな問題もなく〝黒曜の民〟が暮らす隠れ里に戻ったのだった。

† 創世神話

隠れ里に戻ってから最初の数日、秋人は誰とも口をきかなかった。メルの顔を見てもウォリーの顔を見ても、部屋にいても、城館の周囲を歩きまわっても。どこにいても、なにもかもレンドルフを思い出して辛い。だから、心配してなにかと気にかけてくれるメルとウォリーをふりきって、これまで足を踏み入れたことのない場所を、目的もなくさまよった。

土埃の舞う道を進み、草地に分け入り、川をわたり、谷に降りようとして転び、砂利混じりの地面に拳をめりこませてつぶやいた。

「――……もう嫌だ、消えてしまいたい」

そうすれば自分の存在ごと、この苦しさも消える。

こんもりとしげった小さな森に入って、落ち葉を蹴り上げながら歩くと、この世界に放り出された最初の日のことを思い出す。

「あのとき、春夏を置いて逃げればよかったんだ」

そうすれば、春夏はレンドルフたちに助けられ、自分は誰にも助けられることなく、とっくにどこかで野垂れ死にしていた。こんなに苦しい思いはしなくてすんだ。

鬱々とした想いを抱えたまま、十日近くが過ぎたある日。城館に使者が訪れて、ようやく王が選定され、近々王都で即位式が行われるという報告をメルにしているのを、偶然聞いてしまった。

――王が決まったと、正式に布告された…。

レンドルフが王になり、春夏の伴侶になる。

「……」

わかっていたことなのに、他人の口から改めて聞くと、自分でも驚くぐらい動揺する。誤解する余地のない現実を突きつけられて、もう夢を見ることも、希望を持つこともできなくなった。

秋人は黙って城館を出た。そのまま一日野山をさすらい、暗くなっても戻らなかった。

夕陽が山の向こうに消える前に、厚い雲が空を覆ってゆく。いつもより早く訪れた夕闇が水気を含んだ冷たい風をつれてきて、春の草地にザァ…と吹きつける。風の行方を追って顔を上げると、頬に雨粒がぽつりと落ちた。雫は涙みたいに頬を伝い下りてゆく。

「……嫌だ」

秋人が手のひらでぞんざいに濡れた頬をぬぐうと、雫は仕返しのように額にも肩にも唇にも、次々と落ちてきて、秋人の身体を濡らしてゆく。

「ぎゅう！」

クロが冷たい雨に抗議するように、ひと声鳴いて服の下にもぐり込む。腹のあたりに収まってもまだ身動いで、秋人に『早く家に戻れ』と訴えている。

秋人はクロの要求を無視して歩き続けた。

「もう…嫌だ」

雨は容赦なく叩きつけ、視界は青黒い闇に覆われた。光はどこにもない。希望もない。

痛みを訴える足をひきずって、自分の心の中と同じ闇の中をさまよい続ける。

「もう死にたい…」

ちがう。そうじゃない。

ただ、消えてなくなりたい。

秋人は両手をにぎりしめ、深くうつむいて唇を噛みしめた。

このまま雨に打たれて、溶けて地面に吸い込まれ、跡形もなく世界から消え果てたい。

レンドルフに寄せた想いもなかったことにして、最初からいなかったみたいに、誰の記憶にも残らず消えてしまいたい。

叩きつけるような冷たい雨が体温を奪ってゆく。同じように、自分の命も奪って欲しい。

それが今、自分が持てるたったひとつの願いだ。

闇の中で、秋人はいつまでも立ち尽くしていた。


ずぶ濡れで草地に倒れていた秋人を見つけたのはウォリーだった。ウォリーに見つかって抱き上げられたとき、秋人は抗った。放っておけ、と。

ウォリーは意味がわからないふりをして、無言で秋人を城館まで連れ戻し、熱い湯を満たした浴槽に放り込んだ。そして、くたりと手足を投げ出して自分で動こうとしない秋人の身体を丁寧に洗って温め、湯から上げて服を着せ、暖めた部屋に連れ戻して、ベッドに押し込んだ。


その頃にはもう、秋人は抗う気力もなくし、ぼんやりと目を閉じて世界を拒絶していた。その耳に、かすかにメルとウォリーの会話が聞こえてきた。

『なぜ、理由、不明、レンドルフ様、報告』

秋人は上掛けを引き上げて寝返りをうち、強く目を閉じて眠りの世界に逃げ込んだ。


冷たい春の雨に打たれて風邪をひき、熱を出して寝込んでいるうちに十日近くが過ぎた。

熱と一緒に、秋人の中にあったなけなしの希望や、都合のいい願望は跡形もなく消え果て、あとにはあきらめという残骸だけが残った。

風邪で寝込んでいる間、親身に世話をしてくれたメルとウォリーの存在が、自分は誰にも愛されないという、幼児のような自己憐憫(れんびん)を不可能にした。

風邪が治って起き上がれるようになると、なにもしなくても与えられる食事や、清潔な服、掃除の行き届いた部屋やベッド、そうしたすべてに、レンドルフの気遣いや思いやり、やさしさが込められていることを思い出し、自ら命を断つような無謀な行動は慎むようになった。

即位が決まって忙しいのだろう。王宮で別れて以来、レンドルフは一度も隠れ里に姿を現さないが、秋人の痣の進行を止めるための体液――血液は、以前と同じように厳重な容器に入って運ばれて来る。

それだけで、彼が自分のことをないがしろにしたり、忘れているわけではないことがわかる。

秋人はレンドルフへの感謝と敬意を取り戻したが、積極的に生きる意欲は失ったままだった。

ただ淡々と日々を過ごす秋人に、なにかを感じたのかもしれない。ある日メルが話を聞かせてくれた。

レンドルフが〝黒曜の民〟を救い出し、この里で秘かに保護するようになった経緯(いきさつ)を。

レンドルフは子どもの頃、誘拐されたことがある。勇敢な少年は誘拐犯の元から自力で逃げ出したものの、荒野をさまよって死にかけた。

そのときレンドルフを見つけて助けてくれたのが、黒髪、黒い瞳の人々だったという。彼らに深い恩義を感じたレンドルフは、両親の元に無事生還できたあとも感謝を忘れず、迫害されている〝黒曜の民〟を助けるようになったという。

メルの話には秋人が聞き取れない、理解できない部分が他にもたくさんあったが、大筋はだいたいこのようになる。

レンドルフが誘拐された歳を聞いて、秋人は自分の甘さを恥じた。

『レンドルフ様、誘拐、九歳』

九歳の子どもが死の恐怖を乗り越え、さらに助けてくれた人たちだけでなく、その人々と同じ種族全員を救おうとしている。

その志の高さと実行力、高潔な精神、やさしさと強靭(きょうじん)さは、まさしく王候補に相応しい。いや、王に選ばれてもおかしくない。それにくらべて、たかが好きな人にふり向いてもらえなかっただけで、死にたいと弱音を吐き、己を哀れむ自分の器の小ささや、もろさを、秋人は恥じた。

秋人はその日から城館を出て、集落の中を散策し、クロ目当てに寄ってくる子どもたちに楽器の演奏や、自分がいた世界の曲を教えるようになった。

　自分が王都の下街で日銭を稼ぎ、なんとか生き延びることができたように、もしもなんらかの問題が起きて、子どもたちが里から離れることになっても、いざとなったら音楽が身の助けとなるように。

　根気よく、真剣に、そして子どもたちが楽しめるように、弦楽器や笛の演奏方法を教えてやった。

　そうした日々を過ごすうちに、王宮でレンドルフと別れてから一ヵ月半が過ぎた。

　子どもたちに『サクラサクラ』の弾き方を教えてやったあと、秋人はひとりで村外れの丘に来た。

　以前、風に飛ばされた帽子をクロが取りに登った樹の根元に腰を下ろし、膝を抱えて、ふもとの広場で行われている芝居の練習をぼんやりとながめる。

　芝居はもうすぐ催される春祭に上演されるもので、古くから伝わるこの国の創世神話だという。昔は誰でも知っていたのに、いつの間にか人々の記憶から消えてしまい、今では〝黒曜の民〟だけが細々と言い伝えているそうだ。

　話の筋は単純だ。暴虐な古い神に支配され、苦しんでいる人々の元に、新しい神が訪れて古い神を倒すというもの。秋人が知っている日本神話にも、似たような話があった気がするので、神話というのはどこの世界でも、元をたどると案外同じなのかもしれない。

　芝居に出てくる古い神は巨大な白蛇で、白い布で作った長い筒をずるずるひきずることで大きさと、禍々しさを表現している。対する新しい神は漆黒の竜だ。こちらは立体的に作られた骨組みに布を張り、かなり時間をかけて細工がほどこされている。

　村人の新しい神、黒竜（こくりゅう）に対する敬愛と思慕、古い神に対する嫌悪と恨みがよく現れていると思う。

　芝居と神話の内容を初めて教えてもらったとき、秋人はずっと抱いていた疑問が解けた。

　竜とトカゲは形が似ている。

　だから、クロは〝黒曜の民〟たちにあれほど歓迎されたのだ。形が似ているだけでなく、色が真っ黒だというのが、人気の秘訣だろう。

「トカゲっていうより、どっちかっていうと山椒魚っぽいけどな」

秋人は肩にのそりと身を預け、ぷすぷすと寝息を立てているクロの頭を指先で撫でながらつぶやいた。

「それとも大きくなったら、おまえもあんなふうに背びれとかトサカとか翼とか生えて、カッコよくなるのか？　クロ」

冗談を言いながら鼻先をつつくと、クロはわずかに顔を逸らし、薄目を開けて舌を出すと秋人の指ごと鼻をぺろりと舐めた。そのまま再び目を閉じて、寝入る態勢に戻りかけて動きを止める。ゆらりと首をもたげて、ふもとの方を見る。

「どうした？」

訊ねながらクロの視線を追いかけると、秋人たちのいる場所に向かって誰かが道を登ってくる。

「長老だ」

腰が曲がって杖をついているわりに、足取りはしっかりしている。長老はサクサクと草を踏み分けて、あっという間に秋人の傍までやってきた。

「[illegible]？（座る、いいか？）」

「あ、はい。どうぞ」

中腰になって老人の足取りを見守っていた秋人は、身体をずらして自分が座っていた場所をゆずった。

長老は礼をするよう小さく頭を下げて、盛り上がった樹の根に腰を下ろすと、しばらく無言で秋人と、秋人の肩にぺたりと張りついているクロを見つめた。いつも村人を見るときと同じ、やわらかな眼差しで。

「あの…もしかしてここ、長老の指定席でした？」

秋人は長老の手を取り指文字で訊ねたが、長老はなにも言わずににこにこと笑みを浮かべて、秋人とクロを満足そうに見つめ続けるばかりだ。

やがて長老はゆっくりと視線を丘のふもとに向けると、村人が芝居の練習をしている広場を指さした。

「[illegible]（神話、知ってる？）」

「はい。メルさんが教えてくれました」

「[illegible]（白、蛇、アヴァロニスの神、古い、とても）」

「え!?　あの芝居に出てくる古い神って、この国の神様のことなんですか？」

　長老は用心深く秋人の声と指文字と身ぶり手ぶり、そして表情を見守ってから、静かにうなずいた。

　そして再び口を開く。

「[illegible]（古い神、神の子、喰う、延びる）」

「延びる…？　延びるって、なにが？」

　不穏な内容に不安が湧き上がり、秋人は長老に訊ねた。長い時間をかけてなんとか『延びる』にかかった単語の意味がわかった。

「寿命…」

　なにかの比喩や暗喩ではなく、そのままの意味だとすれば、古い神は神の子を食べて寿命を延ばしている、ということになる。

　神の子、すなわちアヴァロニスの神子とは、春夏のことじゃないか。

　春夏が巨大な白蛇に頭から飲まれる姿を思い浮かべて、秋人は思わずごくりと息を呑んだ。

　——まさか…、まさかそんなことが本当にあるわけない。神話なんてただの教訓とか、昔話の寄せ集めだろ？　ああ、でも。こっちの世界は神が実在してる。俺たちがいた世界の常識は、通用しないんだった…。もし本当にそんなことがあるとしたら、

「いつ…、神子はいつ、食べられるんですか？」

　頭を抱えた秋人の問いに、長老は目を細め、ふもとの芝居を見つめながら答えた。

「[illegible]（即位式の夜）」

　長老の話にショックを受けて城館にもどると、メルが少し焦った表情で迎えてくれた。『帰り、遅い。迎え、行く。王都、レンドルフ、呼ぶ』と言われながら、客間に連れて行かれると、見覚えのある人物が待ちかまえていた。

　レンドルフの『信頼できる家臣』だ。

　そういえば名前を聞いてなかったと思いながら、短く挨拶を交わし、単刀直入に相手が差し出した手紙を受け取ると、レンドルフからだった。

内容は秋人に理解できる平易な単語と、へたくそな彼の絵で『王都で即位の式典が挙行されるから、来て欲しい』というものだった。

「即位の式典…」

では、いよいよレンドルフが王になるのか。

——春夏に選ばれた、伴侶として…。

「……ッ」

秋人は手紙をくしゃりと丸め、小さくつぶやいた。

「……行かない」

「[illegible]？」

『信頼できる家臣』の問いに、秋人は顔を上げてきっぱりと答えた。

「行きたくありません。ていうか、行きません」

宣言してから『信頼できる家臣』の手を取り、指文字で同じ言葉をくり返した。

いったいどんな顔をして、レンドルフと春夏が仲睦まじく寄り添い、将来を誓い合う式典に列席すればいいと言うんだ。そんなみじめな場に自分からのこのこ出かけて行くなんて、よほどのマゾでもなければ無理だ。

『信頼できる家臣』は目を剝いて秋人からメルに視線を走らせ、小声でなにか確認し合うと、再び秋人を見下ろして強い口調で訴えた。

「[illegible]」

『主人が待ってる』とか『一緒に来い』といった単語が聞き取れたが、秋人は首を縦にふらなかった。

焦れた『信頼できる家臣』は秋人の腕をつかみ、無理やり部屋から連れ出そうとしたが、秋人が床に座り込んで「嫌だ」と叫び、メルに助けを求めると、あきらめて手を離した。そしてぼそぼそとなにか言いながら、肩を落として去って行った。

困惑した表情のメルに『レンドルフ様はがっかりするでしょう』と溜息まじりに言われた瞬間、不覚にも涙が出そうになった。さらに『レンドルフはあなたを心配している』と、慰める口調で言い募られて、我慢できなくなった。

秋人はうつむいたまま首を横にふり、自分の部屋に閉じこもった。

翌日。

里の人々はいつもと同じように、朝早くから畑に出かけ、いつもと同じように、夜になると家の軒先で何軒か集まってささやかな夕食会を開き、秋人の体感的に夜の八時過ぎには眠りについた。

遅い家でも、九時を過ぎれば明かりを落とす。就寝が早いのは、朝が早いからだ。

自分たちの命の恩人であり、領主でもあるレンドルフが王に即位した日なのに、祝祭を催すでもなく、祝杯を挙げるわけでもない里人の反応に、違和感を覚えたものの、秋人は自分自身が欠片も祝う気持ちになれなかったので、そのあたりのことはあまり深く追及しなかった。

夕食をほとんど残してメルとウォリーを心配させ、早々とベッドにもぐり込んだ秋人は、なかなか寝つくことができず悶々と寝返りをくり返した。

昼間聞いた古い神話のことが、打ち消しても打ち消しても頭の中に浮かんで眠れない。あの話が本当なら春夏に、当然レンドルフにも、教えに行くべきだろうか。でも、ただのお伽話かもしれないのに。

ああ違う。そうじゃなくて…。

そんなことを延々と思い悩むうちに、それでも、いつの間にか眠りに落ちていたらしい。気づいたのは一時間後くらいだろうか。巨大な黒い手に胸を押し潰される夢を見て、息苦しさで目が覚めた。悪夢の原因は胸の上でジタバタと暴れるクロだった。

「クロ…」

秋人が手を伸ばして抱き寄せようとすると、クロは「ぎゅい！」と警告音を発して胸からボトリと飛び降りた。さらにベッドから床に転がり落ち、ムクリと顔を上げたかと思うと、これまで見たことのない素早さで扉に走り寄り、カリカリと爪を立てた。

「クロ、待て。どうしたんだ。腹でも壊したのか」

秋人は上着を羽織り、クロのために扉を開けてやった。クロは『ついて来い』と言いたげに秋人を見上げて一瞥すると、素早く廊下に走り出た。そのまま流れるように進むクロを、秋人は追いかけた。

「どうしたんだよクロ。おまえ、そんなに早く動けたのか？　びっくりしたぞ」

声や音でメルやウォリーを起こさないよう、秋人は足を忍ばせ、ささやき声でクロに話しかけた。

クロは秋人がちゃんとついて来ているか確認するために、ときどきふり返る以外は無言で進み続けた。

途中、追いついた秋人が抱き上げて連れ戻そうとしたとたん、身体を左右前後にひねって手から飛び出し、ボトンと音を立てて床に落ちた。そして再び外に向かって走り出す。

「もう…。本当にどうしたんだよ」

仕方がない。秋人はクロの行動をさえぎらず、黙ってうしろからついて行った。

正面の大扉ではなく、勝手口に当たる城館の裏手の小さな扉を開けて外に出ると、クロは立ち止まり「ぎゅぃ！　ぎゅい！」と鳴いた。

秋人が抱き上げると、今度はおとなしく手の中に収まる。その代わり、自分が行きたい方向に向かって身を乗り出し、コンパスのように鼻先で示す。

「しょうがないな。夜の散歩か？」

ピンと伸ばした鼻先に、ちょこんと自分の鼻をくっつけてから、秋人はクロが望むまま裏庭を横切り、防壁の小さな通用門を開けて外に出た。

夜空には満月があり、足元はそれほど危うくない。季節はそろそろ晩春で、上着の前をきちんと留めていれば寒さに震えることもない。

クロの奇妙な行動に、あまり疑問を抱かずつき合ったのは、秋人自身が夜のそぞろ歩きに惹かれたからだ。

誰もいない静かな夜の草原を横切り、黒い綿帽子みたいにこんもりと繁った森を迂回して、これまで足を踏み入れたことのない渓谷にたどりついたとき、背後から細く長い悲鳴が聞こえてきた。

「…え？」

森で鳥でも鳴いたのか。それとも夜の獣が上げた縄張り争いのうなり声か。

ふり返ると、越えてきた小さな森の向こうが赤銅色に染まっている。

「え、なに？　嘘…、火事？」

驚いて、来た道を引き返そうとした秋人の手から、クロが身をよじって地面に落ちた。

「あ…！」

あわてて抱き上げようと腰を折る。クロはその手を避け、秋人のサンダルの紐を噛んで引っ張った。村とは逆の方角に。

まるで『逃げろ』と言いたげに。

「……嘘だろ。おい…クロ、おまえ、わかってて」

俺を城館から――村から、引き離したのか？

氷塊が背筋を流れ落ちてゆくような寒気を感じて、秋人は村がある方角を見た。距離は一キロくらいしか離れていない。不穏な赤銅色の光はますます強く、禍々しくなり、さっき聞こえたのが空耳ではなかった証拠に、とぎれとぎれの悲鳴がいくつも聞こえてくる。――断末魔の声だ。

「マジかよ…」

「ぎゅぃぃぃッ!!」

その場を動かない秋人に焦れたのか、クロがこれまで聞いたことのない大声で鳴いた。そして脚を伝って這い登り、秋人の肩につかまると、耳を噛んで引っ張った。里とは逆の方角へ。

『いいから、逃げろ！』

そう言われている気がした。

けれど身体が動かない。

自分ひとりだけ、逃げることなんてできない。

城館にはメルとウォリーがいる。里にはレンドルフ以外で、秋人を初めて温かく迎え入れてくれた人人がいる。秋人と同じように迫害され、ひどい目に遭い続け、ようやくレンドルフに助けられて安息の地を得た仲間が。

自分の命と、自分を助け仲間として迎え入れてくれた人々の安否。どちらが重要なのかと問われても、答は出ない。

これまでさんざん味わってきた死の恐怖と、親切にしてくれた人々への親愛の情が、秋人を正反対の方向に引っ張るせいで、足が動かない。

死にたくない。それは思考も感情も吹き飛ばす、本能的な衝動だ。けれど。

生き延びるために親切にしてくれた人々を見捨てて、自分ひとりだけが助かって、そのあとどうやって生きていくのか。

レンドルフの前に、どんな顔で立てばいいのか。

自分の中にいる、もうひとりの自分が厳しく責め立てる。

『おまえは、それでいいのか』と。

「嫌だ…っ」

里には小さな子どもたちが大勢いる。

自分ひとりが戻って、どれだけの力になれるかわからない。助けられるのかもわからない。けれど、ここで見捨てて逃げるより、たぶんきっと悔いは残らないと思う。

「ぎゃう！」

里に向かって走りはじめた秋人の耳元で、クロが鋭く鳴いた。秋人の選択を愚かだと責めるように、爪が肩に強く食いこむ。

「クロ、ごめん。おまえは俺を助けてくれようとしたのに。…ごめん。おまえは逃げていいよ。ほら」

息を弾ませながら言い聞かせ、手を伸ばして肩から剝ぎ取ろうとすると、クロはよけい力を込めて強くしがみついた。

「ぎゅ…ぃ」

「うん。馬鹿なのはわかってる」

秋人は溜息を吐いたクロの頭をひと撫ですると、左脚を庇いながら全力で走り続けた。


森の影に身を隠しながら里に近づくと、なにが起きているのかおおよそ理解できた。

逃げ惑う里人と、それを追いかけて斬りつける男たちの姿が、炎を背にした影絵のように繰り広げられている。炎の明るさに目が慣れると、男たちの姿が見分けられるようになった。盗賊の類ではない。男たちはそろいの甲冑を身にまとい、軍隊のように統制がとれた動きで、次々と獲物――里人に襲いかかっていた。

身を丸めた母親の腕から、男たちが無理やり子どもを引き剝がす。取り上げられた子どもに向かって、必死に両手を伸ばした母親の背中に剣が突き立てられ、反対側から切っ先が長々と飛び出た。

溺れる者のように空をかいた母親の両腕が、だらりと下がったその先で、大男が小さな子どもを夜空に翳した。やがて、弱々しくあがいていた小さな手足がビクリと引き攣って、糸が切れたようにだらりと弛緩する。大男が、にぎりしめていた手に力を込めて、子どもの細い首をへし折ったのだ。

「――…ッ！」

喉奥から洩れかけた悲鳴を、秋人は両手で口を覆って消した。

大男は、力尽きた子どもを人形のように地面に投げ捨てると、次の獲物に向かってのしのしと歩いて行く。そのうしろにも、前にも左右にも、同じような男たちが大勢ひしめいている。とても秋人ひとりでどうにかできる数ではない。

「…くそっ」

――どうすればいい…。

いったいどうすれば、この地獄からみんなを助けることができる？

ウォリーから、護身用に少しだけ剣の使い方を習った程度では、とても太刀打ちできない。いや。たとえ秋人が剣の達人だったとしても不可能だ。それくらい敵の数は多く、凶暴だ。

「今の俺にできることは、なんだ？」

逃げること以外で。

秋人は煮えたぎる恐怖と、無慈悲な襲撃者たちに対する怒り、理不尽な暴力に対する灼熱の恨みを、冷静な思考力に変えて答を探した。

そして見つけた。

「レンドルフに報せて、助けを求める」

一刻も早く。

秋人は自分の腕にはまった腕環を見て、拳をにぎりしめた。ここで腕環を持っているのは自分ひとり。

「よし」

心が決まると勇気が出た。けれど、恐怖で強張った足を踏み出すと無様に震えてよろめいてしまう。

それでも歯を食いしばり、秋人は里と外界を結ぶ吊り橋を目指して走り出した。

空はいつの間にか雲に覆われ、地上も闇に覆われていた。襲撃者の目を逃れなければならない秋人にとって、それは救いとなった。

地獄と化した集落を大きく迂回して、吊り橋のたもとにたどりつくまでに、どのくらいの時間が過ぎたのか分からない。障害のない道を進めば馬で半時間程度の距離だが、軽くその四倍はかかったと思う。

吊り橋のたもとにある厩は静まり返っていた。

夜だから当然だと思うほど、楽観的にはなれない。

雲が途切れて月が半分顔を出すと、墨に浸されたようだった視界に陰影が現れた。やがて、自分の影が足元に落ちるくらい明るくなると、厩が静かな理由がわかった。

すでに襲撃者の攻撃を受け、騒ぐどころか息をする人も馬もいない。建物の脇に点々と、土を盛ったような塊が見える。たぶんそれが馬と人の遺体だ。

「……ッ」

秋人は息を呑み、にぎりしめた拳で胸を押さえて、恐怖に耐えた。胸の奥底から湧きあがり、肩や顎を溶かしてゆくような感覚は、恐怖だけでなく、怒りと悲しみ、そして喩(たと)えようもない喪失感だった。

――…早く、レンドルフに報せなければ…。

自分がここで一分一秒時間を無駄にすれば、それだけ犠牲が増える。怖がっている暇はない。

秋人は吊り橋と、その周囲を素早く見わたした。人影はない。不審な物音も聞こえない。

秋人は最後に、ここまで何度も危険や敵の接近を報せてくれたクロに確認した。

「クロ？」

クロは無言で肩に爪を食いこませただけだった。

秋人は深く息を吸い込んで、一気に駆け出した。

一歩進むごとに、深い谷に架かった吊り橋が揺れ、ギシギシと音を立てる。昼間なら鳥や虫の鳴き声にまぎれて目立たないが、夜は思いのほか大きく響く。自分の心臓の音とゼイゼイという呼吸音も、やけに大きく聞こえる。

いつ敵が現れるかわからない恐怖で息が切れ、どうしてもそれ以上走ることができなくて、秋人が吊り橋の途中で一度立ち止まった。

その瞬間。肩にぴたりと身を伏せていたクロが、四肢を突っ張るように立ち上がった。猫のように背を丸め、少しでも大きく見えるように身体をふくらませながら背後を見つめて、空気がもれるような威嚇音を発する。

クロより一瞬遅れてうしろをふり返った秋人は、近づいてくる襲撃者を目にして、息を止めた。

「ッ…！」

恐怖のあまり声は出ない。喉が干上がったようにひりついて、息もまともに吸い込めない。酸欠でくらくらする頭を無理やり前に向け、走り出した。

背後から橋の床板を踏みつける音が近づいてくる。

秋人が一歩進む間に、襲撃者は二歩も三歩も進んでいるようだ。橋の終点まであと三分の一も残した地点で、背中に殺気が吹きつけてきた。

恐怖に負けて秋人がふり向いたのと、襲撃者が手にした剣を無造作に突き出したのが同時だった。

「——…ぁあッ！」

秋人はとっさにクロを両手で庇いながら、可能な限り身をよじる。それでも刃は避けきれず、左の脇腹を刺し貫かれた。

「————…ッ！」

痛みより衝撃で目の前が暗くなる。刺された場所から身体の中身が出て行くような、脱力と喪失感に襲われてその場に崩れ落ちた。

——キュェーーーーッ！

急速に狭まってゆく視界の隅で、クロが黒い燐光（りんこう）を発して叫び声を上げ、鋭い牙を剝いて男に嚙みつくのが見えた。

「ぐぎゃッ」

男はひと声悲鳴を上げ、剣を持った右腕に嚙みついたクロを引き剝がそうとして、逆に左腕にも嚙みつかれた。男はもう一度無様に悲鳴を上げ、足を絡ませて尻餅をつく。そのすきにクロは男の首筋に飛びついて、口吻が見えなくなるほど深々と噛みついた。

「ぎゃ…ッ」

小さな悲鳴を最後に男は動きを止め、どさりとその場に崩れ落ちた。小山のような塊から、小さな黒い影が離れ、のそのそと秋人に近づいてくる。

「きゅーーぅ」

「クロ…」

秋人は腕を差し出して、クロを抱きしめた。

「きゅぅ！　きゅぃ！」

クロは両目を潤ませながら可愛い声で鳴き、秋人の襟元から服の下にもぐり込むと、刺された脇腹に張りついた。

秋人はクロで傷口を押さえながら立ち上がり、高欄にすがってなんとか橋の向こう側にたどりついたが、そこで力尽きて地面に膝から崩れ落ちた。

クロが張りついている傷口から、生温かさがどっと広がるのを感じる。温もりの原因は出血だ。

このままではクロが血の海で溺れてしまう。

そんなことを心配しながら、もう一度立ち上がろうとして、自分でも驚くほど力が入らないことに困惑した。指先が、冷えているのか温かいのかわからなくなり、感覚が消えてゆく。

この状態はまずい…。たぶん死ぬ。

「ちょ…と、待って…」

死ぬのはいいけど、今はやめてほしい。

自分がここで死んだら、里の人たちが全滅する。

そんなのは嫌だ。

レンドルフにも逢いたい。最後に、ひと目でもいいから。――違う。わかった、正直になる。

死ぬなら、レンドルフに好きだと言ってから死にたい。でも、本当は死にたくない。

本当はレンドルフに好かれたい。愛されたい。

君が必要だって言われたい。

誰よりも君が大切だって言われたい。

――…そういう存在になりたかった。

でもそれは叶わない。だったらせめて里のみんなを助けたい。みんなで、また祝祭のご馳走を食べたい。芝居を観て、笑って、下手な歌にも上手な演奏にも拍手喝采を贈って、子どもたちを抱きしめたい。

そして、抱きしめてもらいたい……。

「――くそ…っ」

秋人は最後の気力をふりしぼって、もう一度立ち上がった。その衝撃で、傷口からドボリと血があふれるのを感じながら、

「絶対に、みんなを…助けるん…だ…！」

力の入らない両手をにぎりしめて叫んだ。

その瞬間。

光が弾けるように脇腹が熱くなる。同時に、剣で貫かれた服の穴を破ってクロが地面に転がり落ちたかと思うと、秋人の目の前で、まるで火山の噴煙のように巨大化しはじめた。

鋭い爪が生えた逞しい手足。力強い弧を描く長い尻尾。山のように大きな体幹と、両脇から空に向かって伸びる巨大な二枚の羽根。剃刀のように鋭いヒレが連なる背中。

その全身は、夜の闇よりも深い漆黒。

「……っ!?」

呆然として声も出ない秋人の前に、はるか頭上に向かって伸びていた首が優美にしなり、秋人など軽くひと呑みできるくらい巨大な、竜の顔が目の前に迫った。

「…クロ？」

「きゅーーぃ」

見た目の神々しいまでの精悍さには不似合いな、可愛い声に、秋人は頬がゆるむのを感じた。

「可愛い…声だな。どこから、出してるんだ…」

笑みを浮かべながら手を伸ばし、ゴツゴツした見た目とは裏腹に、しっとりとやわらかな手触りの鼻先に触れた。生暖かいクロの鼻息を手のひらに感じた瞬間、ふわりと足を掬われるような浮遊感に包まれる。クロの巨大な両手に抱き上げられたのだ。

秋人は手を上げて、相棒の注意を引いた。

「クロ…、いい子だから…俺の願いを聞いて」

「きゅぃ」

クロは鳴きながら、身体に見合う巨大な舌で秋人

の傷口を探り、舐めはじめた。

「里の…みんなを、助けたい」

　心の底からの願いを口にしたとたん、打てば響くように《それはできない》という答が浮かんだ。

　それは声というより、まるで唐突に思い出した記憶に似ている。言葉というより、それを超えるもの。

「今のは…クロ？　おまえの…声？」

　問うと同時に再び《そうだ》という考えが浮かぶ。どうやらこれがクロの〝声〟らしい。それならと、秋人は疑問をぶつけた。

「どうして？　どうして、里のみんなを…助けることが、できない…？」

　クロの答は、言葉というより情報そのものとしてやってきた。一瞬で与えられたそれは膨大だったが、必要なことを要約すると、巨大化したクロの力は神そのもので、力が強すぎるため人の世界には簡単に介入できない、ということだった。秋人が望むように襲撃者を排除しようとすれば、一緒に里の人々も、里そのものも破壊し尽くしてしまう。喩えるなら…


と、クロは秋人の知識を使って例を示した。

　腫瘍を取り除くとき、まわりの健康な組織も一緒に切り取られるようなもの。または、一センチ四方の中に十万の細胞がひしめいているとする。そこに、小指を使って、目印のついた十から二十個の細胞だけを取り除けと言われているようなもの。だから。

《それはできない》

「そう…か」

　確かにそれは不可能だ。

　秋人は納得すると、もうひとつの願いを口にした。

「――…それなら…俺を、王都へ…連れて行って」

「……」

「頼むから…。このままだと、全滅する。その前に、レンドルフに報せて…少しでも助けたい」

　今度は否定を示す〝声〟は響かなかった。

　クロは「ふーー」と溜息を吐き、名残惜しそうに秋人の傷をひと舐めすると、巨大な翼をはためかせ空に舞い上がった。

「ぁあ…！」

指のすき間から、満月に照らされた地上が滝の流れよりも速く過ぎ去るのが見える。同時に、手のひらや膝、足。クロと触れ合った場所から、巨大な光の塊にも似た情報が伝わってきた。

いや、『伝わってきた』などという生やさしいものではない。自分が目の粗いスポンジになって、丸ごと水に浸されたように、限りなく大きく深く広い存在の一部になっていた。

光そのものになったような至福の一体感はすぐに消え、気がついたときには、星空と見紛うほど無数の灯火が瞬く、王都上空にたどりついていた。

† 神殺しと、災厄の導き手

王宮は、夜とは思えない明るさに照らし出されている。晴れ着を身にまとい、新王即位を祝って広場を埋め尽くす群衆も、神殿の前庭で儀式の終了を待つ廷臣たちの姿も、小指程度の大きさだがなんとか見分けられる。

「レンドルフを、見つけられる…？」

秋人は貧血でかすむ目をこすりながら、クロの視力に期待して訊ねた。

「きゅい」

クロはひと声鳴いて滑空態勢に入り、一般人には立ち入ることのできない王宮中心部に、ぽかりと開けた神殿の前庭に姿を現した。とたんに、

「[illegible]！（災厄！）」

「[illegible]!!（災厄の導き手!!）」

無数の絶叫と悲鳴が広い前庭に響きわたり、きらびやかな衣装に身を包んだ人々が、われ先に押し合い、前を行く人をかき分けながら逃げ惑う。

木くずが吐息で吹き飛ばされるように、あっという間に人が消えた前庭に、巨大な黒竜と化したクロが舞い降りた。クロはそのまま、丸くにぎりしめていた両手をそっと地上に降ろし、静かに広げた。

その手の中から秋人が姿を現し、漆黒の指につか

んでよろめく身体を支えながら芝地を踏みしめ、あたりを見まわすと、逃げ惑う人塊の中からひとりの男が飛び出してきた。

「アキ…ッ!!」

「レン…！」

秋人はクロの手を離し、レンドルフに駆け寄ろうとして無様に転んだ。

「きゅぃ」

クロが心配そうに長い頸をしならせて鼻先を寄せ、小さく鳴いて舌先で秋人を舐めようとした。それを、食べられると誤解したらしい。レンドルフが悲痛な叫び声を上げながら剣を抜き、クロに斬りかかろうとしたのが見えて、秋人はあわてて手を上げた。

「レンドルフ…違う、待って…この子はクロ…！」

「[illegible]？（クロ？）」

レンドルフが動きを止めて、わずかに首を傾げる。

そのすきに、秋人はクロの顎髭らしき突起につかまり立ち上がった。クロはレンドルフを威嚇するように、声もなく牙を剝いたが、秋人がその牙に寄り添い、牙の間からぬっと突き出た舌に舐められるがままにして見せると、ようやく事情を察したらしい。

「[illegible] アキ [illegible]…？」

『そのデカイのが、アキのクロ？』

レンドルフは信じられないと言いたげに、それでも剣を鞘に収めて近づいてくる。剣を収めなければ、クロが秋人に近づけさせないのを察したからだ。

レンドルフは巨大な漆黒の竜を一度だけ見上げ、そのあとは秋人に視線を戻し、ためらいもなく駆け寄って抱きしめてくれた。

「アキ…！[illegible]？[illegible]？」

『血が、怪我をしたのか？　何が起きた？』

問われた秋人は怪我の話で時間を失わないように、さりげなく外套で脇腹の傷と血を隠して、レンドルフの手のひらに単語を書き連ね、隠れ里で起きたことを伝えた。

『敵、襲う、黒曜の民、死、怪我、多い』

「[illegible]!?」

レンドルフは驚愕のあまり目を剝いて、『誰が、なぜ』とつぶやき、すぐになにか思い当たったのか、ハッと息を呑んで顔を上げた。そして背後を鋭くふり返る。

　秋人もその視線を追って見たが、レンドルフが何に気づいて、誰を捜したのかはわからなかった。

　恐怖に怯え、剣を手にした衛兵たちを前に押し出し、我が身を守ろうとしている人垣をぐるりとみまわして、見知った姿がないことに気づいた。

　秋人の姿に気づけば、誰よりも先に飛び出してきそうな人間の姿が。

　――春夏が…いない。

　どうして？　王となったレンドルフはいるのに、どうして春夏が一緒にいない？

「――…」

　なにかが脳裏に閃いて、ひやりと背筋が冷えた。

「……春夏は、どこ？」

　今すぐにでもレンドルフを連れて隠れ里に帰りたいのに、それを押しとどめて春夏の安否が気になる。

「アルーカ？」

　レンドルフが意外そうに首を傾げたとき、背後からもうひとり、見知った顔が人垣を割って現れた。

「レンドルフ！　[illegible]！　[illegible]（儀式、中断、不吉、黒竜。人々、抑える、不可能。要求、説明）」

　大声で叫びながら近づいてきたのは、ルシアス＝エル・ファリスだ。

　灯火を受けてまばゆいばかりに輝く純白の衣装を身にまとい、豪奢な金髪を風になびかせながら剣を携えて歩み寄る姿は、王者のように堂々としている。

　刺繍で埋め尽くされたような、豪華きわまりない衣装を当然のごとく、ごく自然に着こなしているルシアスを見て、ようやく秋人は気づいた。レンドルフの服装が、いつもとあまり変わらないことに。

　いや、いつもよりは少し豪華だ。それでも色合いや装飾の数などは地味で控えめ、印象は普段着と変わらない。そのことに違和感を覚える。

　――王の即位式なのに、なんでこんな地味な…。

ルシアスの方がよっぽど王さまらしいなんて、変だ。

「アキ。…（彼は王に…）」

秋人の視線に気づいたのか、レンドルフがなにか説明するように口を開いたとたん、ルシアスが再び大声で叫（わめ）いた。

「ハルカ！」

ルシアスの言葉は早口すぎてまるで理解できない。けれどレンドルフが怪訝そうに『神が、食べる？』と訊き返したのを聞いて「あ…！」と思い出した。

隠れ里で長老に教えてもらった、創世神話。

『古い神は、神子を食べて寿命を延ばしている』

「うそ…だ。——まさか、本当だったなんて…」

「アキ？」

レンドルフは突然顔色を変えた秋人と、焦りと憤りでいきり立っているルシアスを忙しなく交互に見つめ、なんとか今起きていることを理解しようと努めている。その忍耐強さと冷静さは、驚嘆に値する。

「ルーシゥ（静かに）」

レンドルフは手を上げ、なおも大声を出そうとするルシアスを制し、改めて秋人の瞳を見つめた。

「アキ」

そのひと言に『なにか知っているなら教えて欲しい』『言いたいことがあるなら、なんでも聞く』。そんな彼の気持ちが含まれている気がして、秋人は瞳を揺らした。そのままレンドルフの視線を避けてまぶたを伏せる。

ここで自分が黙っていれば、春夏は自分を神子に選んだ神に、喰われてしまうのかもしれない。

——春夏が消える。この世から。自分の前から。レンドルフの隣から…。

「消える…」

一度は捨て去った、秋人のどす黒い夢が叶う。

春夏がいなくなれば、今、自分を抱きしめてくれているレンドルフの腕が、この先もずっと自分のものでいてくれるかもしれない。

愚かで浅ましく、穢らわしくて毒々しい、だからこそたまらない魅力をほとばしらせた願望は、自分の中から聞こえたもうひとつの声に一蹴(いっしゅう)された。

――アホか。

「……っ」

――答はもう出てるだろ。おまえがここで口をつぐんで春夏を見殺しにしても、レンドルフはおまえを愛したりしない。むしろ軽蔑されるだけだ。

愛されもせず必要ともされず、その上軽蔑されてもいいのか？

他に魅力がないなら、せめて好きな相手に恥じない気高さくらい持てよ。

「――…わかってる」

自分の心の声なのに、ぐぅの音も出ないほど正論を突きつけられて、秋人は静かに拳をにぎりしめた。そしてまぶたを上げ、瞳をしっかりレンドルフに向けて、自分が知っていることを正直に告げた。

「里の長老に教えてもらった。古い創世神話。古い神は神子(アヴァロニス)を食べて寿命を延ばしているって。古い神とは、この国の神のことだって」

指文字で懸命に伝えると、レンドルフの瞳に理解の光が宿り、同時に怒りと焦燥らしき表情が浮かぶ。

レンドルフはふり返り、シアスに向かって叫んだ。

「ルーシゥ！ ！アルーカ」

ルシアスは一瞬硬直したように動きを止め、それから剣を引き抜いて、庭の奥にある巨大な扉に突進しようとしたが、扉を守る武装神官にさえぎられ近づくことができない。

「レンドルフ！ !!」

秋人を抱き上げて、差し出された黒竜(クロ)の手に乗ろうとしていたレンドルフは、ルシアスの叫びに一瞬目を閉じて足を止め、意見を求めるように秋人を見つめた。

「」

『私、君と一緒、黒曜の民、助ける、行く』

しかしとレンドルフは言い重ねた。春夏と、春夏を助けたいというルシアスを、見捨てるわけにはいかない。

そう言ってレンドルフは秋人を見つめ、それから秋人を守る盾のように佇(たたず)む、漆黒の竜を見上げた。

「[illegible]」

『君の力、貸す、欲しい。君のクロ』

　春夏を助けるために、クロの力を貸して欲しいと告げたレンドルフの顔から、秋人はわずかに視線を逸らし、静かに「いいよ」とうなずいた。

「いいよ。あなたなら、きっとそう言うと思った」

　うなずいて、無理に笑みを浮かべて言葉だけで答えると、レンドルフは首を傾げ、指文字を書いてくれと言いたげに手のひらを指し出した。

　秋人はそれに応えず、力の入らない手でレンドルフの腕をにぎりしめたまま、かすれた声でクロに呼びかけた。

「クロ…！」

「アキ？」

　レンドルフはますます不審そうな表情で秋人を見つめたが、巨大な黒竜の手に包まれてしまうと、なにかしゃべる余裕はなくなったようだ。


　クロはレンドルフだけでなく、すぐ傍にいたルシアスも手の中に収めて空に舞い上がると、数十メートルはありそうな壁を軽々と乗り越えた。

　そうして天に向かって突き出すようにそびえ建つ硝子張りの丸天井(ドーム)を派手に蹴破ると、アヴァロニスの神が住むという神殿の中へ、悠々と舞い降りた。

　それから起きたことで、秋人が覚えているものは少ない。

　レンドルフと一緒にクロににぎりしめられ、空に舞い上がった時点で貧血を起こし、ひどい頭痛と吐き気のせいで視界がかなり狭まっていた。

　押しつけ合うように身体をぴたりと寄せ合ったことで、レンドルフはようやく、秋人が脇腹にひどい傷を負い、絞れるほど出血をしていることに気づいたらしい。秋人が申告しなかったせいで、それまでは顔色の悪さも服の汚れも、襲撃現場を見た衝撃と、返り血だろうと思っていたそうだ。

「[illegible]!!（なぜ、言わない）」

　見たことのない険しい表情で責められた気がする

けれど、それもあまり覚えていない。

一番印象に残っているのは、レンドルフの腕に抱きしめられたまま見上げた視界の中で、クロがレンドルフに向かって黒い剣を吐き出した場面だ。

剣は空中でくるりと一回転して、切っ先を天に、柄を地にして降りてくるとレンドルフの手に収まった。レンドルフはその剣と秋人を見くらべてから、なぜか剣を放り投げた。

なぜ…？　と思いながら剣の行く先を目で追うと、少し離れた場所でルシアスが見事に受けとり、そのまま神殿の奥へと姿を消すのが見えた。

そのあと覚えているのは、レンドルフが必死の形相で自分にむかってなにか叫んでいる場面。なぜか声は聞こえなかった。

怒りというより強い悲しみで歪んだレンドルフの、眉間に刻まれた深い皺を伸ばしてやりたくて、自分のものとは思えないほど重く、感覚がなくなった手をなんとか上げようとしたところで、秋人の記憶は完全に途切れた。

あとには、静かな闇だけが広がっていた。

†　神の水

短い覚醒と長い昏睡をくり返した。

目覚めるたびにレンドルフの顔を見て、安心しながら再び眠りに落ちるのは初めてじゃない。今回は、レンドルフの他にも大勢の顔が見えた。

春夏、メル、ウォリー。この三人は顔や首、腕や手に怪我をしたらしく、膏薬を貼ったり包帯を巻いたりしていた。

彼らの他にはルシアス、レンドルフの『信頼できる家臣』。それから小さなアンの顔もあった。

——アン…。よかった。無事だったんだね。

生きていたんだ。よかった…。

里が襲撃を受けた夜に見た、あの小さな子どもが君だったらどうしようかと思っていた。

里の、他のみんなはどうなった？

助けは間に合ったんだろうか。どのくらい生き残ることができた？　長老は？　フラルやマリー、ギムサ、カイ、ロシュたちは無事だった？

泣きながら、譫言（うわごと）よりも不明瞭なうめき声で訊ねると、手をにぎられ、それからゆっくり開かれた手のひらに指文字で答が記された。

『生きる、半分。死ぬ、半分。怪我、生きる、の、半分。残り、無事』

「半…分……っ」

里人の半分が死んだ。殺された。死んでしまった。

秋人は泣きながら意識を失い、夢の中で平和だった頃の里をそぞろ歩き、笑顔を浮かべて、手をふりながら現れた住人たちと朗らかに会話して、『あとは頼みます』と、残された人々の未来を託された。

次に目覚めたときには、もう少し頭が動くようになっていて、枕元で自分の顔を心配そうにのぞき込んでいるレンドルフから、詳しく教えてもらえた。

「[illegible] アキ [illegible]」

『全滅、止める。半分、助かった、秋人の力』

「[illegible]」

『里は今、再建、動き出す。情勢、変わる。明日、安心、暮らす、希望』

明日というのは未来という意味だろうか。情勢が変わって、これからは黒髪、黒瞳でも安心して暮らしていけるようになる。秋人の翻訳が間違っていないなら、レンドルフはそう言っているらしい。

「そう…なんだ。そうか…、よかった…」

涙で歪んでよく見えない瞳でレンドルフを見上げると、レンドルフは大きな手のひらで秋人の前髪をかき上げ、頭をやさしく撫でてから、額にそっとキスを落とした。

里人の安否が確認できて安心したのか、秋人はそれから長い間、眠り続けた。


やわらかな光の中で目覚めるのは悪くない。

どこからか、花と柑橘系のさわやかな香りがほのかに漂ってきて、息を吸うごとに気分がよくなる。秋人は考える前に手を上げて首筋を探った。

いない。

「ん、ん…ぅ…」

うめいて身動ぐと、『ここにいる』と言いたげに、脇腹に張りついていたクロがペロリと傷口を舐めた。

ああ…よかった。いなくなったりしてない。

心の底からほっとしてまぶたを上げたとたん、それまでのふわふわとした夢見心地が吹き飛んだ。

「アキちゃん……ッ!!」

ぼやけた視界いっぱいに、くしゃくしゃと顔中を歪ませて涙を流す春夏が迫ってきたからだ。

「アキちゃん、よかった…！　よかったぁ…ッ!!」

首に腕をまわして抱きつかれ「アキちゃん、十日も意識がなかったんだよ！　このまま目を覚まさなかったらどうしようって、すごく心配したんだよ！　うわぁあぁん！」と派手に泣かれて、溜息が出た。

——なんか、既視感（デジャヴ）…。前にもあったよな、こんなこと。

死にかけて助けられ、目を覚ますのは二度目だ。

秋人はもう一度、深々と息を吐いた。

春夏は無造作に抱きついているようでいて、それなりに気を遣っていた。秋人の身体に振動が伝わって傷に響かないよう、きちんと体勢を考えている。

それがわかるから、秋人は溜息を吐きつつ手を伸ばし、春夏の背中をポンポンと軽く叩いてやった。

「…俺は、平気…だよ。それより、おまえは…？」

神に喰われるとか生贄（いけにえ）とか、なにやらとんでもない目に遭ったらしいけど。大丈夫なのか？

元の世界にいたときから、陶磁器のようだと称賛されていたなめらかな頰や額に、いくつも擦り傷が残っているのは、それなりに危ない目に遭ったせいじゃないのか？

心配した秋人の問いに、春夏は勢いよく顔を上げ、嬉しそうにへらりと笑った。

「ぼく？　ぼくは大丈夫だよ？」

「そうか…。ならいい」

おまえが無事で本当によかったよ。俺だけ生きておまえが死んだら、たぶん…ものすごく寝覚めが悪くなってただろうから。

心の中でつぶやいて、秋人が小さく溜息を吐くと、春夏は小首を傾げ、それから「あ…！」と、なにか気づいたように目を大きく見開いた。

「そういえばすごかったんだ！　レンドルフがね」

パシっと手を打ち合わせ、花が咲くような笑みを浮かべた春夏から、秋人はさりげなく視線を逸らした。逸らした視線の先に、苦笑を浮かべたレンドルフの姿を見つけて息を呑む。

「……っ」

まばたきをして息を吸い、もう一度まばたきをして、今度は息を吐く。そうしてようやく、春夏の服とレンドルフが着ている服がおそろいだと気づいた。

「アキちゃん、聞いてる？　レンドルフがさ、めっちゃくちゃ活躍したんだよ！　もう本当にかっこよくてさ、獅子ふんじんの働きってやつ？　それでぼくたちすごく助かっ…」

「ここって、どこ？」

秋人はそっけなく春夏の話をさえぎった。

――おまえには申し訳ないけど、マジで聞きたくないんだよ。おまえの口からレンドルフへの惚気なんて、死ぬほど聞きたくない。

「えぁ？」

恋人自慢を堰き止められた春夏は、妙な声を出してパチリとまばたきした。そのアホ面から顔ごと視線を逸らして、秋人はわざとらしく部屋をながめるふりをした。金色の細かい装飾がほどこされた白い壁と柱、花園と美しい森の風景が描かれた天井。ぶ厚い絨毯に、凝った作りの家具。白いレースのカーテンが風になびく硝子張りの窓。

全体的に華やかだけど、重厚感もある。

隠れ里の城館ではない。レンドルフの州領城の雰囲気とも違う気がする。――本当にどこだ、ここ？

「どこっ…て、王宮だよ。王宮の中でも一番安全な奥宮ってとこ。レンドルフはここより州領城の方が安全だって言って、早く連れ出したいみたいだけど、そんなことしたら、またアキちゃんがひとりぼっちになっちゃうから、駄目だってぼくが言ったんだ。だってレンドルフにはまだこれから、いろいろがんばってもらわないといけない…」

「アルーカ、[illegible]アキ[illegible]」

興奮気味にまくしたてようとした春夏の肩に、そっと手を置いて『アキは疲れているから、話はまた後で』と水を差したのはレンドルフだった。

自分の活躍を伴侶の口から自慢げに語られるのは照れくさいのか、その顔には苦笑が浮かんでいる。

けれど春夏を見つめる表情はやわらかく、思いやりに満ちている。窮地を乗り越え、心を通わせ合った伴侶――恋人同士というのは、こういう表情をするものなのか…。

自分には縁のない、求めても得られない幸福の形を目の前に見せつけられた秋人の胸に、全部捨て去ったはずの嫉妬の炎が、執念深い埋み火のようにちらりと燃え上がりかけた。それをねじ伏せ、二度と自分が傷つかないようにするために、秋人はひとつの決意をした。

心を決めると、剥き出しの傷口に塩を塗られたような胸の疼きが少しましになった。

秋人は無自覚に強くにぎりしめていた拳から力を抜き、脇腹に張りついているクロの背中を寝衣の上から慰撫しながら、淡々と告げた。

「うん…。レンドルフの言う通り。少し疲れたから休みたい。ひとりにしてくれる？」

春夏を見て、レンドルフを見て、作り笑いを浮かべかけたとき、部屋の入り口近くに立っていたもうひとつの人影に気づいて、思わず身をすくませた。

ここにはレンドルフがいる。春夏もいる。だから安全なはず。

頭では理解していても、身体の反応は思考より早くて制御できない。そんな秋人に気づいたレンドルフが、さりげなく身体をずらして、戸口に立つ人物がよく見えるようにしてくれた。

「あ…」

――…なんだ。あの人か。

ルシアス・エル＝ファリス。

　正体がわかれば怖くない。ほっと肩から力を抜きつつ、それにしてもなぜここにルシアスがいるのか疑問が湧いた。秋人が「なぜ？」と問う前に、ルシアスが足を踏み出した。大股でこちらに近づいてくるにつれ、表情がはっきり見えてくる。

　——また…怒ってる。

　ルシアスは秋人が見るたび怒っている。それ以外の表情を見た記憶がない。春夏と再会した四阿のある庭園でも、すごい剣幕で怒っていた。

　またここで、あの続きをされたら嫌だな…と、心の中でぼやいたそばから、ルシアスが険のある声を出した。

「ハルカ！ [illegible] レンドルフ [illegible]！」

　相変わらず早口で、聞き取れたのは『レンドルフ、伴侶』という単語だけ。それだけで充分だった。

　秋人は具合が悪く見えるように眉を寄せ、わざとらしく枕に顔を埋めた。

「ルーシゥ [illegible]（静かに）」

　レンドルフが常にない強い口調で諌めると、春夏が調子を合わせたように続ける。

「ほんと、ルシアスは声が大きいんだから。ほら見てアキちゃんがびっくりして——…ちょ、ちょっとルシアス！　なにすんの離して、離…っ」

　小さな悲鳴に驚いて顔を上げると、春夏がルシアスに抱えられて部屋から連れ出されるのが見えた。

　神子…というより、今や王の伴侶となったはずの春夏に対して、あんな乱暴な扱いをしていいのかと、レンドルフを見ると、レンドルフはなぜか平気な顔でふたりを見送っている。

「…？」

　秋人はもう一度ルシアスと春夏を見た。そこでようやく、ルシアスの服も春夏と同じ、すなわちレンドルフとも同じだと気づく。

　——あれ？　なんだ、制服かなにかだったのか…。なんだ、そうだったのか。

　勝手に揃いの服だと誤解して、嫉妬に駆られた自分は少し神経質すぎるかもしれない。

　それにしても、レンドルフはどうして、春夏をあんなふうに扱われても平気な顔をしてるんだろう。そりゃ確かに、あいつがいない方が静かに話ができて助かるけど。…っていうか、わざわざふたりきりになったってことは、春夏の前だとできない話をするってことだよな。なんだろ？

　内心で首をひねりながら、秋人は寝返りを打とうとして、うめき声を上げた。

「…痛っ」

——そうだ。怪我をしてるんだった。

　痛みをあまり感じないから忘れそうになるけれど、かなり深い傷だったはず。それにしては身体が動く。前に脚を折られたときは、指一本動かすのもしんどかったのに。それとも、思ったほどひどい怪我じゃなかったのか。血だけはたくさん出たから、そのせいで死にそうだと思っただけかな…。

　秋人がぐだぐだと頭の中で独り言を続けている間に、レンドルフは枕元の椅子に腰を下ろし、秋人の顔をのぞき込んだ。

「アキ [illegible]？（大丈夫？）」

　訊ねながら、熱でも計るように伸ばされた手を、秋人は顔を背けて避けた。

「アキ…」

　レンドルフの声に落胆と困惑が混じる。

　秋人は傷に響かないよう気をつけながら、レンドルフに背を向けて、声だけは平気なふりで答えた。

「大丈夫」

　背後でレンドルフが溜息を吐いた。

　それにどう反応すればいいのかわからない。

「アキ」

　なにか決意して告白するような呼びかけを、秋人は別の質問でさえぎった。

「隠れ里の、子どもたちはどのくらい生き残った？　やっぱり……半分？」

　レンドルフが小さく息を呑む。秋人は苦労してもう一度寝返りを打ち、レンドルフの手を取った。

　指文字でもう一度質問をくり返すと、レンドルフは気を取り直したように表情を改め、言葉と指文字で答えてくれた。

　要約すると、子どもたちのほとんどは助かった。里の家にはいざというときのために用意した、秘密の隠れ場所がある。襲撃に気づいた大人たちは、まず最初に子どもたちをそこに避難させた。子どもたちは物心つく前から、危険が迫ったときに大声を出したり、泣き声を上げたりしないよう教えられて育ったから、襲撃者に気づかれずにすんだという。

　——ああ…そういえば、アンが声を殺して泣くのが不思議だったけど、そういう意味だったのか。

　長い間迫害を受けてきた大人たちは、隠れ里に保護され、平和な暮らしの中で生まれた子どもにも、自分たちがそうしてきたように、生存率を上げるための悲しい教えを伝えていたのだ。

「悲しいね…。でも、情勢が変わったって言った。それってどういう意味？　それより、誰が里を襲ったの？　犯人は見つかった？」

　矢継ぎ早の質問に、レンドルフは痛痒（つうよう）をこらえるような、焦れったさの混じった奇妙な表情を浮かべて秋人を見つめる。それでも、秋人がもう一度「犯人は？」と訊ねると、小さく肩で息をしてから質問に答えてくれた。

　襲撃隊の主犯はウェスリー・エル＝ルーシャ。

「え…!?」

　なんで、どうして。あの人は王候補のひとりだよね。どうしてそんな偉い人が…と驚く秋人に、レンドルフは簡潔に説明してくれた。

『ウェスリー、恨み、黒曜の民。昔、誘拐、恨み』

　ウェスリーは昔、子どもの頃〝災厄の導き手〟に誘拐されて、かなりひどい目に遭った。なんとか命は助かったものの、そのときの恨みは消えることなく、〝災厄の導き手〟の撲滅（ぼくめつ）を心に誓ったという。

「アキ [illegible]」

「嘘…、俺が王宮で襲われて、地下牢で拷問されそうになったのも、ウェスリーの仕業だったの…!?」

「[illegible]」

　その通りだと、レンドルフはうなずいた。

「……――」

　ただ命を奪うだけでなく、わざわざ拷問を課してまで苦しめようとする、ウェスリーの恨みの深さに寒気を感じて、秋人は鳥肌の立った腕をさすった。

　その腕に、レンドルフがそっと手のひらを重ねて、温もりを与えながらささやく。

「[illegible]（大丈夫）アキ　[illegible]（私、守る）」

　言葉だけでなく、レンドルフが身にまとう力強く頼り甲斐のある空気が、羽根を広げて雛を守る親鳥のように、ふわりと秋人を包み込む。

　実際に抱きしめられたような温かい気配に包まれ、真剣な表情で告げられた言葉に、秋人はどう応えていいかわからなくなった。

　嬉しいと正直に告げて喜びを露わにして、好意を押しつけても、迷惑がられるだけだ。

　レンドルフの心は、春夏のものなのだから。

「…うん。ありがとう」

　だから秋人はそっけなく答え、嫉妬で歪んだ顔をそれ以上見られないよう、レンドルフに背を向けることしかできなかった。

　その後、レンドルフがさらになにか言おうと口を開く気配がしたけれど、扉を叩く音に邪魔された。レンドルフは呼び出しを無視しようとしたが、扉を叩く音は辛抱強く続き、ついに根負けして応対に出ると、難しい顔をして秋人の枕元に戻って来た。

　そして『すまない』と詫び、『仕事、留守。戻る、急ぐ』と説明して出て行った。

　おそらく『すぐに戻ってくる』と言ったにもかかわらず、レンドルフはそれから何日も、秋人の前に姿を見せなかった。


　秋人が王宮を出て、レンドルフの州領城…というより、その先にある〝黒曜の民〟の隠れ里に戻ろうと決めたのは、レンドルフが姿を現さなくなって三日目の夜だった。これまでの三日間で、自分の身体がかなり快復して、ひとりでもなんとか歩けることは確認ずみだ。

傷の深さからすると脅威の治癒速度だが、今回の怪我に関しては、どうやら巨大化したクロの力が影響しているらしい。

王宮を出る理由は、自分がここにいても誰の役にも立たないし、いつまたレンドルフと春夏が仲睦まじく寄り添う姿を見てしまうかわからない、というものだった。

一番の理由は後者だが、隠れ里に戻って復興の手伝いを少しでもしたいという気持ちも大きい。力仕事は無理でも子守くらいはできる。

もうひとつ大きなきっかけがあった。

昨日、レンドルフから荷物が届いた。開けて見ると、そこには秋人がこの世界に放り込まれたときに着ていた制服が入っていた。あのとき約束した通り、きれいに洗われて、丁寧に畳んである。

「ちゃんと、忘れないでいてくれたんだ…」

それは、レンドルフの律儀で真面目な性格を表しているとともに、なんとなくひと区切りつけられた——要するに別れを告げられた気がした。だから王宮を出て、隠れ里に戻ろうと思った。

秋人の腕には、例の腕環がまだちゃんとはまっている。取り上げられていないということは、使ってもいいということだろう。

そう都合よく解釈して荷物をまとめ、短い書き置きを残して部屋を出た。

荷物といっても、返してもらった制服と、寝室の棚をあさって勝手に持ち出した着替えが一式。あとはフードつきの外套(マント)を羽織っただけだ。

服では苦労したので、無断で悪いとは思いつつ、あとで謝罪するつもりで借りた。

秋人が療養していた部屋から通路までの道順は、身のまわりの世話をしてくれていた、レンドルフの家臣だという男の人から聞き取りずみだ。

秋人が、いざというときの逃走経路が知りたいと訴えると、彼は納得した様子で王宮の大まかな構造と、道順を教えてくれた。おかげでそれほど迷うことなく、通路手前の小部屋までたどり着いた。

途中で何度か、衛兵に通行を止められたけれど、レンドルフにもらった腕環を見せると、どの衛兵も光の速さで姿勢を正し、恐縮した様子で恭しく秋人に道を空けた。以前は腕環を見られても、ここまでの反応はなかったと思う。さすが、王に即位した人の持ち物は違う。

腕環の身分証明力の強さに感心しながら、小部屋に入ると、神の力によって作られたという通路の扉の前で、秋人は一度だけうしろをふり返った。

もしかして、自分が消えたことに気づいたレンドルフが、追いかけてくれるんじゃないか。ありもしない期待がさせた動きだった。

「来るわけ…、ないか」

当たり前だ。忙しいんだから。

即位したばかりの新王がどれほど多忙なのか、正直あまり詳しくないけれど、単なる一般人にすぎない秋人ひとりのために、そうたびたび時間を割けないことくらいわかる。

意識がちゃんと戻る前は、あんなに看病してもらったじゃないか。これ以上を望んだら罰があたる。

そう自分に言い聞かせて、扉の印に腕環を押しつけた。カチリと覚えのある音が聞こえ、扉がガシャンと開く。同時に浮遊感に包まれる。

秋人は大きく息を吐き、未練を振りきるために、青白い薄闇に満たされた通路に足を踏み入れた。

胸を張り、前を向いて歩いていられたのは最初だけ。それほど長くない距離の終わりには、肩を落とし、うつむいて、溜息を吐いていた。

以前通ったときは気にならなかった足音が、やけに響いて聞こえるのは、寂しさゆえの心理的影響か。

一歩ごとにレンドルフと春夏から遠ざかってゆく。

叶うことがなくても好きな人の傍にいて、彼のためになにかできることがあったんじゃないか。

それすら思いつかず、春夏と仲睦まじい姿を見たくない一心で逃げ出してきた、自分の負け犬っぷりが情けない。

泣くつもりなどなかったのに、なぜか両目が熱くなって、止める間もなくポツリと床に雫が落ちた。

「――…」

ふ…っと息を吐いて涙をぬぐおうとした。

そのとき。

突然、背後に人の気配がしたかと思うと、ふり向く前に腕を取られ、強く抱きしめられた。

「アキ…ッ！」

「──……」

レンドルフ。

声も出ないほど驚いた秋人の代わりに、服の下で、ふたりの身体に挟まれ押し潰されそうになったクロが「ぎゅぃ」と抗議のうめき声を上げた。それにかまわず、レンドルフはさらに強く秋人を抱きしめて、

「[illegible]（なぜ、どこへ行く）」

責める口調で言い募る。

「──……レ…っ」

ようやく出た声は、嵐のようなキスに奪われてしまった。

「ん…っ、ん…！　んぅ！」

キスがあまりに深くて、荒々しくて、その上なにか甘い水のようなものを強引に口移しされて、息ができない。秋人が両手をにぎりしめてレンドルフの肩や胸を叩いても、レンドルフはびくともしない。喉の奥まで舐め取る勢いで舌を深く絡ませてくる。そのまま腰と背中を抱きしめられて足が宙に浮いた。

「んん…！」

レンドルフは秋人の唇をふさいだまま、通路の扉を開けて外に出ると、乱暴な足取りで小部屋を横切り、扉を蹴破った。執務室にいた『信頼できる家臣』が目を丸くして、レンドルフと、レンドルフが抱きしめている秋人を見つめる。

「[illegible]…？」

狼狽えるというよりも呆れたような反応に、レンドルフはようやく秋人から唇を離して、強い口調でなにか訴えた。

「[illegible]！」

聞き取れた単語は『ふたり、邪魔、絶対』だけ。

レンドルフがなにをしようとしているのか、想像がつかない。秋人は途方に暮れて、視線で『信頼で

きる家臣』に助けを求めた。もちろん彼が主人の言いつけに抗うはずはないし、秋人の視線の意味にも気がつかないようだった。

「レンドルフ、なに？　どうして怒っているの？」

完全に抱き上げられて、どこかへつれて行かれる間、秋人は相手を刺激しないように小さな声で訊ねたけれど、答は返ってこない。

代わりに、装飾はあまりないが重厚な扉を開けて、薄暗い部屋に連れ込まれ、さらに扉を開けた先に置かれた大きなベッドの上に、乱暴の一歩手前の丁寧さで抱き下ろされた。

レンドルフは素早く秋人から離れて扉に近づくと、なぜかカチリと鍵をかけ、すぐにまた秋人の傍に戻ってきた。そのすきに、秋人は急いで起き上がってベッドから降りた。けれど逃げ場はない。どこへ逃げようとしてもレンドルフが追いかけてくる。

いつもは物静かな男には珍しく、興奮しているせいか歩き方まで荒々しい。ベッドのまわりで静かな追いかけっこをしている間に、レンドルフの肩が窓を覆うカーテンに触れ、そのまま半分押し開いて離れた。

夕暮れ時のように薄暗かった室内に、まばゆい朝の光が射し込んで、秋人は一瞬目がくらんだ。

その光を背にして、レンドルフは獲物に跳びかかる前の狼か豹のように張りつめた空気を身にまとい、部屋の隅に追いつめた秋人に向かって詰問した。

秋人が聞き取れるように、一語一語はっきりと区切って。

「[illegible]」

『なぜ、黙って、私の、姿、消す』

どうして黙って私の前から姿を消したのかと、まるで裏切りを責めるような悲痛な表情で、強く問いつめられて秋人は答に窮した。

黙って王宮を出たのは、考えてみれば確かに申し訳ないことをした。だけど『里に戻る』という書き置きは残してきた。別に行方をくらませようと思ったわけでもない。レンドルフは忙しそうだったし、これ以上は迷惑をかけたくなかった。

——ちがう、そうじゃない。

なんの役にも立てない自分という、現実を突きつけられるのが嫌だった。春夏といちゃつくレンドルフを見るのが辛かった。

正直に言えばそういうことになる。

でも、言えるわけがない。

「——言えるわけ…ないけど。言ってもどうせ伝わらないんだから、いいか別に」

ふっ…と心の重石が外れたように、秋人はひとりごちて開き直った。

もうこれ以上、レンドルフに対する想いを胸に秘めて耐えるのは嫌だ。どうせ相手はこっちの日本語なんてほとんど聞き取れない。だったら想いの丈をぶつけてなにが悪い。なにを言ってるかわからなければ、迷惑にもならないんだから。

「俺は、レンドルフ…あなたが好きなんだ」

秋人はうつむいたまま両手をにぎりしめ、床に向かって訴えた。ずっと胸の底に埋めていた想いを。

「あ、愛してるんだ。だからあなたが春夏に選ばれて、王様になって、ふたりで仲よく並んで笑い合ってる姿なんて見たくない。あなたが義務で、春夏に頼まれて俺にキス…体液を与えてくれるのも、嬉しかったけど辛いんだ。俺はあなたのことが好きだから、キスされると身体が熱くなって、俺ばっかりが馬鹿みたいに興奮してて。そういうのがもう嫌なんだ！　だから離れたかった。これ以上、あなたの傍にいたら、俺は春夏を憎んでしまう。これまでだってたくさん迷惑をかけてきたのに、ウェスリーみたいに醜く歪んで、あなたの大切な春夏を傷つけるようになったら、俺は…、だから……っ」

「迷惑だと思ったことは一度もない」

揺るぎない確信に満ちた声で言い返されて、秋人は思わず顔を上げた。想いの丈をぶつけるうちに涙があふれ出て、顔中が濡れた状態なのも忘れて。

「アキ」

「あ…」

名前を呼ばれた次の瞬間にはもう抱きしめられて

いて、逃げることも抗うこともできない。それくらい強く、すき間なく抱き寄せられて、ぴたりと重なった鼓動が服越しに伝わってくる。気づいたとたんカァ…と顔が熱くなり、息が苦しくなった。

この抱擁の意味はなに？

違う、駄目だ、勝手に期待するな。

でも、どうして？

胸の中で嵐のように渦巻く疑問に答えるように、うなじ越しにうしろから顎を持ち上げられて、唇を重ねられた。

「……っ、ん…っ」

唾液が甘く感じるほど深く舌を絡め取られて、手足から力が抜けてしまう。こんなふうに挑まれて、秋人は初めて、これまでずっと体液を与えるためにレンドルフがしてきたキスは、かなり軽く、節度を保っていたのだと気づいた。

ちゅ…と小さな音を立てて唇が離れる。

秋人は目がまわるような酩酊感をこらえながら濡れた唇をにぎり拳でぬぐい、レンドルフを見上げた。

レンドルフはなぜかとても満足そうな表情を浮かべている。今にも笑い出しそうなほど、全身から喜びがあふれ出ている。まるで背後に背負った朝陽のように。

「アキ」

「ど…、どうして、こういうことをするんだよ！　あなたには俺の気持ちなんてわからないんだ…！　だからこういう、人の心を弄ぶようなことをする。……あ、あなたに悪気がないのはわかってる。でも、辛いって言ってるじゃないか！　どうして俺の気持ちをわかってくれないんだ！」

言葉が通じないし、言わないんだから、わからなくて当然だ。これじゃ逆ギレじゃないかと思いつつ、それでも秋人は拳をふりあげて言い募った。

「あ、あなたには俺の気持ちなんてわからないんだ。あなたがどうして、俺にこんなことをするのかわからないように、あなたも俺の気持ちなんて」

「ああ、わからない。わからなかった。そのせいでこんなにも遠まわりする羽目になった。だからもう、遠慮するのはやめにした」

ふり上げたふたつの拳でドンと男の胸を叩いてから、秋人は奇妙なことに気づいて動きを止めた。

「――え…？」

パチリとまばたきした拍子に、目尻に溜まっていた涙がこぼれ落ちる。それをレンドルフの唇に吸い取られて、もう一度、うわごとのように喘（あえ）いだ。

「え…？　ちょっと待って。レンドルフ。どうして普通に俺の言うことに答えてるの？　っていうか、どうしてあなたの言うことが、こんなにすらすらわかるわけ…？」

呆然とつぶやくと、レンドルフは秋人の耳元に唇を寄せ、小さく溜息を吐いた。

「ようやく気がついたか」

「え…？　えっ…？」

「さっき飲ませた」

「――…なにを？」

なんとなく聞く前から、答の予測はついた。

「神の水」

「嘘…――」

だってそれは駄目だって。神子以外が飲むと死んでしまうから無理だって、春夏が言って…。

そこまで考えて、それも春夏の嘘だったのかと思いかけたとき、正しい答が与えられた。

「嘘ではない。話せばかなり長くなるので、端的に言う。アキが新しい神の神子になったから、飲んでも大丈夫になった」

それでもなかなか見つからず、昨日ようやく手に入れたと思ったら、アキが消えてしまったので焦った、と言い添えてから、レンドルフは表情を改めた。

「それから誤解しているようだから訂正しておくが、春夏が王に選んだのは私ではない」

「…え？」

新たな衝撃の事実に、前に聞いた話の内容が見事に吹き飛んだ。自分が新しい神の神子などという荒唐無稽な話より、こちらの方がよほど重大だ。

「――嘘…」

「嘘ではないと言っている」

「嘘…。だって、王宮の庭園ではっきり聞いた。この耳で。春夏がレンドルフを王に選ぶって。レンドルフだって、あのとき断らなかったじゃないか」

「だから、それが誤解だと言っている。説明するから聞いてくれ。あれはハルカの狂言だ」

「狂言…?」

呆然とつぶやいた秋人に、レンドルフは切々と訴えた。

「ハルカは以前からずっと、ルシアスの本音がどこにあるか確かめたがっていた。そして私は、その件についてハルカに協力を求められ、承諾していた。要するに芝居をすることに。だが、まさかあの場で…アキのいる前で言い出されるとは思わなかった。あの場ですぐに誤解を解きたかったが、ルシアスに聞かれるわけにはいかなくてできなかった。そのあと通路の前で説明しようとしたが、君は混乱していて私の話をよく理解できていなかったし、私は私で、芝居を本気にした神官たちの誤解を解いて、間違った噂が広がらないようにしなければならなかった。へたをすれば噂がひとり歩きして、嘘から出た真となりかねない。それだけは避けたかった」

「春夏の芝居…で狂言…」

レンドルフの説明を聞いて、ようやく真実を知った秋人はうめき声を上げた。

「じゃあ全部、俺の誤解だったの? 王都で即位するのはレンドルフだって、俺…信じて疑わなかった。だってあなたほど、王に相応しい人はいないって思ってたから…——」

「それについては光栄に思う。だが誤解だ。王にはルシアスが選ばれた」

「……」

だからあのとき…神殿前にクロが舞い降りたとき、レンドルフはいつもと変わらない地味な服だったのに、ルシアスはあんなに派手な服だったのか。

春夏が選んだ王はルシアス。——ということは、レンドルフはまだ誰の者でもないということか…。

淡い期待が胸に芽生えたとたん、それを打ち消す羞恥に襲われる。秋人は混乱したままうめき声を上げ、レンドルフを見つめた。

「……どこから」

「ん？」

「どこから俺の言うことがわかるようになった？」

さっきの、一世一代の大告白のことだ。

「『俺は、あなたが好きなんだ』から」

それじゃ、全部聞かれたってことじゃないか！

秋人は両手で顔を覆って目を閉じた。

どうしよう、恥ずかしくて居たたまれなくて顔が上げられない。レンドルフの腕に抱きしめられていなければ、今すぐ走って逃げ出してクロに巨大化してもらって、背に乗って大空に舞い上がり、二度と地上には降りないのに。

このままこの世界から、消えてなくなるのに。

「もう、死にたい…」

「それは止めてくれ。私が困る」

「なんでレンドルフが困るのさ…」

「私も君を、アキを愛しているからだ」

告白は堂々として、聞き違いようがなかった。


「……ふ、…ぅ……え…」

なにか答えようと秋人が唇を開くたび、言葉にならない音が洩れて、最後は涙ですべてが洗い流されてしまった。

手足から力が抜けて床にしゃがみ込む前に、レンドルフに抱き上げられた。恥ずかしくてうつむく前に視線を捕らえられ、にこりと微笑まれてキスされた。最初は唇を重ねるだけの軽いやつ。それを二、三回くり返されながら、ベッドに運ばれて押し倒された。

「あの…っ」

「うん？」

レンドルフは秋人の腰をまたいで膝立ちになり、上着を脱ぎ捨てて薄い中着（シャツ）一枚になると、今度は秋人の服を脱がせはじめた。

「ぁ…え…？　あの、レンドルフ…、なにを…？」

「なにをって」

レンドルフは動きを止め、喜びと愛しさが濃縮して蜜になったみたいな瞳で秋人をまっすぐ見つめ、誤解しようのないはっきりした声で告げた。

「愛の営みだが」

「――あ…、あ、愛の…営み…って…」

意味は知っているけれど、あまり耳慣れない単語に熱かった頬がさらに熱くなり、秋人は助けを求めるように視線をさまよわせた。

もちろん室内には自分たち以外、誰もいない。

「ん？　神の水の翻訳に問題があるのか？」

レンドルフの声にわずかな不安が混じる。

「愛し合う者が、心だけでなく身体も重ねて、一緒に幸せになることだ」

生真面目な説明を加えながら、たよりなく揺れる秋人の顔に手を添え、そっと正面を向かせて瞳を合わせ、唇を重ねられた。

「……ふ…、ぅ…」

上唇を食まれ、下唇も同じようにされ、そこが痺れるみたいに熱くなる。閉じていられなくなった隙間にレンドルフの舌が滑り込むと、秋人は自然にそれを迎え入れていた。

これまで何度もしてきたこと。

でも、なんだか今までと感じが違う。

キスされながらうなじを支えられ、胸に重ねた手のひらをゆっくり動かされると、心臓が痛いほど高鳴って、別の場所にも熱が生まれる。

舌を甘く噛まれてヒクリと腰が浮いた。その反応が恥ずかしくて身をよじると、小さく笑う気配とともに唇が離れてゆく。

「……っ」

秋人は手の甲で唇を押さえながら、うつむきがちにレンドルフを見つめた。

レンドルフは秋人の視線を捕らえたまま身を起こし、秋人の上着に手をかけた。

「レン…」

「どうした」

律儀に答えながら、レンドルフは秋人の服を剥いでゆく。外套を取り去り、上着をめくり、下着を割り開いたところで一瞬手が止まる。しかしすぐに、動きを再開した。

　左の脇腹にはクロが張りついている。レンドルフはそれを見て一瞬ためらったのだろう。けれど相手は巨大な黒竜の化身。無碍に扱うことも憚られる。とりあえず無視することにしたらしい。

　服を剝いで露わになった秋人の肌に手を這わせ、指先や手のひらで味わうように撫でてゆく。

　ただ軽く触られているだけなのに、そこから小波が広がるように、経験したことのない感覚が生まれて身体中に浸透してゆく。

「あ…ぁ…――」

　秋人が腰を浮かせて喘ぐと、レンドルフは愛おしそうに目を細めてその反応を見守り、次々と別の場所に波を立てて秋人を翻弄する。

　レンドルフの指と手は、肩から鎖骨、胸から脇、背中から背筋をたどってうなじに戻る。それから背中を支えられ、胸がぴたりと重なるように抱きしめられた。再びベッドに戻されると、今度は鳩尾から胃の上を指先で撫で下ろされ、下腹から薄い叢をかすめて腰をつかまれた。

「ん……んんぅ…っ」

　レンドルフの指からなにか、目に見えない光の塊のような、温かくて熱いものが出ているんじゃないかと思うほど、触られるだけで、

「――…気持ち…いい」

　ずっとこのままこうやって、撫でられているだけでいい。それくらい気持ちいい。

　秋人がそんな満足感に浸っていると、腰をつかんだレンドルフが心配を含んだ声で訊ねてきた。

「傷は？」

「へぁ…？」

　油断していたら変な声が出た。なにを訊かれたか一瞬理解できなくて、片肘をついて少しだけ身を起こすと、クロが張りついた脇腹をレンドルフがじっと見つめていた。

「クロを、剝がしても大丈夫だろうか？」

「…え、あ？　うん。大丈夫、……だと思う」

　秋人が返事をしたとたん、クロが抗議するように

「ぎゅぃ」と鳴いた。

「あ、駄目みたい」

「そうか…」

レンドルフは明らかにがっかりした様子で肩を落としたが、そのあとは開き直ったように顔を上げた。

「まあいい。クロが傷口を塞いでいてくれるなら、多少激しく動いても大丈夫だろう？」

「激しく？」

激しく動くって、なにを？

秋人が首を傾げると、レンドルフはやさしさと獰猛さが混在する不思議な表情で秋人を見つめ、頭をくしゃりと撫でてから、

「少しだけ待っててくれ」

そう言い置いてベッドを降り、枕元にある小さな棚から、小瓶や小さな壺を取り出して戻ってきた。

「それ、なに？」

強すぎた刺激の波状攻撃が一時的に止んで、少し余裕が戻って来た秋人は、好奇心に駆られて身を乗り出した。

レンドルフは悪戯っ子のように秋人に笑いかけてから瓶の蓋を開け、匂いを嗅がせてくれた。

「ぁ…これ…！」

瓶の中身の正体に気づいたとたん、秋人はがばりと身を引いた。けれど、引いた分だけレンドルフが迫ってくる。

「どうした？」

「それ…、それって〝治療〟のときに使ってた…」

「ああ。君の身体を傷つけないために必要なものだから。心配しなくても妙な成分は入ってない。ただの香油だ」

言いながら、レンドルフは瓶の中身を手のひらにトロリと注いだ。それから、ふと気づいたように、秋人を見る。

「君はずっと、あの行為を〝治療〟だと思っていたようだが」

「うん」

「君に愛されているとわかった今だから告白するが、私は途中から、どうしても〝治療〟だと思うことが

できなくなって、実はかなり辛かった」

「え…？　じゃあ、なんのつもりで？」

　正直に、頭に浮かんだ疑問を口にしただけなのに、レンドルフは世にも情けない表情を浮かべた。

「――…君はもしかして、知識は普通にあるけれど、かなり晩熟（おくて）なのか」

「晩熟…」

「初心（うぶ）というほど、なにも知らないわけじゃない。けれど、知識と気持ちがまだ繋がっていないようだ。――恋をしたことは？」

「……恋？」

　思わず眉を寄せて記憶を掘り返す。その反応だけで、レンドルフには、秋人がこれまで恋をしたことがないとわかったようだ。満足そうに微笑まれて、なんとなく主張したくなった。

「ほ、保育園のとき、ちょっと可愛いなって思った子はいる。向こうも俺のこと好きで、将来は『アキちゃんのお嫁さんになる』って言って…っん」

　初恋以前の武勇伝は、途中であっけなくさえぎられた。レンドルフの唇接（くちづ）けによって。

　逃げられないよう後頭部を大きな手のひらで押さえられ、思うさま好きなだけ、口中を舐められた。舌を絡ませ合い、混じり合った唾液を与え合うように貪り合う。

「『保育園』、それが初恋？」

　保育園という単語は、たぶん翻訳されているんだろう。こちらの世界で『保育園』にあたる単語はどんな施設や組織を指しているのか。そんなことが頭の片隅を過（よ）ぎったけれど、長くは続かなかった。

「ち…がう。初恋は、レンドルフ、あなただ」

　こんなふうに触れられただけで胸が高鳴り、身体の内側からざわめいて震えるくらい嬉しいと思うのは、あなたが初めてだ。他にはいない。

　秋人が正直に告げると、レンドルフは「ありがとう」と言った。

「ありがとう。光栄に思う。アキ、君が初めて恋した男が私でとても嬉しい。私はとても幸運な男だ。こんなにも気高くて勇気があるのに、可愛らしく、やさしく思いやりもある。こんなに素晴らしい人が、私を愛してくれるとは…、本当に夢のようだ」

手放しの賛辞を雨あられと注がれて、秋人はどうしていいかわからなくなった。こんなふうに好意を寄せられたのは生まれて初めてで、どこまで本気にしていいのか、自惚(うぬぼ)れていいのかわからない。

救いを求めるように手を伸ばし、脇腹に張りついているクロを引き剝がして抱き寄せながら、ぽそぽそと訂正部分を口にする。

「そんなことない…。俺はすごく自分勝手だし、他人の幸福を羨むし、嫉むし、憎んだりもするし…」

あまりに実情とかけ離れた理想像として見られると、あとで正体がばれたときに落胆される。それくらいなら最初から申告しておいた方がいい。

理想と違ったと落胆されて、嫌われたくないから。

「だから…、でも…、レンドルフのことは本当に好きなんだ。大好き。俺の方こそ、どうしてあなたに好きになってもらえたか、全然わからない」

「全然わからない？　少しも？」

「うん…。〝治療〟だって、あなたはいつも俺に薬を飲ませて、眠らせてからじゃないと……しなかったし。だから、きっと、本当はあんまりしたくないんだなって、だけど人命救助のためだから仕方なく、してくれてるんだって思ってた」

「アキ…」

とんでもない誤解だと反論されかけて、秋人は言い募った。

「だって…！　あなたはやさしいから、言葉や手紙では俺を傷つけないよう、気遣ってくれただけだと思ってた。目を覚ました状態で〝治療〟して、俺が…変な反応とかしたら、嫌なんだろうな。だからいつも必ず眠らせるんだ…って」

言ってるうちに、当時の想いがよみがえって泣きたくなった。

「きゅーぃ」

レンドルフには抗議したが、秋人の手なら唯々諾々(いいだく)諾(だく)と脇腹から引き剝がされて肩にしがみついていたクロが、秋人の涙を見て身を伸ばし、ペロリと舌を出して舐め取った。

「……」

レンドルフの眉間に皺が寄る。それに秋人は気づかなかった。

「アキ」

レンドルフはずい…と身体を進めて秋人の両脚を割り拡げると、間に自分の腰を押し当てて、秋人が身動きできないよう固定すると、生真面目な表情で告げた。

「君の主張…——というより誤解はよくわかった。それはある意味不可抗力だ。我々は、言葉が通じていても互いの気持ちも考えも理解できず、破局に至ることがある。ましてや私と君には、これまで言葉が通じないという障害があった」

滔々と語りながら、レンドルフは器用な手つきで秋人の下着をゆるめ、性器に触れた。

「レン…っ」

とっさに手を伸ばして男の動きを阻止しようとした秋人を、レンドルフはやすやすとかわして性器に愛撫(あいぶ)を加えはじめた。

「だが、言葉の障害は消えた。しかし安心するつもりはない。油断して、君を誰かに奪われたり、君の気持ちが私から離れることになったら、私はきっと自分が許せなくなる」

独り言のようなレンドルフの宣言を、きちんと理解する余裕が秋人にはなかった。

器用に香油を注ぎ足しながら、秋人の身動ぎを巧みに利用して、レンドルフは性器だけでなくその奥にあるすぼまりにまで手を伸ばし、濡れた指でそこをもみほぐしはじめたからだ。

「ぁ…っあ…う…——」

「アキ、最初にきちんと言っておく。これは〝治療〟ではない」

「う…ぅん…、う…あっ」

レンドルフの指が自分の中に入ってくる感覚が強烈すぎて、秋人は強く目を閉じて歯を食いしばった。

「それから、君を悲しませることになった、眠り薬の件だが…あれは」

レンドルフはそこで言葉を切り、秋人の奥をほぐすことに集中したようだ。

　性器を手のひらに乗せて、下からなぞり上げるように刺激され、秋人は枕に頭を押しつけるように身をよじった。右に左に。そうかと思えば頭を持ち上げ、レンドルフの動きを見つめて唇を嚙み、再び枕に頭を沈めて、腰の奥に与えられる愛撫に喘ぐ。

「ぎゅぃ！　ぎゅぅ…」

　肩口にしがみついていたクロが、止まることのない動きに抗議の声を上げはじめる。その声を打ち消すように、耐えきれずに洩らした秋人の喘ぎが響く。

「あ…ぁあ…ぅ…や、やめ…レン……――ッ」

　用を足すとき以外、自分で触ることすらあまりなかった部分をこすられ、揉まれ、先端を刺激されて、トイレに行きたくなる。それをレンドルフに告げようと身を起こしかけたとき、レンドルフに先端を舐められて意識が飛びかけた。

「待っ…っ、ちょ…、嘘……」

　ざらりとした、やわらかくて弾力のある熱い舌が自分の一番敏感な場所を舐めている。その事実に頭が真っ白になった秋人自身を、レンドルフはさらに口中奥深く吞み込んで、舌と口中の粘膜を使って極みに導いた。

「――――は…ぅぁ……ッ！」

　か細い悲鳴のような声が、抑える間もなく唇をついて出た。そこにクロの鳴き声が重なる。

　秋人を心配しているのだ。わかっているのに、今の秋人にはクロを撫で、安心させてやる余裕がない。

　汗だくで胸を喘がせ、光が乱舞している視界をなんとか元に戻そうとまばたきしている秋人の代わりに、レンドルフが身を起こして秋人の脇に手をついた。そして、秋人の肩口でもぞもぞと身動いでいたクロを持ち上げた。

「クロ殿」

「ぎゅぃっ」

「貴殿のアキを想う気持ちは、このレンドルフ・エル＝グレン、しかと心得ております。が、今はしばらく席を外していただきく」

「失礼」と断って、レンドルフはクロをぽいと床に放り投げた。

秋人は「あ…」と声を上げ、大好きだけど空気を読まない相棒の行方を目で追った。

乱暴ではないものの無造作に投げたようでいて、レンドルフはクロがきちんと着地できるよう、なるべくベッドから遠く離れた場所に落ちるよう計算はしたらしい。

「んっぎゅ」

クロはぼてりと部屋の隅に着地すると、その場でしばらく固まっていた。レンドルフの暴挙に怒っているのか、突然居場所が変わって困惑しているのか、表情からは読み取れない。

「クロ」

反射的に身を起こしてクロを助けに行こうとした秋人は、レンドルフの逞しい両腕に動きを阻まれ、そのまま抱きしめられてベッドに沈められた。

「レン…」

「クロは大丈夫だ。詫びならあとで山ほどしよう」

だが今は…。そう言ってレンドルフは身を起こし、服を脱いで秋人を抱き上げた。そして胡座をかいた自分の腰をまたぐよう座らせ、腰に腕をまわして身体を支える。

「傷に響かないよう気をつける。少しでも痛みや苦しさがあったら言ってくれ」

体重のほとんどを、腰をつかんだレンドルフの腕に支えられる形で正面から向き合った秋人は、その体勢が意味することが最初はわからなかった。

けれど、さっきさんざんレンドルフの指でほぐされていた場所に、指よりも太くて熱い、ひくひくと脈動しているなにかを押しつけられて、おぼろげに理解した。

「ぁ…！　――…あ、あぁ…っ」

脚を大きく広げた中腰という、拒みようのない体勢のまま、下からレンドルフ自身に攻め入られて、秋人はあられもない声を上げてしまった。

「あ…ッ…、く……ん…っ」

歯を食いしばって声を抑えようとすると、下からさらに揺すり上げられた。

「我慢しなくていい。好きなだけ声を出せ」

「で…、だ…」

でも、だってと、羞恥を盾に抗うと、

「アキの声が聞きたい」

うなじを抱き寄せた手で髪をかきあげられ、耳朶に直接ささやかれた。かすれたその声と、少し乱れた吐息の熱さが、レンドルフも興奮していることを教えてくれた。

「アキ…、アキ…」

名を呼ばれながら、下から何度も突き上げられた。その力強さと揺るぎない揺籃(ようらん)の深さ、背中をかき抱くように抱きしめる腕の熱さ、ときどきぴたりと重ねられる胸の鼓動の激しさと、何度もくり返される唇接けの甘さ、そして頬にかかる吐息の激しさが、レンドルフの想いを秋人に教えてくれた。

これ以上続けられたら死んでしまう。痛みや苦しさのせいでなく、身に過ぎた快感のせいで。

そう秋人が訴えかけたとき、レンドルフが雨に濡れた鮮やかな苔色の瞳を揺らし、熱に浮かされたように訴えた。

「――君が言う〝治療〟に、眠り薬を使ったのは」

秋人の中を埋め尽くし、ゆるやかだが途切れなく想いの激しさを伝える抽挿(ちゅうそう)をくり返しながら、レンドルフは続けた。

「そうしないと、君に嫌われると、思ったからだ」

角度をわずかに変えながら、秋人が感じる部分を見つけると、そこを念入りに攻めながら訴えた。

「君が…、最初に『嫌だ』と言って、泣いたから」

最初に、嫌? いつのことだろう。覚えていない。違う、今は思い出せない。こんな状況では、目の前にいる愛しい人のことしか考えられない。

「い…やじゃ…ない、嫌なんかじゃ、ないよ…っ」

レンドルフの首にしがみついて秋人はかすれた声を上げた。声は悲鳴に近い喘ぎになり、下から突き上げるレンドルフの激情に翻弄され続けた。

愛した人に愛される。目覚めて味わう愉悦はあまりに深く強すぎて、秋人は光に包まれるような至福の中で意識を手放した。


目を覚ましたのは夜だった。

自分とレンドルフの汗や体液でぐちゃぐちゃになっていたはずのベッドは、新品みたいに整えられ、清潔な新しいシーツと上掛けにくるまれていた。

身体はさっぱりとして、寝衣も新しいものに替わっている。けれど脚の間には、幸せな違和感がまだ強く残っていた。腰のだるさも、あらぬ場所の痺れも、全部レンドルフに愛された証だと思うと、逃げ出したくなるような甘い羞恥と、駆け出したくなるような誇らしさが混じり合って胸が疼く。

いい匂いのする枕元にはクロがいて、秋人の肩に顎を乗せ「ぐつぐつ」と喉を鳴らしていた。どうやらレンドルフの無体については気にしてないようだ。

巨大化したのは夢だったのかと思うほど、以前と変わらない小さな可愛い姿のクロを見ているうちに、秋人はふいに、レンドルフと想いを交わす前に聞かされた、荒唐無稽な話を思い出した。

「そういえば…、新しい神の神子ってどういう意味だったんだろう…」

ぼんやりとクロの鼻先を指で突きながらつぶやくと、答は背中から聞こえてきた。

「まだ極秘扱いで、知る者は限られているのだが、アキは当事者だから教えておく」

「…当事者？」

秋人の背中を守るように、うしろからぴたりと寄り添い、腰に腕をまわして抱き寄せたレンドルフが、耳元に唇を寄せて内緒話のようにささやいた。

「これまでこの国を守護していた神が天に帰還して、代わりに新しい神が現れた。これからはその新しい神がアヴァロニスを守護してゆく」

「古い神と、新しい神…」

「そう。よく知っているな。その神話はもうずいぶん昔に、神殿の神官たちによって抹消されていた。私もつい最近知ったばかりだ」

「うん…。隠れ里の長老が、教えてくれた」

以前は〝黒曜の民〟だけの秘密の言い伝えだったようだが、レンドルフも知った今なら話しても大丈夫だろう。

秋人が長老から聞いた話を教えると、レンドルフは「なるほど…。すべては繋がっていたのか」と独り言のようにつぶやいた。

「なに？　なんの話？」

秋人が訊ねると今度はレンドルフが話してくれた。

「新しい神というのは、アキ。君の肩でぐつぐつと喉を鳴らしている、そのクロだ」

「……」

そんなばかなという気持ちと、ああやっぱりという納得が半々だった。以前の自分ならかけらも本気にしなかった。けれどあの巨大化したクロを目の当たりにした今となっては、否定するのも馬鹿らしい。

「そして、アキ。君はクロ…――すなわち神に選ばれた神子だ。神子が王を選ぶというしきたりについては心配しなくていい。もう解決している。王は別にいるが、君が神に選ばれた神子であることには変わらない」

「……は？」

さすがにこれには驚いた。

「そんな…ことは、だって、俺は…」

春夏の巻き添えでやってきた、単なる異分子だ。この世界にとって、最初から人数に入っていない。だからあれほど拒絶され、何度も死ぬ目に遭った。自分が生きているのは、目の前にいるレンドルフと、クロのおかげだ。

「クロの…」

つぶやきながら、クロを拾った日のことを思い出したとき、まるでそれが扉を開ける鍵だったように、ふいに、これまですっかり忘れ果てていた記憶がよみがえった。

与えられた次の瞬間には忘れていた記憶。

隠れ里が襲撃を受けた夜、巨大化したクロの手に包まれたとき、光の塊のような膨大な情報を与えられた。その知識はあまりに巨大すぎるため、必要にならないと思い出さないらしい。

「クロを、俺が助けて拾ったとき、あのとき…」

秋人はこの世界に組み込まれた。

あのとき秋人がクロを助けず、見捨てていれば、運命は別の誰かを神子に選び、秋人もまた別の運命をたどっていた。

《そのとおり。君は自分の手で運命を切り開いた》

目の前で光が弾けるように、一瞬だけ神の声が聞こえた気がして、秋人は頭上を見上げ、それから肩にしがみついているクロを見つめた。

クロはつぶらな黒い瞳で秋人を見返し「きゅぅ」と小さく鳴いた。

「あ…」

「アキ、大丈夫か？」

クロと反対側の肩には、クロよりも大きな温もりが寄り添ってくれている。わずかに寝返りを打ち、そちらに顔を向けると、レンドルフが申し訳なさそうな顔で秋人を見つめていた。

どうやら、自分で思うより長い間ぼんやりしていたらしい。

「レン…」

知ったばかりの真実に呆然としていると、彼はなぜか自分を責めるように謝った。

「アキ、すまなかった」

「——…すまないっ…て、なにが…？」

秋人はかすれた声で聞き返した。

「怪我がまだ治りきっていないのに、箍が外れて乱暴にしてしまった」

「そんなこと、ない」

秋人は否定して、それだけでは言葉が足りないと気づいて言い重ねた。恥ずかしいけれど、正直に。

「気持ちよかった。すごく」

「アキ…」

指先がまだ痺れているような腕を上げると、すかさずにぎりしめられた。

「ずっと、……ずっとね」

秋人は、自分の手をにぎりしめたレンドルフの手の甲にキスしながら、少し甘えた口調でささやいた。

「ずっと俺、レンドルフとこうしたい、こうなりたいって、思ってた」

秋人の告白に、レンドルフの眉間に寄っていた反省の皺がゆるんで浅くなる。

「いつから？　いつからそんなふうに思った？」

秋人はレンドルフの逞しい手に、もう片方の自分の手を添えながら記憶をたどった。

「四回目の〝治療〟くらいから…かな。眠らずにして欲しいなって思うようになって。でもそんなの絶対、迷惑がられると思ったから、言えなかった」

「そうか…。お互い遠慮して、相手に嫌われたくなくて、結局遠まわりしていたんだな」

感慨深い表情でささやいたレンドルフの顔を見つめて、秋人は訊ねた。

「レンドルフは？」

「ん？」

「あなたはいつから、俺のこと……――その…」

好きになったの？　とはさすがに気恥ずかしくて口に出せない。そんな秋人の初々しさを愛おしむように見つめて、レンドルフも記憶をたどるように瞳を揺らした。

「好ましいと思ったのは、最初に見たときだ」

「最初…？　あの森で？」

「そう。君は真っ青になって震えながら、盗賊たちからハルカを守ろうとしていた。私たちが近づいたときもハルカの前に立ちはだかって、決して逃げようとしなかった。その姿を見て、ああ…この子はいい子だなと思ったのが最初」

それから保護者代わりのように接するうちに、芯の強さ、脆さ、人の心の汚さや弱さ、醜さに触れてなお、高潔さを失わない魂に惹かれた。

「けれど君は若くて、私はこんなおじさんだ。年甲斐もなく君が好きだと迫ったりすれば、さすがに笑われるだろうと思っていた。恩人に対する好意と、恋人に対する好意は違うだろう？」

「おじさん…て、レンドルフは何歳なの？」

「二十八歳、もうすぐ二十九歳になる」

「…別に、おじさんてほどじゃないと思う」

確かに秋人の歳にくらべれば、ひとまわり以上年上だけど、見た目の老成した感じより若いと思う。

「そうか？」

秋人の答えに、レンドルフはホッとしたような表情を浮かべた。その反応がおかしい。こんなに立派な大人の男の人が、自分のひと言で喜んだり不安になったりする。

それは秋人にとって初めての経験だった。

自分が、世界の一部としてきちんと機能しているような、必要な部品として組み込まれたような。

ここにいてもいいと、認めてもらった気がする。

母が亡くなって以来初めて、自分の居場所ができた気がする。

「アキ？」

どうしたと訊ねられて、秋人は「なんでもない」と言いかけて、やめた。「なんでもない」と言う代わりに、たった今、自分が感じたことをレンドルフに説明した。

「俺、今までずっと『おまえはいらない』って言われてきたんだ。元の世界でも、こっちに来てからも。でもレンドルフに会って」

変わったと言う前に、クロが抗議の声を上げた。

「きゅーっ！」

「ごめん。レンドルフと、クロに出会って居場所ができた」

「居場所」

「そう。俺がずっと欲しかったもの」

「それが、私か」

「うん」

秋人はレンドルフの手のひらに、指文字で『居場所』と書いて顔を上げ、瞳を見つめてうなずいた。

鮮やかな苔色がやさしく揺らいで近づいてくる。

「光栄だ」

レンドルフは微笑んで秋人の手を広げ、指文字で短い一文を記した。

『アキは、私の伴侶だ』

それから秋人の手のひらに、恭しく唇接けを落とした。まるで永遠の愛を、宣誓するように。

あとがき

皆さまこんにちは、六青（ろくせい）みつみです。

今回は楽しい異世界へようこそ♪　ということで、昔から大好きなジャンルのひとつ【異世界トリップ】ものであります！　異世界トリップといえば、古くは『ナルニア国物語』から、最近では『千と千尋の神隠し』（←大好きです）、そして『ハリーポッター』も異世界トリップものなんですね。ハリーポッターはトリップする前からすでに異世界っていうかファンタジー世界だと思っていたので、ちょっと意外です。まあそれはともかく。

今作は昔から大好きな異世界トリップに、同じく昔から大好きなシチュエーション【救世主に選ばれたのは友だちで、一緒にいた自分はただの脇役（モブ）。マジかよ、グギギ…】を投入し、素敵にマリアージュしてもらいました。結果がどうなったのかは、ぜひ本文をお読みいただきたく。作者が楽しんで書いたように、読者の皆さまにも楽しんで頂ければ幸いです。まあちょっと、主人公の秋人（あきと）君の受難具合がアレなんですが…。

今作には攻め以外からのご無体はないので、そのあたりが地雷な方にも安心して楽しんでいただける内容になっております。二段組みで行数もマックスという暑苦しい印象ですが、それだけ書いてもまだ書き足りないというか、拙著を読み終わった読者の方から恒例の「この後の！　いちゃラブが！　もっと！　読みたいのに――ッ！」という声が聞こえてきそうです。すみません…。作者も、もっといちゃこらしている二人が書きたかったのですが、なぜか『俺たちのいちゃこらは、これからだ！（完）』という感じで終わってしまいました。反省しています。この教訓は次作に活かしたいと思います。

次作といえば、今回の『黒曜の災厄は愛を導く』は一応シリーズ物の一冊目ということになっておりまして、本文をお読み頂いた方にはお分かりのように、今作中、神子として召喚された春夏を主人公にした話が、リンクスロマンスさんでの次回作になる予定ですので、そのあたりも楽しみにして頂ければ幸いです。

今作に素晴らしい挿絵を描いてくださったカゼキショウ先生には、本当に感謝しております。いろいろとご迷惑をおかけして申し訳ありませんでした。いただいたキャララフや挿絵ラフがとても素敵で、原稿を書き上げる上でものすごくテンションが上がりました。本当に本当にありがとうございました！

そして、担当様を含めた編集部の方にも心から感謝いたします。今作は担当様のアドバイスと激励のおかげで仕上がったようなものです。編集部の皆さま、印刷・出版に携わっている全ての皆さまに感謝いたします。本当にありがとうございました。

最後に読者の皆さま、また次作でお目にかかれることを楽しみにしています。

二〇一五年・盛夏　六青みつみ

この本を読んでの
ご意見・ご感想を
お寄せ下さい。

〒151-0051
東京都渋谷区千駄ヶ谷4-9-7
(株)幻冬舎コミックス　リンクス編集部
「六青(ろくせい)みつみ先生」係／「カゼキショウ先生」係

リンクス ロマンス

黒曜の災厄は愛を導く

2015年8月31日　第1刷発行

著者……………六青(ろくせい)みつみ
発行人…………石原正康
発行元…………株式会社　幻冬舎コミックス
〒151-0051　東京都渋谷区千駄ヶ谷4-9-7
TEL 03-5411-6431（編集）
発売元…………株式会社　幻冬舎
〒151-0051　東京都渋谷区千駄ヶ谷4-9-7
TEL 03-5411-6222（営業）
振替00120-8-767643
印刷・製本所…株式会社　光邦
検印廃止

ISBN978-4-344-83466-8 C0293
Printed in Japan

幻冬舎コミックスホームページ　http://www.gentosha-comics.net